Editora
Charme

As Revelações de JAKE

JAKE: LIVRO TRÊS

PENELOPE

AUTORA BESTSELLER DO ... YORK TIMES

Este livro é um trabalho de ficção.
Todos os nomes, personagens, locais e incidentes são produtos da imaginação da autora.
Qualquer semelhança com pessoas reais, coisas, vivas ou mortas, locais ou eventos é mera coincidência.

1ª Impressão 2024

Produção Editorial - Editora Charme
Fotografia da capa - PaperbackModel (PBM)
Adaptação da capa e Produção Gráfica - Verônica Góes
Tradução - Alline Salles
Revisão - Equipe Charme

Esta obra foi negociada por Brower Literary & Management.

CIP-BRASIL. CATALOGAÇÃO NA PUBLICAÇÃO
SINDICATO NACIONAL DOS EDITORES DE LIVROS, RJ

W232r
v. 3

Ward, Penelope
As revelações de Jake / Penelope Ward ; tradução Alline Salles. - 1. ed. - Campinas [SP] : Charme, 2024.
304 p. ; 22 cm.

Tradução de: Jake understood
ISBN 978-65-5933-149-9

1. Romance americano. I. Salles, Alline. II. Título.

24-87810 CDD: 813
CDU: 82-31(73)

Meri Gleice Rodrigues de Souza - Bibliotecária - CRB-7/6439

www.editoracharme.com.br

Editora Charme

As Revelações de Jake

Tradução: Alline Salles

JAKE: LIVRO TRÊS

PENELOPE WARD

AUTORA BESTSELLER DO NEW YORK TIMES

Capítulo 1

Presente

O som da porta batendo repassava repetidamente na minha cabeça.

Minha esposa me largou.

Haviam se passado sete horas e trinta e cinco minutos, para ser exato, desde que ela se fora, mas parecia uma eternidade. Ela disse que voltaria quando clareasse a cabeça, porém não falou quanto demoraria. Nina fez dois pedidos antes de ir: não ligar e não enviar mensagem para ela.

Sem querer piorar as coisas, resolvi respeitar seus desejos e passei a maior parte do dia encarando a porta da frente do meu lugar no sofá, esperando que, a qualquer minuto, ela entrasse e me dissesse que iria ficar tudo bem conosco.

A verdade era que eu não poderia culpá-la por ir embora. Nina tinha todo direito de estar brava comigo. Nos amávamos muito e tínhamos passado por nossa cota de brigas ao longo dos anos desde que nos casamos, mas ela nunca havia me deixado fisicamente. A noite anterior foi a gota d'água.

Esse dia demorou bastante para chegar. Na verdade, eu estivera me preparando para ele desde que a conhecera. Talvez fosse um tolo por um dia acreditar que ela conseguiria lidar com a situação em que se metera quando concordou em ficar comigo. Era somente questão de tempo.

A única parte boa era que nosso filho, A.J., estava na casa da minha mãe quando tudo aconteceu de manhã, então não testemunhou isso. Eu tinha planejado que ele ficasse lá naquele fim de semana por um motivo diferente, então acabou dando certo ele não estar aqui. Eu tinha falado para Nina que minha mãe estava com saudade do neto e queria passar um tempo com ele. Minha mãe o tinha buscado na sexta à tarde. Nina não fazia ideia de que, na verdade, eu tinha planejado uma festa para ela esta noite. Então foi um *timing* de merda.

Recentemente, ela havia terminado a faculdade de Enfermagem depois de tirar vários anos para cuidar do nosso filho. Eu estava tão orgulhoso dela que pensei que seria legal surpreendê-la ao convidar nossos amigos mais próximos para uma comemoração intimista. Nossos melhores amigos, Skylar e Mitch, viajariam de Nova Jersey para Boston e ficariam conosco no fim de semana inteiro. Minha irmã, Allison, e o marido, Cedric, estavam planejando levar comida do Erika's, um restaurante e piano bar em Beacon Hill em que haviam investido recentemente. Essa era para ser uma das noites de sábado mais incríveis da nossa vida. Também foi por isso que visitei Ivy na noite anterior — na sexta — em vez do meu sábado de sempre.

Esse foi meu primeiro erro.

Uma batida alta à porta interrompeu meus pensamentos. Meu coração começou a martelar conforme saltei do sofá.

Nina. Amor. Você voltou.

A empolgação nervosa se transformou em extrema decepção ao ver Skylar e Mitch parados na porta. Aparentemente, fiquei tão empolgado em pensar que pudesse ser Nina que me esquecera de que ela simplesmente teria usado sua chave em vez de bater. Também parece que me esqueci de dizer a eles para não se incomodarem em vir a Boston. Agora não haveria festa. Minha expressão de desespero deve ter deixado instantaneamente óbvio.

— Não fique tão animado em nos ver, Jake. — Skylar bateu a neve de seus pés e passou por mim. — Ficamos no carro por cinco horas. Tenho que jogar as crianças na piscina.

Mitch viu minha expressão confusa e esclareceu:

— Isso significa que ela precisa fazer xixi.

Não pude deixar de rir ao ver a pequena Skylar com um bebê pendurado em um canguru em seu peito. Skylar entregou o recém-nascido deles para Mitch e correu para o banheiro.

Eu a conhecia desde que ela tinha quinze anos, e ela sempre fora cabeça-quente. Nunca guardava nada. Nesse sentido, Skylar era tipo uma versão feminina de mim, a irmãzinha que nunca tive. Era difícil acreditar que ela estava toda crescida agora, porém sua atitude era a mesma de sempre. Por mais que o dia de hoje estivesse uma droga, fiquei feliz por não estar mais sozinho.

Mitch me deu nosso abraço lateral de homem de sempre.

— Como está indo, cara? Você está péssimo.

Dei tapas com força em suas costas de propósito.

— Valeu, cara. Me sinto péssimo.

Skylar saiu do banheiro e se sentou no sofá vermelho antes de pegar Mitch Jr. do marido.

— Cadê a Nina?

Me sentei à frente deles na cadeira reclinável de couro e esfreguei meus olhos cansados.

— Ela saiu... esta manhã. — Engoli em seco devido ao desconforto de dizer isso em voz alta.

— Aonde ela foi?

— Não me contou.

Skylar semicerrou os olhos.

— O quê?

— Nós brigamos.

— Espere um pouco. — Ela ergueu a camisa e começou a abrir o sutiã.

Que porra é essa?

Instintivamente, virei a cabeça.

— Ãh... você vai simplesmente colocar seu peito para fora com tranquilidade no meio de uma conversa?

Mitch deu risada.

— O tempo todo, na verdade.

Skylar continuou se despindo.

— Jake, sua esposa tem os maiores peitos da face da Terra. Acho que você consegue lidar com um peito modesto enquanto amamento meu filho.

— Um aviso teria sido legal, só isso.

— Vou me lembrar disso. — Skylar posicionou Mitch Jr. em seu seio direito, e ele pareceu pegar instantaneamente. — Agora, fale. O que está acontecendo?

Encarei um desenho de Nina pendurado na parede. Eu o havia feito quando ela estava grávida de A.J. Agora nosso filho tinha oito anos, mas parecia que tinha sido ontem que ela estava com ele na barriga. Não havíamos tido sorte de engravidar de novo desde então. Primeiro, porque ela temia sofrer de depressão pós-parto novamente, então não pensava em tentar outra vez. Então, depois de ela mudar de ideia alguns anos antes, não tínhamos conseguido engravidar. Parecia que meu coração estava prestes a explodir conforme observava o desenho.

Respirei fundo.

— Normalmente, passo o sábado com Ivy. Vocês sabem disso.

— Sua ex-esposa — Mitch interveio.

Assenti.

Eu sabia que ele entendia o motivo por trás disso, mas seu tom de voz saiu com um pouco de julgamento.

— Eu precisava estar livre hoje, até a noite, para preparar as coisas para a festa de Nina, então mudei minha visita para ontem. Como a festa era uma surpresa, inventei uma história de que Ivy estava com um problema e que eu precisava ir à clínica ontem à noite em vez de hoje. Me xinguei porque, quando cheguei para ver Ivy, eles me disseram que ela tinha sido internada. Acabei, então, indo ao hospital.

— Então, por que Nina ficaria chateada? Ela está acostumada ao fato de você visitar Ivy uma vez por semana.

— Nunca foi fácil para ela, Skylar. Você sabe disso. Mas alguma coisa foi diferente na reação dela ontem à noite. É isso que não consigo entender.

— Então o que houve com Ivy?

— Os funcionários da clínica psiquiátrica a encontraram tentando escalar o telhado de novo e a internaram. O médico ajustou seus remédios e lhe deu alta esta manhã. É o procedimento padrão.

— O que aconteceu quando você chegou em casa ontem à noite?

— Esse foi o problema. Só voltei para casa esta manhã.

Os olhos de Skylar praticamente saltaram.

— O quê?

— Sei que parece ruim, mas houve uma tempestade ontem à noite e os carros na rua do hospital estavam deslizando na pista por causa do gelo duro. Então acabaram fechando a estrada por um tempo. Liguei para Nina a fim de avisá-la que passaria a noite lá. Acredite em mim, era a última coisa que eu queria fazer, e ela não pareceu tão chateada pelo telefone. Pensei que fosse entender a situação.

Skylar tirou o bebê do peito e se cobriu. Entregando-o a Mitch, ela se levantou do sofá e começou a me dar tapinhas na cabeça.

— Que porra é essa, Skylar?

— Desculpe. Só precisava fazer isso — ela disse ao voltar a se sentar. — Está louco, Jake? Acha mesmo que há alguma circunstância em que não tem problema passar a noite com sua ex-esposa?

— Falei para você. Eles tinham fechado a rodovia. Era impossível chegar em casa.

— Entendi, mas você pode, pelo menos, entender que, embora não tenha tido escolha, Nina ainda tem o direito de ficar brava por isso.

Eu sabia que ela estava certa. Tinha pisado na bola.

Skylar continuou.

— Mesmo assim, ainda tem alguma coisa errada. Consigo entender que ela tenha ficado chateada, mas por que iria embora?

— É isso que estou tentando descobrir.

— O que ela falou quando saiu?

— Quando entrei, ela estava esperando com o casaco na mão para sair. Falou que precisava ir. Perguntei se tinha a ver com o fato de eu ter dormido no hospital e ela respondeu com "o que você acha?". Se eu soubesse, por um segundo, que ela se sentiria assim, teria vindo patinando para casa ontem à noite. Realmente não pensei que isso fosse irritá-la tanto.

— Todo mundo tem limites.

Assenti para mim mesmo, me sentindo um merda por magoá-la. Tinham se passado quase oito horas, e eu sentia muita falta dela. Só queria abraçá-la e dizer o quanto a amava e o quanto queria passar o resto da noite fazendo amor com ela. Mas ainda mais forte do que esse desejo era a dor no meu peito, um conhecimento profundo de que havia mais alguma coisa nisso do que apenas minha permanência no hospital.

Mitch voltou da cozinha com uma cerveja.

— Cara, me perdoe por dizer, mas não entendo como você consegue fazer isso.

— Fazer o quê?

— Visitá-la como faz toda semana. Sinceramente, acho que Skylar não conseguiria suportar se fosse eu.

Skylar ninou o bebê para dormir.

— É fácil dizer isso, mas as pessoas encontram formas de suportar as coisas quando precisam. Só Deus sabe o quanto suportei quando se trata de nós, Mitch. — Ela olhou para mim. — Você não pediu para estar nesta situação.

Era por isso que eu amava Skylar. Ela era sábia. Entendia que eu não tinha muita escolha. Claro que, na vida, somos livres para fazermos o que quisermos, mas, quando se está tentando fazer a coisa certa, só há uma escolha. Nem sempre é a mais fácil. Ivy era mais como uma criança para mim naquele momento do que uma ex-esposa. Ela não tinha outro familiar e, no fundo, Nina entendia por que eu não podia, simplesmente, abandoná-la, por que Ivy precisava da constância em ver alguém que se importava com ela, no mínimo, uma vez por semana. Nina sempre tinha deixado de lado suas próprias necessidades para me permitir continuar a cuidar de Ivy dentro do possível. Essa era uma das coisas que eu amava na minha esposa. No entanto, também entendia que nunca seria fácil para ela, e eu carregava muito da culpa por isso. E havia regras. Visitas eram apenas uma vez por semana aos sábados e, se tivéssemos um compromisso de família, ele sempre seria prioridade.

Mitch deu um gole em sua cerveja, depois se virou para mim.

— Nina sempre soube de Ivy?

Joguei a cabeça para trás na cadeira, pensando nos dias em que nos conhecemos e na caixa de Pandora que ele acabara de abrir com essa pergunta.

— Não.

Skylar sorriu para mim. Ela era uma das únicas pessoas que ainda era minha amiga daquela época.

— Jake era casado com Ivy quando conheceu Nina.

Mitch pareceu chocado.

— Como é?

Dei risada.

— Não sabia disso?

— Não. Não fazia ideia. — Ele colocou o pé na mesa de centro. — Adoraria ouvir.

— Ouvi a versão de Nina, mas não me importo de ouvir a sua — Skylar disse ao levar um Mitch Jr. dormindo para um berço portátil montado no canto da sala.

Me recostei na cadeira e cruzei os braços.

— Quanto tempo vocês têm?

Capítulo 2

Passado

As luzes da cidade iluminaram o céu noturno conforme olhei para fora pela janela do quarto de Ivy. Aquela sempre foi a parte mais tranquila do fim de semana, quando ela dormia, e eu simplesmente a assistia assim antes de me despedir e pegar o último trem de volta para Nova York para a semana.

O sentimento de culpa sempre me tomava nessa hora porque, de novo, eu a deixaria sozinha até o fim de semana seguinte. Sempre havia tempo demais para pensar ali quando Ivy estava dormindo ou em um de seus estados catatônicos. Mas eu preferia esses momentos a qualquer hora em vez de um de seus episódios de paranoia.

Refleti no que minha vida havia se tornado. No mínimo, não era convencional e bem difícil de explicar para alguém. Em alguns dias, parecia que não existia mais ninguém no mundo que poderia entender. Então, pouquíssimas pessoas em Nova York sabiam sobre esses fins de semana em Boston, sobre a minha vida. Não dava para explicar essa situação com bastante facilidade para pessoas de um jeito que realmente entendessem. As perguntas em si faziam minha cabeça girar.

Por que você fica com ela, Jake?

Como pode transar com outras mulheres quando é, tecnicamente, casado?

Você se mudou para Nova York para ficar longe dela?

Nas poucas vezes que me abrira para as pessoas erradas sobre Ivy, havia me arrependido. Não precisava da empatia ou do julgamento de pessoas que nunca estiveram no meu lugar. Eu era praticamente uma criança quando conheci minha esposa.

Minha esposa.

Olhei para baixo, para as costas de Ivy subindo e descendo enquanto ela dormia. Legalmente, éramos casados, mas, para mim, ela parecia mais uma criança do que um cônjuge. Isso não era um casamento no quesito íntimo ou de nenhuma forma que tornasse um casamento agradável.

Ivy e eu nos conhecemos seis anos antes na Huntington Avenue do lado de fora da Northeastern University quando eu era calouro. Ela estava dançando sozinha na chuva, e fiquei instantaneamente cativado. Quanto mais eu a conhecia nas semanas seguintes, mais maravilhado ficava. Ela era diferente de todas as garotas que eu já tinha conhecido. Tocava violão e fazia algumas apresentações em locais que a quisessem. Por mais que ela fosse legal, não tinha muitos amigos próximos. Eu me tornei sua vida inteira. Ela era impulsiva, negligente e tinha uma aura que era contagiante. Me convenceu a fugir para Vegas com ela em um fim de semana. Quando vi, eu tinha dezoito anos e estava casado pelo poder concedido a Elvis.

Em seis meses, eu sabia que havia cometido um erro. Realmente gostava de Ivy, o sexo era o melhor que já tivera até aquele momento, e ela me intrigava, porém eu sabia que não estava realmente apaixonado do jeito que precisava estar para passar o resto da vida com ela. Ainda assim, disse a mim mesmo que poderíamos fazer dar certo, que eu aprenderia a amá-la.

Depois de pouco tempo casados, lentamente, as coisas começaram a mudar para pior. Ivy estava exibindo alguns comportamentos estranhos. Primeiro, era sutil, como faltar às aulas ou não aparecer para trabalhar. Em certo momento, evoluiu para algo além do meu controle — para algo que mudaria nossa vida.

Ivy me acusava de tudo, desde traição até planejar machucá-la. Ela começou a fumar com frequência. Estava se tornando uma pessoa diferente diante dos meus olhos. Eu não entendia o que estava acontecendo, mas meus melhores instintos me diziam que ela iria precisar de mim, apesar de eu ficar tentado a ir embora.

Então, além de tudo isso, a mãe dela morreu de repente. Ivy não tinha outra família, exceto eu. Ela se tornou cada vez mais dependente, e fiquei cada vez com mais medo de abandoná-la naquele estado. Em certo momento, ficou claro que ela precisava ir ao médico. Eu tinha postergado, temendo o que eles diriam, mas tinha chegado a um ponto em que ela nem poderia ser deixada sozinha enquanto eu estava no trabalho. Ela tirava as roupas e andava pela rua, acusando estranhos aleatórios de estupro, me acusando do mesmo ou de elaborar um plano para matá-la. A lista de delírios era infinita.

Eu havia ouvido sobre esquizofrenia, mas nunca realmente a entendi. Quando os médicos deram o diagnóstico oficial, li tudo que consegui sobre o assunto, fui a grupos de apoio e tentei lidar com isso das únicas formas que sabia. Chegou um momento em que precisei colocá-la em uma clínica psiquiátrica porque não conseguia trabalhar e cuidar dela ao mesmo tempo.

Alguns dias eram melhores do que outros. Em seu melhor dia, um desconhecido não era capaz de perceber que havia alguma coisa errada. Em seu pior, eu temia que ela tirasse a própria vida. Nenhum dos remédios que tentaram no início adiantou, e sua doença foi considerada resistente a tratamentos. Nos anos seguintes, eles haviam tentado encontrar a combinação certa para ajudar um pouco, mas ainda não foi suficiente. Qualquer coisa que funcionasse apenas a deixava em um estado de zumbi.

Eu era a única constante na vida dela. Então, por mais que fosse fácil para algumas pessoas dizer que eu já deveria tê-la deixado, eu diria a elas para trocar de lugar comigo por um dia. Eu amava essa mulher? Sim. Estava *apaixonado* por ela? Não. Mas não era motivo suficiente para abandoná-la. Ela precisava do meu apoio financeiro e moral. Ficar legalmente casado garantia que eu pudesse tomar decisões por ela. Ela precisava se sentir segura, e eu era a única pessoa que poderia lhe dar isso. Então, como marido dela, mantive alguns dos meus votos. Outros não eram tão fáceis.

Eu tinha necessidades.

O relacionamento sexual com Ivy terminou não muito depois do diagnóstico. Alguns anos após ela se mudar para a clínica psiquiátrica, comecei a procurar outras mulheres para sexo. Sempre era rápido, sem compromisso, nunca com sentimentos. Já tinha me conformado com o fato de que um relacionamento baseado em amor não seria possível enquanto eu ainda estivesse casado com Ivy e cuidando dela. E isso não iria mudar. Nenhuma mulher conseguiria suportar isso. Ivy não suportaria isso. Então, teria que me contentar com sexo casual e sem sentimento.

Meus pensamentos foram interrompidos quando a porta se abriu, deixando um pouco de luz entrar.

— Desculpe incomodá-lo. Ela está dormindo? — Uma jovem hispânica com cabelo preto comprido que ia até a bunda entrou no quarto. Poderia ter se passado por uma adolescente.

— Está, sim. Precisa que eu a acorde?

— Não. Tudo bem. Meu turno está quase acabando. Posso pedir para Jeri voltar em uma hora. Alguém só precisa dar o remédio dela. — Ela estendeu a mão, e eu a peguei. — Sou Marisol.

— Sou Jake, marido de Ivy. Imagino que seja nova aqui.

— Sim. Comecei esta semana. Eu... ãh... não sabia que Ivy era casada. Vi sua foto na cômoda dela. Pensei que, talvez, você fosse o irmão dela ou algo assim. — Ela olhou para baixo, para seus pés, como se se arrependesse do comentário, depois olhou para cima, de volta para mim. — Não que ela não pudesse ter... Quero dizer...

— Sei o que quer dizer. Está tudo bem.

Esperava que ela saísse, mas ela se aproximou mais.

— Ela sempre foi... assim?

Essa garota estava deixando óbvio que era novata. Não era a primeira vez que um funcionário contratado por aquele lugar parecia ser novo. Para trabalhar em serviços sociais, a primeira regra de ouro era: faça seu trabalho e não se meta na vida particular dos pacientes. Provavelmente, ela nunca nem tinha trabalhado com alguém com transtorno mental. Era difícil encontrar bons trabalhadores porque o pagamento era terrível considerando as responsabilidades que eles tinham. Acho que eu não poderia culpá-la por sua curiosidade, mas pareceu um pouco inapropriado.

— Não. Ela nem sempre teve esse diagnóstico. Nos conhecemos quando éramos adolescentes. Ela era... — Hesitei em usar a palavra *normal* e olhei para os cachos ruivos de Ivy... a única constante... espalhados pelo travesseiro. — Ela era vibrante e feliz na época.

Marisol continuou me olhando como se esperasse que eu continuasse, porém não o fiz. Só continuei olhando para Ivy dormindo.

— Então, quando as coisas mudaram?

— Quando ela tinha uns dezenove anos, mais ou menos seis meses depois de termos nos casado. Ao longo dos anos, ela piorou progressivamente.

— Deve ser bem difícil para você.

Eu realmente não queria ter essa conversa com uma desconhecida. Essa garota achava mesmo que eu ia me aprofundar no assunto com ela? *Claro que era difícil pra caralho para mim!* Ela nem imaginava o caminho que Ivy e eu percorremos ao longo dos últimos seis anos.

— Temos nossos dias — disse sucintamente.

— Bem, ela tem sorte em ter você.

Eu nem sabia como responder a isso, então não o fiz.

Ela continuou ali parada, claramente incapaz de interpretar minha linguagem corporal rígida. Então, pude sentir seus olhos se demorando em mim e, quando a olhei, ela estava encarando as tatuagens dos meus braços. Eu reconhecia seu olhar bem demais.

— Espero que não se importe de eu perguntar. Você tem namorada?

— Por que me perguntaria isso? — retruquei.

— Desculpe… é que… você é um homem muito atraente e, claramente, um cara bom. Só pensei que… talvez se sinta solitário. Vou sair do trabalho em quinze minutos. Quer ir comer alguma coisa?

Ela devia estar me zoando.

— Não. Preciso pegar um trem.

— Um trem? Aonde você vai?

Minhas respostas estavam ficando mais frias a cada segundo.

— Nova York.

— Viajar?

— Não.

— O qu…

— Com todo respeito, não era para você estar trabalhando? Aposto que dar em cima do marido de uma residente não está na descrição do seu trabalho.

Marisol saiu sem perguntar mais nada. Eu não quis ser tão cruel, mas ela mereceu por tratar Ivy assim. Claro, eu vivia uma vida separada fora do meu casamento e lidava com essa culpa. Mas essa garota não tinha direito de fazer suposições sobre a natureza desse relacionamento e de desrespeitar Ivy bem debaixo do nariz dela. Ivy não deveria ser cuidada por pessoas que se aproveitariam dela com tanta facilidade.

Senti meu coração apertar.

Ivy se mexeu quando começou a acordar. Ela se apoiou na cabeceira e pegou um cigarro. Sua sequência de cigarros tinha piorado ao longo dos anos.

Ela se levantou e ficou bem abaixo do relógio na parede, olhando para ele sem se dirigir a mim. Ela gostava de assistir ao ponteiro trabalhar.

Fui até ela e a beijei gentilmente na testa.

— Menina, preciso ir. Só estava esperando você acordar para poder falar tchau.

Ela soprou fumaça no meu rosto e disse:

— Não volte, Sam.

Às vezes, ela me chamava de Sam. Eu não fazia ideia do porquê.

Sempre vou voltar, Ivy... mesmo que você não saiba quem eu sou.

Antes de sair, exigi falar com o gerente para pedir que Marisol nunca mais trabalhasse com Ivy. Como eu não poderia ficar ali durante a semana, precisava conseguir confiar nas pessoas que lidavam com os cuidados dela.

O sopro de ar frio do lado de fora foi um grande contraste ao ar estagnado na clínica. Peguei um ônibus para a estação Amtrak e embarquei no último trem para Manhattan.

Durante a viagem, a culpa se instalou porque, a cada quilômetro mais perto do meu destino, eu sentia um alívio familiar, ansiando pela recuperação que a semana de trabalho sempre trazia. Mas, na verdade, eu estava trocando um lugar vazio por outro.

Quando me aproximei da entrada do prédio na Lincoln Street, no Brooklyn, ela estava olhando para fora pela janela como fazia com frequência tarde da noite. Era como a Rapunzel aguardando na torre, só que, em vez do cabelo longo, ela usava um lenço na cabeça e, em vez de um olhar amoroso, ela me olhava com irritação.

Acenei como sempre fazia para mexer com ela. Eu sabia que ela não iria acenar de volta, e eu sabia o que viria.

Com seu sotaque forte jamaicano que tinha se tornado música para os meus ouvidos, ela disse:

— Vá se foder!

Bem na hora.

Eu sorri.

— Vá se foder também, sra. Ballsworthy.

Falei isso com a melhor das intenções, e essa troca com minha vizinha sempre foi estranhamente reconfortante.

Ao subir as escadas para o apartamento, balancei a cabeça rindo e repeti para mim mesmo:

— Vá se foder também.

É. Eu estava em casa.

Capítulo 3

Passado

Desiree esfregou a bunda em mim e se deitou no meu travesseiro. Ela queria deitar de conchinha. Isso significava que eu precisava tirá-la do meu quarto o mais rápido possível.

Imediatamente, me levantei e tirei a camisinha antes de vestir a calça.

Ligando uma música para me distrair da culpa, peguei um cigarro na mesa de cabeceira e fui até a janela para acendê-lo, soprando a fumaça para fora. Plumas de fumaça misturadas com minha respiração ficaram visíveis no ar frio.

Sempre me sentia um merda depois disso, depois de transar com alguém de quem não gostava.

— Jakey, quer descer para o restaurante para almoçar?

Me virei para um vislumbre da bunda nua de Desiree conforme ela rolava para fora da cama. Quando se abaixou para vestir a calcinha, meus olhos se fixaram na tatuagem de rosa roxa em seu tornozelo.

O pai dela era dono do Eleni's, o restaurante grego debaixo do nosso apartamento. Eu tinha ido lá inúmeras vezes nos últimos meses, e Desiree sempre fazia questão de atender minha mesinha no canto. Flertamos bastante por um bom tempo, mas resisti a tomar qualquer atitude porque ela tinha uma *vibe* de ser o tipo de garota que iria querer mais do que eu poderia dar (ou, pelo menos, o tipo de garota que fingiria que não queria e, então, mudaria seu discurso).

Certa tarde, há mais ou menos uma semana, ela foi direta, me disse o quanto estava atraída e perguntou se poderia subir comigo. Ela era uma garota linda com cabelo comprido e escuro e olhos grandes castanhos, e parecia ser bem doce. Eu não estivera com ninguém sexualmente há um tempo, então foi difícil resistir à proposta direta.

Quando ela começou praticamente a me atacar antes de sequer chegarmos ao meu quarto, fui sincero e falei que não poderia fazer nada com ela se ela esperasse mais de mim. Ela me garantiu que, aos vinte e um anos, sentia que era jovem demais para um relacionamento e só queria se divertir um pouco. Então, cedi.

Duas vezes.

Essa era nossa segunda tarde juntos.

Ela foi até a janela e acenou uma mão diante do meu rosto.

— Terra para Jake.

Olhei para ela sem dizer nada e joguei fora a bituca de cigarro.

— O que foi? — perguntei, ainda perdido em minha própria cabeça.

Ela envolveu os braços no meu tronco, e meu corpo enrijeceu.

— Adoro seu corpo, Jake. Sério, é como uma obra de arte.

Não respondi, só continuei olhando o trânsito lá embaixo. Poderia ser estranho, mas eu não gostava quando ela, ou qualquer mulher, aliás, me tocava fora do sexo.

— Você quer descer para almoçar? Está se sentindo bem?

Meio que morto por dentro, na verdade. Obrigado por perguntar.

Que se foda. Eu estava faminto.

— Estou. Claro. Vamos descer. — Vesti uma camisa e peguei minhas chaves.

A caminho da porta, vi um lenço pink no chão da sala que não estivera ali quando entrei. Não era de Desiree, e a colega que morava comigo, Tarah, estava no trabalho. Outra pessoa havia estado no apartamento. Então, me lembrei de que era para recebermos uma nova moradora naquele dia, uma garota chamada Nina, do norte do estado de Nova York. Peguei o lenço e o joguei no sofá, depois segui Desiree para a porta.

Eu tinha voltado ao trabalho pelo resto da tarde após o almoço. A merda bateu no ventilador quando uma falha gigante foi descoberta em um dos meus projetos. Passei o resto do dia tentando salvar minha pele. Para piorar, Ivy havia me ligado no meio do dia para reclamar que eu não tinha ido vê-la no fim de semana anterior, sendo que passei os dois dias inteiros com ela. Minha cabeça estava girando.

A caminho de casa, parei no mercado da esquina e comprei dois cachos de banana. Adorava banana. Era minha *comfort food*. Mas elas precisavam estar do jeito certo: amarelas com a ponta esverdeada. Isso significava que estavam doces, cremosas e mais firmes. Uma senhora estava me olhando feio enquanto eu fazia minha seleção. Pela expressão dela, você pensaria que eu estava mexendo nas minhas partes baixas em vez de analisando a fruta. Resolvi mexer com ela, então levei uma das bananas à boca, beijei e dei uma piscadinha para ela. Ela agarrou a bolsa, fez careta e se afastou. Esse tinha sido o ponto alto do meu dia.

Quando cheguei ao apartamento, fiquei aliviado ao ver que meus colegas de casa não estavam. Dado o dia que eu tivera, conversar com pessoas era a última coisa que eu estava a fim de fazer. Morava com um cara chamado Ryan e uma garota chamada Tarah. Ryan fazia estágio no escritório do advogado do distrito e Tarah era cabeleireira em um salão chique em Manhattan. Eles eram bem legais, mas não socializávamos exatamente. O fato de que eu ia para Boston todo fim de semana não facilitava para conhecê-los melhor. Na verdade, eu tinha praticamente certeza de que os dois estavam transando. Eu ficava até tarde desenhando e o ouvia sair do seu quarto e ir para o dela, mas nunca perguntei a eles sobre isso. Se não queria que as pessoas se metessem na minha vida, eu ficaria fora da deles.

Arrumei as bananas na fruteira que havia comprado um tempo atrás, depois arranquei uma do cacho e fui para o meu quarto.

Precisando espairecer um pouco, peguei meu caderno de desenhos e comecei a desenhar outra variação do meu pai em sua moto. Quando me sentia para baixo, gostava de desenhá-lo. Me fazia sentir mais próximo a ele. Meu pai morreu em um acidente de moto quando eu tinha cinco anos. Provavelmente, eu tinha feito centenas de desenhos dele ao longo dos anos: dirigindo sua moto nas nuvens, dirigindo para o pôr do sol. Desenhar era meu escape, onde a escuridão se transformava em criatividade. Era tanto terapia quanto expressão da tristeza ao mesmo tempo.

Ouvi a porta da frente bater e, então, vozes na cozinha. Era Ryan e outra garota que não era Tarah. *Caralho.* Deveria ser a nova integrante da casa. Depois do meu dia de merda, sumiu da minha mente o fato de que ela se mudaria. Eu não estava a fim de conhecê-la, mas não poderia exatamente me trancar no quarto a noite inteira. Se eu saísse, mesmo que fosse para pegar uma bebida, teria que me apresentar.

Abri um pouco a porta, porém não consegui vê-la de onde ela estava parada na cozinha. Só sabia que era amiga de infância de Ryan e, de acordo com ele, ela parecia com as gêmeas Olsen. Como eu praticamente associava as gêmeas Olsen àquela série *Três é demais*, meio que tinha uma visão esquisita de uma nova colega de casa chamada Michelle Tanner com bochechas fofinhas, andando por aí dizendo: "pode deixar, cara".

Fumei um cigarro para me animar e estava prestes a ir para a cozinha quando uma história que ela estava contando me fez parar. Ela dava risada enquanto relembrava com Ryan sobre um ex-namorado do ensino médio que costumava escrever poemas para ela dentro de pássaros de origami. Um cara chamado *Stuart.*

Pássaros de origami? Que idiotice.

Desculpe, mas simplesmente não consegui me conter. Saí para a cozinha e dei risada.

— Essa é... a coisa MAIS ESTÚPIDA que eu já ouvi.

Ela pulou um pouco, parecendo assustada por minha aparição repentina.

Estendi a mão.

— Oi, eu sou o Jake.

Ela era baixinha, tinha cabelo comprido e loiro-escuro e um narizinho empinado. A única coisa nessa garota que realmente lembrava as gêmeas Olsen eram, especificamente, os olhos azuis enormes agora observando as tatuagens que cobriam meu braço. Então, ela sorriu para mim e olhou para baixo de novo rapidamente quando meus olhos encontraram os dela por um segundo. Alguém pensaria que eu estava apontando uma lanterna para o seu rosto.

Eu a estava deixando desconfortável?

— Você deve ser a Nini — brinquei.

Eu sabia que o nome dela era Nina.

— É Nina, na verdade. — Quando ela me cumprimentou, enfim olhou diretamente nos meus olhos.

— Eu sei seu nome. Tô só te zoando. — Sorri.

— Prazer em te conhecer, Jake.

Sua mão tremeu na minha. Eu estava, com certeza, deixando-a nervosa. Simplesmente não conseguia entender por quê.

Decidi quebrar o gelo.

— Então, quem é esse Stuart, por que ele está fazendo poemas em pássaros de origami pra você e quem cortou as bolas dele?

Ela deu risada. Pelo menos tinha senso de humor. E um sorriso bonito.

Um sorriso bonito pra caralho.

— Stuart era meu namorado no primeiro ano do ensino médio. Ryan decidiu tocar no assunto sem motivo nenhum.

— O que te traz ao Brooklyn?

— Começo o curso de Enfermagem na segunda-feira. Na Universidade de Long Island.

— Mas ela não fica em Long Island?

Eu sabia onde ficava.

— Tem um campus no Brooklyn. Na verdade, não é longe do apartamento.

— Com seu medo de metrô, isso é uma coisa boa — Ryan disse.

Espere. O quê?

— O que é agora? — perguntei.

— Muito obrigada, Ryan — Nina disse. Seu rosto estava ficando mais vermelho a cada segundo.

Ele pediu desculpa a ela, e ela tentou mudar de assunto, mas dava para ver que ainda estava envergonhada.

Eu a interrompi porque precisava saber.

— Você tem mesmo medo do metrô ou algo do tipo?

— Ela tem medo de tudo — Ryan respondeu. — Aviões, elevadores, altura...

Nina olhou para mim e, não sei se percebeu, mas o medo nos olhos dela estava óbvio.

— Eu só fico um pouco nervosa em lugares lotados e fechados. Só isso. — Ela sorriu, tentando ignorar.

Assenti, compreendendo.

— É tipo uma fobia. Então, lugares que te fazem se sentir presa?

— Sim, basicamente.

Tive a sensação de que havia mais nessa história. Ela poderia estar tentando minimizar isso, porém seus olhos a traíam, exibindo uma sinceridade obscura que contradizia todo o resto. Algo no jeito que ela me olhava também refletia como me sentia por dentro. Não conseguia explicar, mas tive uma conexão com aquela garota bem ali. Foi como se, por um instante, ela enxergasse através da minha fachada da mesma forma que eu conseguia enxergar além do sorriso falso que ela abriu para mim ao amenizar suas fobias. Havia muito mais, muito mais na história dela. E ela não fazia ideia de metade da minha.

— Hum — eu disse.

Ela pigarreou.

— Então, onde você trabalha?

Ela estava tentando mudar de assunto. Resolvi me divertir um pouco com ela.

— Sou engenheiro eletricista em uma empresa aqui na cidade. Projetamos iluminação para estádios. E, à noite, eu danço… em uma boate de strip tease.

Seu rosto ficou rosado diante dos meus olhos. *Bingo.*

— Sério?

— Sim. — Me virei para Ryan. — Você não lhe disse que ela ia morar com a porra do Magic Mike?

Ela simplesmente ficou ali sem palavras. Tinha uma inocência nela que eu não estava acostumado a ver em garotas da sua idade. Mas o efeito que eu parecia causar nela era empolgante. Quando seu rosto foi de rosa para vermelho em certo momento, resolvi acabar com a vergonha dela.

— Estou só te zoando de novo.

— Você *não* é stripper?

— Gostei de você. É um alvo fácil. Vai ser divertido te ter por perto.

Fui pegar uma banana e a senti me observando. Mordi a primeira metade inteira de uma maneira exagerada. Por mais que eu as adorasse, normalmente, não as comia como um orangotango enquanto revirava os olhos. Estava fazendo isso para provocar uma reação nela e curti a repentina expressão divertida dela. Seus olhos, que estavam tão temerosos e taciturnos momentos antes, agora pareciam estar sorrindo genuinamente para mim.

— Esqueci de falar, aquele ali é o cacho de bananas do Jake — Ryan disse. — Achamos que ele é parte humano, parte macaco.

— Você gosta de bananas, hein? — ela perguntou.

— Demais, adoro banana. Humm. — Inflando meu rosto, comi a outra metade em uma mordida grande.

Nina começou a rir ao olhar para mim como se eu fosse louco. Sorri de volta com a boca extremamente cheia e comecei a rir. Não conseguia me lembrar da última vez em que dei risada de verdade.

Quando a risada diminuiu, os olhos dela se demoraram em mim, e senti aquela estranha conexão não dita de novo que não entendia muito bem. Só sabia que fazê-la rir era viciante, e eu não estava mais com tanta pressa de voltar para o quarto.

Eu sorri e peguei outra banana, minha boca ainda repugnantemente cheia. Mal consegui falar:

— Er-ua?

— Hã?

— Quer uma? — repeti.

— Não, obrigada. Tô bem.

— Eu te disse que Jake era interessante — Ryan disse.

Espere. Que porra ele estava falando de mim para ela?

Por que eu me importava?

A porta da frente se abriu, e a atenção de Nina foi abruptamente tirada de mim quando Ryan a apresentou à nossa outra colega de casa, Tarah. Nina e ela começaram a conversar sobre coisas de garota, então resolvi retornar ao quarto.

Tentei voltar a desenhar, mas, entre os traços, minha mente continuava voltando à minha nova colega de casa.

Como ela iria morar em Nova York se tinha medo de metrô?

Eu tinha desenhado um pouco mais, então Nina apareceu na minha cabeça de novo.

Que porra era um pássaro de origami, afinal?

Soltei o caderno, abri meu notebook e digitei no Google: *pássaros de origami*.

Dei risada quando vi como se pareciam. Então, a ideia mais maluca que eu provavelmente já tivera na vida surgiu na minha mente. Fui até a gaveta da escrivaninha, procurando um papel de dobradura, lembrando que havia comprado uns para fazer alguma coisa para minhas sobrinhas certa vez. As únicas cores que sobraram foram amarelo e preto. Peguei algumas folhas pretas e uma tesoura e voltei para o notebook na cama, aí digitei: *morcego de origami*.

Cortei um quadrado e o dobrei em vários triângulos de acordo com os direcionamentos. Precisei de algumas tentativas, mas, finalmente, consegui fazer um que parecesse até que decente.

Agora que porra fazer com isso era a questão. Queria dar a ela como uma piada, mas o que escreveria nele? Não podia escrever um poema, nem se quisesse.

O que se poderia escrever para alguém que não conhecia? Só sabia que ela tinha fobias e um sorriso bonito. Sabia que iria começar a estudar Enfermagem.

Sabia que ela me fazia sentir alguma coisa.

Então, pensei nas gêmeas Olsen. Não achava que ela se parecia com elas, mas poderia brincar quanto à questão de *Três é demais*. De acordo com Ryan, ele zombara disso com ela durante a infância inteira deles, então ela entenderia a piada.

Peguei uma caneta de gel prateada.

Qual era a porra do nome delas mesmo? Digitei no notebook: *gêmeas Olsen*.

Mary-Kate e Ashley.

Certo.

Fiquei ali sentado encarando o morcego de papel na mão e não pude deixar de rir de mim mesmo. Era oficial: tinha enlouquecido por uma garota.

Escrevendo em um bloco de notas, brinquei com diferentes frases e, enfim, escrevi uma mensagem.

Bem-vinda ao lar, Mary Kate!

— Seu colega stripper

Era meio idiota.

Talvez mantivesse simples. Abri a aba de uma das asas do morcego e escrevi, *Bem-vinda à "Casa"*.

Minha porta se abriu um pouco, e a vi andando pelo corredor até o banheiro e, logo depois, o chuveiro se abriu. Era o momento perfeito para colocar o morcego no quarto dela. Comecei a pensar na mensagem genérica. Pareceria sério demais se não escrevesse algo engraçado. Então peguei a caneta e adicionei algo à outra asa, depois analisei o recado.

Seu quarto tinha cheiro de baunilha. Não tinha nada nas paredes e, exceto pela mala pink no canto, estava relativamente vazio. Uma foto dela e de um cara estava no topo da cômoda e me fez pensar se era o namorado dela.

Coloquei o morcego de origami em sua mesa de cabeceira e saí silenciosamente.

Tocava uma música antiga do Nirvana no meu iPod. Minha porta foi deixada aberta de propósito enquanto estava deitado na cama. Um vislumbre do seu cabelo molhado me chamou atenção conforme ela se apressou de volta para seu quarto, e um sorriso se espalhou pelo meu rosto ao pensar nela encontrando o morcego. Percebi, pela segunda vez, que, até hoje, eu não sorria ou dava risada de verdade há décadas. Ao mesmo tempo, sabia que estava jogando um jogo perdido ao buscar atenção de alguém que nem sequer sabia quem eu realmente era.

Resolvi tomar um banho para tentar tirá-la da cabeça. Assim que entrei no banheiro, ficou óbvio que não seria possível esquecer Nina. O vapor restante do seu banho preenchia o cômodo. Conforme abri a água quente e tentei relaxar, Nina estava em todo lugar. Uma mecha de cabelo loiro grudado ao azulejo da parede. O cheiro do seu xampu de coco e limão saturava o ar.

Então, depois de eu sair da banheira, uma calcinha florida no chão chamou minha atenção.

Porra.

Não sabia se deixava ali ou se a pegava. O pensamento de que não queria que Ryan a encontrasse passou por minha mente. Não sabia de onde isso estava vindo. Só sabia que só de pensar nele encostando na calcinha dela me irritava.

Me irritava mesmo.

Então, eu a peguei e a levei para o meu quarto.

Vestindo uma calça de moletom preta, resolvi levar para ela sua calcinha. Bati à porta e, quando ela abriu, sua expressão comprovou que ela não estava me esperando mesmo.

Seus olhos trilharam a amplitude do meu peito nu, e meu abdome se contraiu em resposta.

Ela olhou para baixo por alguns segundos, para minha barriga, que estava particularmente definida, já que comecei a malhar um ano antes em meus intervalos do almoço na academia do escritório. A forma que seus lábios se abriram comprovou que todo o trabalho duro valeu a pena.

Finalmente, ela olhou para mim.

— O... oi... E aí?

Uma blusinha justa grudava em seus seios enormes, seus mamilos protuberantes através do tecido.

Estou. Fodido.

Vestindo isso, ela, definitivamente, não estava esperando que eu batesse à sua porta, e eu, definitivamente, não estava esperando esquecer como respirava. Nem conseguia me lembrar por que havia ido ao quarto dela.

Ah, sim.

Coloquei a mão no bolso.

— Encontrei no chão do banheiro... achei que você fosse querê-la.

Ela a pegou de mim, parecendo adoravelmente envergonhada. Olhando para o canto do quarto, vi que o morcego ainda estava no mesmo lugar da mesa de cabeceira e presumi que ela ainda não o tinha visto.

Como se, de repente, percebesse que meus olhos estavam fazendo planos para o futuro com seus peitos lindos, ela cruzou os braços à frente do peito.

Droga.

— Obrigada — ela disse.

Seu rosto voltou ao mesmo tom de rosa que reconheci de mais cedo. Sorri, na tentativa de amenizar a tensão agora óbvia entre nós. Quando senti meu pau enrijecer, essa era minha deixa para recuar para o corredor e voltar para o meu quarto. Deus, precisava ficar longe dessa garota ou iria me meter em encrenca.

Naquela noite, virei e revirei na cama conforme um pensamento passava por minha cabeça como um disco riscado.

Você nunca poderá ficar com ela.

Capítulo 4

Presente

— Então imagino que não cumpriu mesmo seu juramento de ficar longe dela — Mitch brincou.

— Ãh... não.

Olhei para o celular quando chegou uma mensagem de texto de Nina.

Estou bem. Mas preciso de mais tempo sozinha.

— É a Nina?

— É. Jurei não enviar mensagem para ela, porém não consegui resistir. Precisava saber se ela estava bem. Ela falou que está bem, mas que precisa de mais tempo.

— Tempo para quê, exatamente?

Balancei a cabeça e olhei para fora pela janela. Estava começando a cair um pouco de neve lá fora.

— Tempo para pensar, eu acho... tempo longe de mim.

Skylar entrou de novo na sala segurando uma caneca. Ela tinha ido à cozinha pegar um pouco de chá e ligar e ver como estavam seus dois filhos mais velhos, Henry e Lara, que estavam ficando com a mãe de Mitch em Nova Jersey. Henry era filho de Mitch, e Lara era adotada. Então, Mitch Jr. era seu primeiro filho biológico juntos. O nascimento dele foi uma grande coisa mesmo porque tinham falado para Skylar que ela nunca poderia ter filhos depois dos tratamentos para linfoma em sua adolescência. Felizmente, agora ela estava em remissão.

— O que eu perdi? — ela perguntou.

— Nina acabou de enviar mensagem. Ela está bem, mas falou que precisa de mais tempo sozinha.

— Quer que eu ligue para ela?

— Não. Conheço minha esposa. Ela ficaria ainda mais irritada se pensasse que envolvi vocês. Nem sabe que vocês estão aqui, lembra?

— Certo. Me avise se mudar de ideia.

— Ela só precisa espairecer. Vai ficar tudo bem. Ela vai voltar esta noite.

Pelo menos era isso que eu ficava dizendo a mim mesmo. Na verdade, o fato de ela sair de casa me assustou demais. Me fazia temer que, mesmo após todo esse tempo, Nina tinha, enfim, descoberto que ela poderia ter conseguido algo melhor e que merecia mais.

Com meias felpudas, Skylar apoiou os pés na perna de Mitch.

— Então, precisamos voltar a essa história.

— É, Jake — Mitch disse. — O que aconteceu depois que ela se mudou?

— Ah, esta é a melhor parte. — Skylar deu risada. — Foi aí que começou a *tutoria* entre aspas.

— Ei, eu levava muito a sério. — Fiz uma careta. — Queria ajudá-la a passar em matemática.

— Você queria *se* ajudar com a xereca dela.

Skylar sempre me fazia rir.

Dei risada.

— Talvez. Mas, na época, nunca pensei que teria uma chance de verdade com isso. Estava realmente me esforçando muito para manter platônico, só para conseguir ficar perto dela.

Skylar se virou para Mitch.

— Eles inventaram uma aposta que, se ela tirasse menos de dez em suas provas de Matemática, ela teria que deixar Jake levá-la para enfrentar seus medos irracionais.

Mitch assentiu ao massagear os pés de Skylar.

— Então isso aproximou vocês.

— Pode-se dizer que sim.

Capítulo 5

Passado

Puta merda. Hora do show.

Nina havia tirado 7,8 na primeira prova. Na verdade, foi muito melhor do que pensei que ela tiraria, levando em conta nossa primeira sessão de estudo.

Alguns dias depois de ela se mudar, compartilhamos uma cerveja na cozinha. Eu tinha ido para casa para almoçar quando ela entrou após seu primeiro dia de aulas. (Tá bom, fui para casa na esperança de encontrá-la.) Estivera fora o fim de semana inteiro em Boston e não havia conseguido parar de pensar nela. Embora ela ainda estivesse tímida perto de mim, era bem fácil de conversar com ela, e eu gostava da sua companhia.

Começamos a conversar sobre seus problemas com Matemática, uma matéria em que ela precisava passar, pois fazia parte do seu currículo de Enfermagem. Matemática era fácil demais para mim, então me ofereci para ensiná-la. Aí, a brilhante ideia da aposta surgiu em minha mente. Ela teria que tirar dez em toda prova ou enfrentaria uma de suas fobias. Afinal de contas, medo era um grande motivador. Se ela não aceitasse a aposta, falei que renegaria minha proposta. Era uma situação em que todos sairiam ganhando: ela ficaria excelente em Matemática ou começaria a superar as coisas que a impediam de viver por completo.

Como ela temia muitas coisas — altura, metrô, aviões, espaços fechados, multidões —, demorei um pouco para pensar por onde começar. No entanto, quando a nota chegou, eu estava pronto.

Foi assim que acabei no corredor de granola do Trader Joe's.

Queria perguntar à vendedora o que ela recomendava, mas o que eu diria exatamente? *Com licença. Estava pensando se poderia recomendar algo leve para poder recompensar o fato de prender alguém em um elevador e torturá-lo?*

Pensei melhor em minhas opções conforme fiquei parado na fila do caixa, mas era tarde demais para voltar, pois eu já estava atrasado.

Exemplo principal: homus. Nada de hálito de alho em um espaço fechado e pequeno.

Gênio, Jake.

Sem saber como ela reagiria ao plano, meu coração ficou acelerado o caminho inteiro para casa. Era mais de empolgação, porque seria a primeira vez que ficaríamos juntos fora do apartamento.

Certo, aparentemente, eu não fazia ideia de em que realmente estava me metendo.

Nina nem olhava para mim enquanto andávamos lado a lado pela Lincoln Street.

Ela estava surtando mesmo por isso, e eu precisava garantir a ela que tudo ficaria bem. De repente, parei enquanto ela continuou andando à minha frente sem perceber. Quando viu que eu não estava mais ao seu lado, ela se virou.

— Por que você parou? — ela perguntou.

Fui até ela e coloquei as mãos firmemente em seus ombros, fazendo-a se encolher. Não sei se foi porque estava nervosa ou porque foi a primeira vez que a toquei além do aperto de mão inicial. Estava mais frio do que previ, e nenhum de nós estava vestindo casaco. O vento soprou as mechas loiras do seu cabelo selvagemente. Ela tinha um cabelo lindo.

Esfreguei as mãos firmemente em seus ombros para aquecê-la. A necessidade de confortá-la era enorme, mas, recentemente, eu havia estudado comportamento cognitivo e terapia de exposição e sabia que era necessário ser firme hoje para que ela não desistisse.

— Nina, posso perceber que você está com todos esses pequenos cenários na cabeça agora. Não está ajudando. A única coisa que vai acontecer com você é o que está acontecendo no momento, não todas as possibilidades desastrosas na sua mente. Então corta essa, ok? Não vou deixar nada te acontecer.

Quando chegamos à estação de metrô da DeKalb Avenue, precisei convencê-la a descer as escadas. Desci alguns degraus na escadaria escura olhando para cima, para ela, conforme ela ficou na calçada. O medo em seus olhos era palpável. Meu coração começou a bater mais rápido, e eu não sabia se era porque estava nervoso por ela ou porque ela estava linda de parar o coração enquanto olhava para mim com a luz do sol em seu cabelo.

Erguendo a mão em sua direção, eu a incentivei a ir até mim.

— Nina, vamos. Estou com você.

Continuei a motivá-la a descer em silêncio com meus olhos.

Estou com você.

Quando ela se moveu lentamente na minha direção, no segundo em que ficou perto o suficiente para tocá-la, peguei sua mão e entrelacei nossos dedos. Não conseguia me lembrar da última vez que segurar a mão de alguém provocou esse tipo de reação em mim, uma sensação que pude sentir da cabeça aos pés e em todo lugar entre eles.

Minha mão apertou a dela com firmeza conforme a levei para baixo pela escada. Embora eu não quisesse, precisei soltá-la para pagar a passagem.

O leve cheiro de urina pairava no ar conforme nos sentamos em um banco a fim de aguardar na plataforma. Os sons de um homem tocando saxofone ecoavam pela estação. Quando o trem se aproximando guinchou e parou, segurei a mão dela de novo e a levei para dentro do vagão cheio.

Era no meio do fluxo da noite, então não havia assentos. O corpo dela começou a tremer assim que as portas do vagão deslizaram para se fechar. Queria abraçá-la, mas isso, provavelmente, não era a melhor ideia por inúmeros motivos. Tinha que me lembrar constantemente dos limites que precisavam ser colocados para o meu próprio bem. Em vez disso, descansei as mãos nos ombros dela para mantê-la equilibrada.

— Tudo bem se sentir nervosa, Nina. Não é para você estar confortável. Pare de lutar contra isso e deixe esses sentimentos aparecerem.

Conforme o trem balançou, mantive os olhos fixos no seu rosto a fim de garantir que ela não hiperventilasse ou algo assim. Ela não olhava para mim. Suas bochechas estavam rosadas, e seu corpo continuava a tremer de medo.

Só pude absorver tudo e coloquei a mão em seu queixo e obriguei seus olhos a olharem nos meus.

— Como você está?

— Bem. Só quero que isso acabe.

Meu estômago se contraiu. Ela não fazia ideia do que havia guardado para ela depois. Me senti mal, porém me lembrei de que era tudo para seu próprio bem.

— Nossa parada é a próxima. — Eu sorri e, pela primeira vez desde que entramos no vagão, ela sorriu de volta.

— Eighth Avenue — soou pelo alto-falante.

Ela pareceu se acalmar um pouco depois disso. Quando o trem parou de repente, meu corpo tombou sem querer com o dela, e pude sentir seus seios macios contra a rigidez do meu peito. Um gemido baixinho sem querer escapou de mim. Ela olhou para mim, e eu sorri para ela.

Guiando Nina para fora do trem, brinquei:

— Você conseguiu. Foi tão ruim assim?

— Foi mais ou menos como eu esperava, mas estou feliz que acabou. Podemos pegar um táxi pra casa agora?

Droga. Ela realmente pensava que tinha acabado; ela iria me odiar para sempre.

Se fosse qualquer lugar além de uma cidade lotada, teríamos atraído bastante atenção. Parecia que eu estava sequestrando Nina conforme ela me deixava, com relutância, guiá-la pelas calçadas de Nova York para um destino desconhecido. Imagine isso: um cara alto, tatuado e cheio de piercings guiando uma coisinha que parecia inocente e estava praticamente tremendo. Deve ter sido como assistir a Marilyn Manson e Laura Ingalls indo na sua direção no fim da rua.

Após andar em silêncio por várias quadras por Manhattan, chegamos ao nosso destino, um prédio alto de apartamentos que meu amigo Vinny do trabalho gerenciava por meio-período. Ele tinha combinado de podermos ter uso total de um dos elevadores por quanto tempo fosse necessário.

Depois de apresentar Nina para Vinny, provavelmente ela imaginou que eu fosse levá-la em um passeio de elevador. O que ela não sabia era que seria muito mais do que isso.

No segundo em que apertei o botão, o pânico dela se instalou.

— Jake, escute, não sei se o Ryan já te disse alguma coisa, mas essa coisa toda... todos os meus problemas... começaram em um elevador. Foi onde meu primeiro ataque de pânico aconteceu. Estava no ensino médio e fiquei presa e...

— Mais um motivo pra superar isso. Se você entrar em um agora, pode ajudar a desfazer o dano criado pela sua própria mente.

Ela me segurou pelo braço.

— Por favor... faço qualquer coisa, menos isso. — Nunca tinha visto o medo como vi nos olhos dela.

Parecia que ela estava prestes a chorar. *Merda*. Eu tinha mesmo escolhido um puta de um exercício inaugural.

O *ding* soou, sinalizando que o elevador tinha chegado ao térreo. As portas se abriram, e enfiei meu braço para dentro a fim de impedi-las que fechassem.

A primeira lágrima escorreu por sua bochecha.

— Porra, Nina, não chore. Vamos, prometo que nada vai acontecer com você lá dentro.

Era incrível como um medo irracional poderia tomar conta do senso comum de alguém. Ela precisava superar isso, e eu não a deixaria se acovardar. Mas não poderia obrigá-la a fazer alguma coisa. Em última análise, era ela que precisava tomar a decisão de entrar.

A mochila preta que eu tinha trazido com suprimentos estava pesada, então a coloquei no chão, imaginando que precisaria de toda a minha força caso ela enlouquecesse para cima de mim. Coloquei um pé dentro e estendi a mão para ela.

Após muitos minutos, ela finalmente a pegou e me deixou puxá-la para dentro.

Isso.

A voz dela estava trêmula.

— Deixe a porta aberta.

— Ok. Podemos ir devagar.

Continuei segurando a porta aberta, porém sabia que ela nunca iria me dizer para fechá-la.

— Você me diz quando estiver pronta para dar um passeio.

— Eu nunca vou estar pronta. Você não entende? Nunca vou estar pronta pra essa porta fechar.

— Então precisa me deixar decidir, ok? Você confia em mim, Nina?

Ela apertou mais forte minha mão. Para uma garota pequena, com certeza ela tinha muito mais força quando estava temendo pela própria vida.

Então, aconteceu algo incrível. Ela me olhou nos olhos, e pareceu haver uma mudança em sua expressão. Eu soube que foi o exato instante em que ela decidiu depositar toda a sua confiança em mim. Pela segunda vez desde que nossa aventura começou, precisei abafar o desejo de puxá-la para o meu peito.

— Eu provavelmente não deveria confiar em você, Jake, mas a verdade é que confio. Só estou assustada.

Se essa fosse a última coisa que eu fizesse, queria erradicar cada pedacinho de medo que morava dentro dessa garota. Queria que ela fosse feliz e queria ser a pessoa que faria isso acontecer mesmo que não conseguisse entender de onde estava vindo essa necessidade.

— Nina, vou deixar a porta fechar agora, ok?

Ela assentiu.

Boa garota.

Soltei o botão, porém, quando as portas se fecharam, Nina começou a tremer. Continuei com o plano e apertei o botão para o andar mais alto. Ela me pegou desprevenido quando me abraçou, envolvendo seus braços em minha cintura e apoiando a bochecha no meu peito. Cada músculo do meu corpo enrijeceu para resistir aos sentimentos que estavam me percorrendo. Meu coração martelava contra a bochecha dela. Olhei para baixo e vi que seus olhos estavam fechados. Suas unhas se fincaram em minhas laterais e eu, silenciosamente, a incentivei a apertar mais forte. Queria a dor dela. Queria qualquer coisa que ela pudesse me dar naquele momento e saboreei o toque dela, mesmo que não fosse para ser apreciado. Inspirei o cheiro de xampu do seu cabelo para acalmar minha sobrecarga sensorial. Provavelmente, ela não fazia ideia de que meu próprio corpo estava instável por um motivo totalmente diferente que o dela.

Minha boca tocou levemente sua orelha quando eu disse:

— Você está indo bem. — Olhei para cima para os números digitais. — Olha, estamos no quinquagésimo agora.

Ela se recusou a mexer o rosto, que ainda estava enterrado na minha axila.

— Não me fala! Não quero saber em que andar estamos.

Por mais que eu nunca quisesse soltá-la, havíamos chegado ao último andar. Com relutância, me afastei dela, meu corpo instantaneamente desejando a volta dos seus seios quentes no meu peito.

— Quer andar um pouco por aqui ou quer descer logo?

— Voltar pra baixo. Por favor.

— Você que manda.

Pode deixar, cara.

Ela segurou minha camiseta de novo conforme o elevador desceu. Apesar de ficar tentado a aproximá-la de mim, era melhor não o fazer porque, em segundos, eu estava prestes a me tornar o homem mais odiado do universo dela.

Juro, Nina. É para o seu próprio bem.

Respirei fundo e apertei o botão vermelho.

O elevador parou de repente, e Nina gritou como uma alma penada.

— Jake! Jake? Estamos presos! O que está acontecendo? O que está acontecendo?

Com uma mão no botão de parar, mantive a tranquilidade e pus o dedo indicador na boca.

— Shh.

A expressão dela se transformou de terror para ódio diante dos meus olhos.

— Por favor, me diga que... *você*... não acabou de parar esse elevador?

— Calma. Nina. Cal...

Ow. Porra.

Ela tinha usado toda a sua força para me bater no peito.

— Que porra, Nina. Para!

Segurei as mãos dela e as travei nas minhas, e meu olhar desafiador ardeu no dela. Ela não conseguia se mexer com minha imobilização. Por mais que seu soco no peito tenha doído, ela estava percebendo como eu era forte e que ela não conseguiria vencer.

— Você me disse que não me forçaria a fazer nada com que eu não estivesse confortável. Estou te implorando... para liberar esse elevador... *agora*!

Se um condômino a ouvisse dizer isso, chamaria a polícia.

Segurando suas mãos com mais força, eu disse:

— Nina, se acalme. Está tudo bem. Você não vê que tem que suportar isso? Tem que passar pelo momento de pânico. Se conseguir passar dele e ver que nada acontece, pode fazer qualquer coisa.

Eu pesquisara bastante nos últimos dias sobre ataques de pânico. Havia sempre um pico em que os sintomas eram mais insuportáveis, mas, se a pessoa se mantivesse na situação em vez de fugir, as coisas, em certo momento, se acalmariam quando percebesse que não estava realmente em verdadeiro perigo. A maioria das pessoas fugia antes de chegar a esse ponto. A cura estava em permanecer até o fim.

Continuamos a discutir até ela começar a hiperventilar. Eu queria que soubesse que a escolha ainda era dela. Me aproximei mais e coloquei as mãos no rosto dela.

— Olha pra mim. — Passei a língua pelo meu lábio inferior. Por mais louca que ela estivesse agindo, eu desejava provar sua boca. Queria que fosse possível beijar o medo para fora dela. Em vez disso, simplesmente disse: — Se você me fizer apertar esse botão, o acordo está cancelado.

— Ok... o acordo está cancelado... aperte. Agora.

Bem, saiu pela culatra.

Me reposicionei diante do painel de botões para bloqueá-lo e resolvi firmar minha postura. Cruzei os braços.

— Não.

— Jake... aperte o botão.

— Não. Você voltaria à estaca zero. Tem que superar e a única maneira é passando por isso. Não vou te deixar desistir tão fácil.

Ela gritou com frustração e socou a parede do fundo.

— Foda-se! Não acredito nisso.

Acredite em mim, daria qualquer coisa para saber como é foder você, Nina.

Brinquei:

— Bem, essa é uma maneira de passarmos o tempo, mas não tenho o hábito de fazer isso com mulheres no meio de um ataque de pânico. É muito confuso... difícil dizer o que realmente está causando a respiração intensa.

— Muito engraçado.

Falei para ela que estava brincando só no caso de ela não entender meu senso de humor. Ela acabou se sentando no chão na posição fetal, e foi quando eu soube que era hora de implementar a fase dois.

A cabeça dela estava entre os joelhos, então ela não me viu abrir a mochila. Imaginei que começaria esta festa com um estouro. Enfiei a mão na mochila e tirei a garrafa de champagne que havia levado e me preparei para abri-la.

Aqui vai... nada.

Quando a rolha voou no ar, soltou um *pop* alto. A espuma jorrou e derramou em toda a minha camisa limpa. Não pude deixar de rir quando vi a cara de Nina.

— Jake! Que porra? Que PORRA?

Ergui a garrafa.

— Estamos comemorando!

— Você é doente!

— Estamos celebrando sua sobrevivência, Nina! Faz doze minutos e trinta e três segundos desde que o elevador parou e você ainda está viva.

Peguei duas taças de champagne e uma toalha de piquenique que havia levado, quase batendo no rosto dela quando a desdobrei e estendi no chão do elevador.

— O que você está fazendo?

— O que acha que estamos fazendo? Estamos fazendo um piquenique.

Tirei o resto das delícias que havia comprado no Trader's Joe e coloquei na toalha junto com meu iPod.

— Você não está falando sério!

— Seríssimo. Precisamos mudar sua conotação negativa de elevadores. Da última vez que você esteve nessa situação, associou com escuridão e desgraça. Agora, da próxima vez que ficar presa em um, pensará no piquenique incrível que vamos fazer.

Servi o champagne e lhe entreguei uma taça. Ela se recusou a pegá-la.

— Você está sendo um idiota.

— Pode pegar, ou eu posso beber tudo. Então você vai ficar presa nesse elevador com um idiota *bêbado*.

Fingi gostar da comida um pouco demais enquanto ela olhava para mim como se eu fosse louco. Não havia combinação nem motivo para o sortimento que eu havia selecionado: ervilhas com wasabi, cerejas com cobertura de chocolate, biscoitos de gergelim, biscoito de *animais* infantil, homus. Eu só estava tentando sair rápido do mercado, mas agora, olhando para as coisas aleatórias que tinha escolhido, era quase cômico.

Após muitos minutos, para minha surpresa, ela começou a provar um pouco da comida e tinha bebido toda a sua primeira taça de champagne.

Extravagantezinha fofa.

Meu plano de distrair a mente dela de seus sintomas estava funcionando. Então agora era hora de implementar a fase três.

Peguei meu iPod, o conectei a uma caixinha de som e procurei uma playlist muito especial que tinha passado a maior parte da noite anterior criando.

A primeira música era *Free Fallin'*, de Tom Petty. Você deveria ter visto o olhar dela quando percebeu o que eu estava fazendo. Então, um milagre minúsculo aconteceu. Pela primeira vez desde que essa excursão começou, Nina realmente deu risada, e eu a segui, bastante aliviado em ouvir aquele som lindo saindo de sua boca.

— Nina Kennedy, eu ouvi uma risada? Você está mesmo fazendo pouco dessa situação perigosa e ameaçadora em que estamos? Que vergonha!

Então, ela jogou uma cereja em mim.

Isso, porra.

Essa era exatamente a reação que eu estava esperando. Ela ficou tão envolvida com a ridicularização da situação que se esquecera da obsessão com sua ansiedade, e não estava mais nervosa.

— Jake, você não bate bem da bola, sabia?

— Ah! Falando em bola... — Enfiei a mão no fundo da mochila para pegar algo que havia me esquecido de tirar. — Você precisa provar as *minhas* bolas, Nina. Prova. — Minha intenção era envergonhá-la, e tinha funcionado. Deus, era muito fácil. — Por que está vermelha? — perguntei.

— Não quero provar suas bolas, obrigada. — Ela sorriu.

Ela estava entrando no jogo. Que legal. Agora que eu sabia que ela gostava de insinuações sexuais, teria que me lembrar de fazer mais algumas. Valeria a pena só para ver suas bochechas se acendendo naquele tom lindo de rosa. Tive que fazer minha mente suja parar de imaginar quais outros tons lindos de rosa se escondiam debaixo de suas roupas.

Entreguei a ela o pacotinho de bolinhas de castanha-do-pará com cobertura de chocolate, e continuamos a apenas curtir a música juntos.

— Então, Nina, qual foi sua parte preferida de hoje até agora?

— Humm... vamos ver. Teve bastante — ela disse, brincando. — Mas acho que o número um vai para... mijar um pouco nas calças quando você estourou a rolha, me fazendo realmente acreditar, por um momento, que o elevador tinha explodido em uma bola de fogo. Obrigada por isso.

— É por isso que estou aqui, momentos felizes como esse.

— Gostei.

— Nina?

— Sim?

— Da próxima vez, vou trazer calcinha extra na mochila para você.

Simples assim, outra cereja coberta de chocolate voou na minha cara.

Eu estava me sentindo meio alegre, e isso me fez querer flertar com ela.

— Você tem sorte de ser linda quando está pirando.

Ela não respondeu.

Então, começou a rir quando *Stuck in the Middle with you*, de Stealer's Wheel, começou.

— Gostou dessa, hein? — perguntei.

— Você é louco... mas quer saber? Não estou mais em pânico, então faz algum sentido.

Dei uma piscadinha para ela.

— Boa menina. — Percebi que havia dito isso de um jeito totalmente sexual que a fez corar de novo.

Paramos de falar por um tempo e simplesmente fiquei deitado em silêncio conforme a música tocava. Nina fechou os olhos, e resolvi fazer a mesma coisa. Percebi o quanto o dia tinha sido exaustivo. Eu nem fazia ideia de que horas eram, embora não importasse, porque era exatamente ali que eu queria estar. Não estava com pressa de voltar à realidade.

Meus olhos se abriram em certo momento, e os dela ainda estavam fechados. Desta vez, não era por medo. Ela parecia quase em paz, e me dei um tapinha de parabéns nas costas mentalmente. Foi a primeira vez que realmente pude olhá-la sem ela saber. Nina era mais naturalmente linda do que as muitas mulheres com quem ficara nos últimos anos. Com pele sedosa e leitosa, ela não precisava de nenhuma maquiagem. Tive vontade de me esticar e colocar uma mecha do seu cabelo atrás da orelha.

Fechei os olhos e, desta vez, quando os abri, a flagrei me encarando. Ela desviou o olhar imediatamente. Fechei os olhos de novo e os abri muito pouco, só o suficiente para vê-la, mas fazendo-a pensar que eu ainda não conseguia e a observei olhando para mim o tempo todo.

O que ela realmente pensava de mim era um mistério. Eu sentia que ela estava atraída por mim, mas me perguntei se eu a assustava um pouco.

Abri os olhos de repente. Como previ, ela virou a cabeça para longe de mim.

Resolvi brincar com ela.

— Está satisfeita?

— Como?

— Posso guardar as coisas?

Uma expressão de alívio tomou seu rosto quando ela percebeu que eu não estava me referindo a ela me encarando.

— Ah... sim... hã... sim.

Assim que acabei de guardar a comida, meus nervos se agitaram quando começou uma música que, originalmente, pensara em não adicionar à playlist. Eu tinha procurado, especificamente, músicas sobre elevadores na noite anterior quando uma faixa chamada *Stuck in the Elevator* apareceu na busca. Enquanto todas as outras músicas que eu havia escolhido eram para ser engraçadas, essa era lenta, séria e quase hipnotizante. As palavras transmitiam o que eu não poderia ter sabido na noite anterior, mas exatamente o que eu estava sentindo no momento: que, de alguma forma, era para eu estar ali com ela naquele instante.

Com as costas contra a parede, fechei os olhos de novo e me perguntei se ela estava entendendo o significado da música.

Sua voz suave me assustou.

— Quem canta essa música?

— Eu a encontrei na internet e se chama *Stuck in the Elevator*, de Edie Brickell. Gostou?

— Sim. Gostei.

— Ótimo.

— Mas você ainda é louco — ela disse baixinho.

Abri os olhos e vi sua boca aberta no sorriso mais lindo que ela já tinha me dado. Deveria ter sido bom, mas, em vez disso, foi um gatilho para um desejo terrível dentro de mim.

Eu tinha uma queda por ela — como uma porra de um adolescente. Não conseguia me lembrar da última vez que me senti assim. Obrigado a crescer rápido demais, meus anos de adolescência antes de Ivy eram um borrão. Não me lembrava mesmo de sentir nada remotamente parecido antes. Se eu fosse aquele adolescente, a vida seria simples e nada estaria me contendo de ir atrás dela. Em vez disso, eu tinha vinte e quatro anos e era um homem legalmente casado jogando um jogo perigoso com meu coração. Me aproximar dela, sabendo que nunca poderíamos ficar juntos, era uma má ideia.

Duas vozes na minha cabeça pareciam estar competindo conforme a música continuava a tocar.

A voz da razão era a mais alta: *nem pense por um segundo que essa garota poderia um dia aceitar seu casamento com Ivy. Depois de ajudar Nina a passar por essa merda, você precisa ficar longe dela. Entendeu?*

Bem no fundo dessa voz, havia uma mais fraca que eu tinha praticamente certeza de que vivia em um asilo insano em algum lugar do meu coração. Essa parecia passar uma única mensagem quando eu colocava os olhos nela: *Talvez haja um jeito.*

Após voltarmos para casa naquela noite, Nina bateu à porta do meu quarto, pois estava entreaberta.

Endireitei as costas na cabeceira da cama e coloquei o notebook de lado.

— Entre.

Ela foi até a cama e se sentou na beirada ao lado dos meus pés.

— Só quero te agradecer de novo por hoje. Sei que devo ter parecido uma maluca por um tempo lá.

Dei de ombros, brincando.

— Não... não. *Nem* um pouco.

Dei uma piscadinha.

Ela sorriu.

Sorri de volta.

Trocamos olhares por alguns segundos cheios de tensão antes de ela desviar o olhar. Ficamos sentados em silêncio até ela olhar para cima, para mim, de novo. Sua expressão ficou séria.

— Ninguém nunca fez algo assim por mim, Jake. Quero dizer, você foi tão cuidadoso com isso.

Balançando a cabeça, eu disse:

— Não foi nada. No mínimo, foi divertido para mim.

Ela cobriu o rosto.

— Eu bati em você, pelo amor de Deus!

Brinquei:

— É. Não foi a primeira vez que uma mulher me bateu no calor do momento. Mas, geralmente, estou de algemas e vendado.

Dei uma piscadinha de novo.

Ela sorriu de novo.

Sorri de volta de novo.

Nina se inclinou um pouco, fazendo minha pulsação acelerar.

— Você se submeteu a tudo aquilo, sabendo muito bem que eu iria surtar com você. Quero dizer, qual era a vantagem para você?

Você.

Você era a vantagem para mim.

— Qual era a vantagem para mim? — Me sentei ereto, me aproximei de onde ela estava sentada na cama e cocei o queixo. — Pude ver você passar de viver em um lugar imaginário para viver no presente. Pude compartilhar isso com você porque confiou em mim. É emocionante saber que pude te mostrar como viver o momento... porque é só isso que existe, Nina. Muito estresse poderia ser eliminado se todos nós aprendêssemos a fazer isso.

Ela assentiu para si mesma, absorvendo minhas palavras.

— Este momento... agora... nós dois sentados aqui... é só isso que existe. Preciso ficar me lembrando. É mais fácil fazer isso quando alguém que é centrado está te guiando. Ninguém nunca segurou minha mão para passar por algo assim. Obrigada de novo.

— Imagine.

— Sabe, todo mundo em casa pensa que sou louca. Nunca levam minha ansiedade a sério. Meus pais, meu ex-namorado...

Ex-namorado.

Queria bater no cara, quem quer que fosse. *Otário.*

Era o instante perfeito para questionar o que eu estivera me perguntando desde que ela se mudou.

— É o cara na foto no seu quarto?

Nina balançou a cabeça.

— Não. Não, aquele é meu irmão.

Meu coração começou a bater mais rápido.

— Você não tem namorado agora?

— Não.

O alívio me percorreu, apesar de ter que me lembrar de que não deveria ter importado, já que eu não a perseguiria.

Senti meu pau se mover conforme o olhar dela viajava pelo meu peito sem camisa e descia além do meu abdome trincado. Minha pulsação acelerou quando ela estendeu a mão e a colocou na tatuagem de dragão no meu antebraço esquerdo.

— O que é isso?

Meu braço pinicou com seu toque, que pareceu elétrico. Em qualquer momento, sentia que estava a segundos de segurar a camisa dela e puxá-la para um beijo demorado. Queria isso desesperadamente.

Pigarreei.

— É um dragão.

— Não consegui identificar, de primeira, se era um cavalo-marinho ou um dragão.

— Definitivamente, não é um cavalo-marinho. — Dei risada e olhei para baixo, para a mão delicada dela no meu braço. — Sabe, muito tempo depois de eu fazer esta, li algo uma vez que o dragão, aparentemente, é um símbolo de força e poder. Também dizia que o poder do dragão deve ser equilibrado com sabedoria. Do contrário, a ambição que vem com esse poder o transforma em uma criatura voraz com um apetite insaciável.

Mal sabia ela que isso era uma descrição enigmática exata do meu dilema quando se tratava dela.

A tensão no quarto era densa quando ela disse:

— Uau. Isso é bem intenso.

— É. — Toquei seu pescoço com meu dedo. — O que é isso? Um ouriço-do-mar?

Quando ela olhou para baixo, deslizei a mão para cima e apertei seu nariz.

Ela deu risada.

— Você me enganou.

— Não seria a primeira vez hoje.

Ela revirou os olhos.

— Com certeza.

Passaram-se muitos segundos de silêncio. Ela mordeu o lábio inferior de forma nervosa enquanto eu imaginava chupando-o. Dava para ver que ela estava pensando em alguma coisa.

As palavras finalmente saíram.

— Sabe, eu estava com muito medo de me mudar para cá, mas era algo que sabia que precisava fazer por mim mesmo.

— Por que escolheu Nova York, dentre todos os lugares? É tipo pular direto na fogueira.

— Por mais que me assustasse, sempre sonhei em morar aqui. Falei para mim mesma que, se entrasse no curso de Enfermagem, esse seria o sinal de que precisava fazer a mudança. Mas me senti muito peixe fora d'água naquele primeiro dia. Pensei mesmo em simplesmente voltar para casa.

— Fico muito feliz por não ter voltado — sussurrei.

— Eu também. — Ela olhou para a parede e hesitou. — Você me faz sentir segura. Percebi que não o conheço por Adam, mas o que sei é que me sinto mais segura sabendo que você está aqui. É estranho?

Uma pressão se instalou no meu peito. Ouvi-la dizer isso era muito bom e horrível ao mesmo tempo. Ela tinha razão. Não me conhecia por Adam e não fazia ideia do quanto aquela declaração era verdadeira.

É melhor você sair daqui, Nina. Por favor.

Engoli em seco e respondi:

— Não. Não é estranho. Gosto de como é sincera. Uma das primeiras sensações que tive de você era que faz o que seu coração mandar. Também não tem medo de se fazer de boba para o bem maior. Isso diz muito sobre uma pessoa.

— Obrigada... Eu acho? — Ela sorriu e deu um soquinho no meu braço.

Havia muito mais que eu desejava poder dizer a ela, mas ficou tudo dentro de mim.

Então, Nina olhou diretamente nos meus olhos de forma penetrante quando disse:

— Acho que, às vezes, as pessoas entram em nossas vidas em certo momento por um motivo.

Essa era a verdade. Sempre acreditara que era para eu conhecer Ivy quando o fiz porque ela iria precisar de mim. Ao mesmo tempo, parecia destino de um jeito diferente com Nina. Simplesmente não conseguia entender por que o homem lá de cima me guiou até ela se ele precisava que eu cuidasse de Ivy.

Ela ficou por mais um tempo, abrindo-se para mim sobre seu primeiro ataque de pânico que aconteceu em um elevador escuro durante uma viagem de campo do ensino médio. Simplesmente continuou me agradecendo de novo por ajudá-la mais cedo, porém planejava passar o resto da noite estudando. Queria se certificar de tirar dez na próxima prova para evitar outra excursão por um tempo. Eu não podia culpá-la.

Meu estômago ficou agitado porque, no dia seguinte, eu iria para Boston. Era a primeira vez, desde que me mudei para Nova York, que quase pensei em passar o fim de semana em Nova York. Mas eu não podia.

Resolvi fazer um morcego de origami para Nina que colocaria no seu quarto quando ela fosse tomar seu banho da noite.

Rascunhei alguns potenciais poemas no caderno antes de escrever qualquer coisa a caneta dentro do morcego.

Bem, quem sabe? Eu era um poeta e não sabia.

O que quase escrevi:

Desculpe por ter ficado irritada.

Espero que ainda seja minha amiguinha.

Me lembre, da próxima vez,

de levar algumas fraldinhas.

O que queria poder ter escrito:

Não me agradeça por te ajudar a passar por isso.

Eu que deveria te agradecer.

Em seu sorriso me perder,

Fez tudo a pena valer.

O que realmente escrevi:

Capítulo 6

Passado

A realidade tem um jeito de te estapear às vezes. Naquele fim de semana, minha visita a Ivy foi uma das piores das últimas semanas e, definitivamente, serviu como um despertar para mim. No sábado de manhã, ela parecia estar com o humor ótimo, então resolvi levá-la, à tarde, para comprar roupas de inverno no centro. Estávamos na Macy's quando ela começou a ter um de seus delírios sobre mim.

Ivy estava provando umas blusas. Tinham se passado quase vinte minutos, e ela ainda não havia saído. Ela levara apenas alguns itens, então não deveria ter demorado tanto. Embora eu estivesse parado do lado de fora do provador, comecei a me preocupar que houvesse algo errado.

A vendedora tinha desaparecido, e Ivy não estava me respondendo. Meu ombro bateu em um monte de cabides de plástico em uma arara conforme entrei e vi as meias listradas de Ivy por debaixo de uma das portas.

Bati à porta.

— Ivy, o que está havendo? Está tudo bem?

— Quem é você e o que quer de mim?

Ótimo.

— Você sabe quem sou eu. É o Jake.

— Me deixe em paz. — Seu isqueiro fez barulho, e a fumaça começou a preencher o ambiente.

Bati de novo.

— Ivy! Não pode fumar aqui dentro.

Ela jogou uma blusa de lã por cima da porta, e caiu na minha cara.

— Afaste-se de mim ou vou chamar a polícia.

Meu coração estava acelerado porque eu sabia muito bem como isso acabaria. Precisando me acalmar, respirei fundo.

— Ivy, por favor, abra a porta.

Ela começou a gritar a plenos pulmões:

— Socorro! Alguém me ajude! Ele está tentando me machucar!

Uma vendedora entrou correndo.

— Senhor, precisa sair daqui agora mesmo! Este é o provador feminino. E ela não pode fumar aqui dentro.

Não brinca. Sério?

— Ele está tentando me matar! — Ivy gritou.

— Moça, você não entende. Minha esposa tem esquizofrenia. Ela se trancou lá dentro, e estou tentando fazê-la sair.

Antes de ela poder responder, o segurança da loja entrou e começou a me arrastar para fora do provador.

Protestei:

— Alguém precisa abrir aquela porta e tirá-la de lá.

— Leve-o embora. Ele está tentando me machucar! — ela gritou de detrás da porta.

— Por que eu deveria acreditar em você, e não nela? — perguntou o homem corpulento ainda segurando meu braço.

Isso não poderia estar acontecendo comigo.

— Olha, só me dê um minuto para ligar para a assistente social. Vou deixar você conversar com ela. Ela vai explicar.

O número de Gina estava na discagem rápida. Ela atendeu. *Graças a Deus.*

— Gina, estou na Macy's com Ivy, e ela está tendo uma crise. Está dizendo às pessoas que estou tentando machucá-la. Preciso que me defenda e converse com o segurança aqui, assim eles podem me ajudar a levá-la para casa.

O homem passou uns três minutos no celular com Gina enquanto a vendedora destrancou a porta do provador. Ivy estava encolhida no canto do provador e não se mexia.

Quando o segurança saiu do celular, virou-se para a funcionária.

— Mantenha o provador fechado ao público até ele conseguir convencê-la a sair. — Então, olhou para mim com uma expressão de empatia. — Vou deixar você cuidar disso. Nos avise se precisar de qualquer ajuda.

Minha voz estava baixa.

— Obrigado.

Ivy ficou parada no mesmo canto e não estava mais falando nada. A experiência me dizia que ela precisava de um tempo para se acalmar depois de um desses surtos.

Após muitos minutos, me curvei lentamente e estendi a mão ainda mais devagar.

— Menina, precisamos te levar para casa. Por favor.

Ela tinha lágrimas nos olhos quando olhou para cima, para mim.

— Jake?

— Sim. Sou eu. — Eu sorri. — Você está bem.

Ivy segurou minha mão e me deixou erguê-la. Alcancei as duas blusas que estavam jogadas no chão e as pendurei.

Ela me pegou desprevenido quando abraçou meu pescoço.

— Estou com medo.

A única coisa pior do que os delírios de Ivy eram os momentos rápidos em que ela se conscientizava de sua doença. Nem conseguia imaginar a confusão e o terror presos dentro da sua mente. Partiu meu coração quando ela olhou para mim, seus olhos implorando por ajuda, porque não havia realmente nada que eu pudesse fazer para tirar a dor.

— Não me abandone. Por favor, não me abandone — ela implorou.

Abracei-a mais forte.

— Não vou. Sempre vou enxergar *você*, Ivy. Sei quem você é. Não se preocupe.

Ela começou a chorar mais em meus ombros, e meus olhos pinicaram.

Isso nunca ficaria mais fácil. Mas eu não tinha problema em garantir a ela que sempre estaria lá. Como alguém, em sã consciência, poderia abandonar uma pessoa na situação dela era incompreensível para mim. Todo mundo tem uma cruz. A de Ivy e a minha eram a mesma. De alguma forma, fui escolhido para ajudá-la a carregar a cruz nesta vida. Sempre acreditara nisso.

Pegamos o trem da linha laranja de volta para a clínica. Foi uma volta silenciosa e monótona. Fiquei com ela até umas dez quando saí para ir para a casa da minha irmã. Allison, seu marido Cedric e suas filhas gêmeas, Holly e Hannah, moravam no subúrbio de Boston, em Brookline, a uns trinta minutos de Ivy. Eles me ofereceram o quarto de hóspedes para minhas estadias de fim de semana.

Antes de eu chegar à porta deles, me virei, decidindo ir ao bar da esquina para um drinque rápido a fim de espairecer. Depois do dia que tivera, precisaria ser algo forte.

A Taverna de Beacon era meio escura com algumas televisões passando diferentes canais de esporte de TV a cabo. Estava surpreendentemente vazia e quieta, com exceção de uns dois caras com sotaques fortes de Boston discutindo sobre um dos jogos.

— Vodca pura, por favor, Lenny.

O barman serviu minha bebida e a colocou diante de mim no balcão.

— Não te vejo por aqui há um tempo, Jake.

— Acho que só estou tentando não me meter em encrenca — eu disse antes de beber o líquido da coragem. A vodca queimou minha garganta conforme bebi metade em um gole.

Ultimamente, evitar o bar, na verdade, era de propósito. Meus dias com Ivy sempre eram longos. Por causa das minhas ausências durante a semana, tentava aproveitar a maior parte do tempo com ela. Depois de sair da clínica aos sábados, geralmente, voltava para a casa da minha irmã para um jantar tarde de sobras e depois dormia. Mas, de vez em quando, ia ao bar, e normalmente acabava bebendo demais. Acordar de ressaca nos domingos de manhã quando precisava voltar para ver Ivy não era ideal.

Lenny colocou uma segunda vodca diante de mim, embora eu não tivesse pedido.

— Vários caras ficariam muito bem com seu tipo de encrenca, bonitinho.

Claramente, ele estava se referindo à última vez que estive ali alguns meses antes, quando saí com uma loira atraente chamada Debra. Ela e uma amiga eram as únicas duas mulheres no bar naquela noite e praticamente todos os clientes estavam dando em cima delas. Em certo momento, um bêbado estava pressionando demais, e Debra pareceu bastante desconfortável. Fui até lá e fingi conhecê-la, esperando desviar a atenção dele. Quando ele, enfim, entendeu a deixa, ela e eu começamos a conversar e acabamos nos dando bem. Ela era uns dez anos mais velha do que eu e estava no meio de um divórcio. Como eu, ela falou que não estava procurando um relacionamento, porém confessou que não transava com ninguém desde que seu casamento terminara.

Me pediu para ir para casa transar com ela porque seus dois filhos estavam com o pai para passar o fim de semana. Debra acabou fazendo oral em mim dois minutos após chegarmos no apartamento dela, e transamos três vezes. Ela gritou tão alto quando gozou que, provavelmente, foi ouvido em Fenway Park.

Ela continuou me implorando para fodê-la de novo, dizendo que ninguém nunca a fizera gozar do jeito que eu fiz. Depois daquela noite, Debra não parava de me ligar e mandar mensagem. Apesar de eu ter deixado claro que não estava interessado em me envolver, ela insistiu que precisava me ver de novo, basicamente mudando totalmente de ideia. Esse era o principal motivo pelo qual evitara voltar para o bar por tanto tempo, já que ela morava no fim da rua, e eu tinha certeza de que ela voltara para me procurar.

Rapidamente olhando para trás, dei de ombros.

— Não estou interessado em me meter em *mais* encrenca, se é que me entende, Lenny.

Claro que o encontro com Debra foi antes de Nina aparecer. Nenhuma outra mulher tinha entrado no meu radar sexual desde então. Mexi o restante da bebida no copo, e minha mente deslizou para minha colega de casa de novo como tipicamente acontecia nos últimos tempos. Fiquei perdido em pensamentos por quase uma hora, depois joguei uma nota de vinte no balcão e saí do bar.

O resto daquele fim de semana foi passado refletindo sobre a minha situação quando se tratava de Nina. Era mais fácil pensar direito quando não estávamos sob o mesmo teto. Mesmo que eu tivesse deixado acontecer algo entre nós, seria tudo uma mentira. Ela merecia mais do que um cara que não era sincero e que nunca poderia estar totalmente ali para ela. Merecia mais do que ser perseguida por um homem casado. Apesar do fato de ela me fazer sentir mais vivo do que provavelmente já tinha sentido, estava se tornando cada dia mais necessário me distanciar. Precisava começar imediatamente. Era para o bem dela e, principalmente, o meu.

Tocava *Demons*, de Imagine Dragons, no meu iPod conforme o metrô se aproximava da minha parada de volta ao Brooklyn. Era irônico porque a letra descrevia exatamente como eu me via. Estava escondendo demônios, claro, mas, se ela olhasse com bastante atenção para mim, sentia que Nina deveria ter conseguido ver que eles estavam lá. Com frequência, eu me perguntava por que ela nunca me questionou sobre o que eu fazia todo fim de semana em Boston. Era como se soubesse que a resposta era algo que ela poderia não querer ouvir.

Conforme eu descia a Lincoln em direção ao apartamento, pensei em como, na mesma hora, uma semana antes, eu estava empolgado para poder ver Nina de novo. No entanto, depois do fim de semana difícil com Ivy e a epifania que tive, a aproximação de casa naquela noite estava bastante dolorosa agora que tomara a decisão de ficar longe da minha colega de casa. A mentoria teria que ser suficiente, principalmente porque eu não sabia como explicar se saísse dessa.

Para aumentar meu estado miserável, começou a garoar. Só queria chegar em casa, fechar a porta, tirar as roupas molhadas, talvez bater uma e fumar um cigarro. Nada naquela noite parecia certo. Nem a sra. Ballsworthy estava na janela como normalmente ficava todas as horas. Tinha me acostumado com ela me mandando "me foder".

Uma sensação estranha me seguiu enquanto eu subia as escadas para o apartamento.

Apesar de a porta de Nina estar fechada, o desejo surgiu na boca do meu estômago conforme passava pelo quarto dela. Nem um minuto em casa, e eu estava desejando poder vê-la. Essa seria uma das semanas mais difíceis da minha vida.

Quando acendi a luz do meu quarto, meu coração quase parou.

Fiquei paralisado na porta, sem saber como lidar com a visão que me recebeu. Nina estava deitada na minha cama, seu cabelo loiro cobrindo meu travesseiro. Meus cadernos estavam espalhados pela cama.

Que. Porra.

Isso deveria ter me deixado furioso, mas fiquei somente confuso pra caramba. O normal a se fazer teria sido acordá-la e perguntar o que estava fazendo xeretando nas minhas coisas. Em vez disso, coloquei a mochila no chão e apenas fiquei ali parado absorvendo a visão dela na minha cama.

Nina estava na minha cama.

Sua bunda linda estava me encarando conforme ela estava deitada no meu colchão. Me aproximei para ficar parado perto dela e só a observei respirar. Ela deve ter me sentido porque seu corpo se agitou, então ela começou a acordar. Pulou tão rápido que daria para pensar que eu tinha acendido uma bombinha na bunda dela.

— Jake... eu posso explicar — ela disse com uma voz rouca.

Eu estava bravo com ela, mas não por ser curiosa e xeretar. Estava bravo porque vê-la na minha cama desfez cada pedacinho de determinação que eu tinha reunido na volta para casa.

— Que porra é essa, Nina?

Um pequeno fluxo de água do meu cabelo molhado escorreu por minha testa. Tudo ainda estava parado, exceto pelo som da chuva caindo na minha janela. A capacidade de falar me fugiu totalmente conforme ela continuou a me olhar com medo. Ela achava que eu estava bravo com ela. Se ao menos ela soubesse os pensamentos que estavam flutuando por minha mente sexualmente frustrada, como eu desejava poder ser duro com ela de um jeito diferente do que ela provavelmente estava imaginando.

Ela começou a falar.

— Hã... algumas horas atrás, eu estava sozinha em casa e a sua porta estava aberta. Achei que tinha deixado meu caderno de Matemática aqui, então entrei. Vi esses blocos de desenho. Só ia espiar o primeiro, mas quando vi como o primeiro desenho era incrível... não consegui parar de olhar.

Engoli em seco, sabendo que ela tinha visto desenhos de Ivy, desenhos do meu pai, apesar de não fazer ideia do significado por trás deles. Agradeci às minhas estrelas da sorte por ter rejeitado a ideia de desenhá-*la* certa noite na semana anterior, porque ela também teria visto.

Uma guerra mental continuou a ser travada em minha cabeça quanto a se deveria expulsá-la ou pedir que ficasse.

Ela continuou:

— Devo ter fechado os olhos e adormecido. — A voz dela estava trêmula. Lembrava um filhote estremecendo. — Eu sinto muito. Nunca deveria ter achado que era certo olhar suas coisas. Só para constar, esses são os desenhos mais fenomenais que eu já vi.

Meu peito se apertou com o elogio. Tentando ganhar mais tempo para pensar, comecei a empilhar os cadernos e os devolvi para seu lugar correto.

— Mais uma vez, eu sinto muito.

Ela me pegou desprevenido quando, de repente, se levantou da cama. Instintivamente, segurei seu pulso para fazê-la parar.

— Está indo pra onde?

Acho que tomara minha decisão.

— Pro meu quarto.

Eu não estava mais pensando com a cabeça certa quando a empurrei para a cama lentamente.

— Fique.

— Ficar? O que você quer dizer?

— Quero dizer... você estava confortável aqui. Fique.

— Não está com raiva de mim?

— Eu não disse isso. Você não deveria ter bisbilhotado.

— Eu sei. Sinto muito, de verdade.

Eu não sinto.

Meus sentimentos estavam misturados, e aquela situação estava me enfraquecendo. Conforme ela relaxou na cama de novo, esse foi todo o encorajamento de que eu precisava. Só o que queria no mundo era sentir seu corpo junto ao meu, e iria me permitir sentir isso naquela noite.

Só uma noite.

Eu sabia que estava mentindo para mim mesmo.

Não havia sequer percebido que nossos colegas estavam em casa. Fui até a porta e a fechei para que ninguém a visse ali. Me sentia protetor dela, não queria que eles tivessem a ideia errada.

Então, apaguei a luz antes de tirar a jaqueta molhada e a camisa. Apesar da calça estar um pouco úmida, ela ficou porque, bem, ficar de cueca teria sido pressionar.

Amanhã, disse a mim mesmo. A partir de amanhã, eu seguiria com meu plano de me distanciar dela. Mas naquela noite... naquela noite, eu só queria dormir ao lado dela.

— Vai mais pra lá — eu disse.

Ela se virou de lado instantaneamente ao meu comando sem questionar. Meu peito pressionou suas costas, e seu corpo se moldou ao meu. Ela estava muito quente e macia, praticamente se derretendo em mim. Não consegui resistir a travar meu braço em volta da sua cintura. Estávamos de conchinha, e foi melhor do que qualquer coisa que já tinha vivido com o sexo oposto até aquele momento. Era sensualmente íntimo e mais reconfortante do que qualquer coisa que conseguia me lembrar de sentir antes. Não abraçava ninguém assim há anos. Mas nunca tinha sido assim, como meu lar.

Incapaz de controlar todas essas sensações que estavam surgindo, minha respiração se tornou mais pesada a cada segundo. Ela ficou inquieta de repente e me fez pensar se não estava confortável.

— Você está se mexendo muito. Está à vontade com isso, Nina? Prefere voltar pra sua cama?

— Não. Eu quero ficar.

Graças a Deus. Porque eu realmente não sabia como poderia tê-la deixado ir naquele instante.

— Ótimo — eu disse antes de apertar meu braço em sua lateral a fim de reafirmar minha opinião.

Puxei-a mais para perto e tentei relaxar, enterrando o nariz em seu cabelo e inspirando demoradamente o cheiro que imaginava que tinha o paraíso. Inspirei e expirei devagar no seu pescoço. Queria poder prová-la. Queria poder consumir cada partezinha dela.

Em certo momento, ela empurrou sua bunda grande e macia em mim, e precisei me reposicionar para sua bunda ficar contra minha perna, e não meu pau. Ainda assim, o breve calor dela contra mim fez meu pau inchar. Não havia como eu conseguir manter o controle enquanto estava em um sanduíche com a bunda dela. Esqueça o que falei sobre lar mais cedo... *isso* seria o lar.

Eu estava dolorosamente duro. Não estivera com ninguém desde que coloquei os olhos em Nina. Ela conquistou meu pau e eu nem sabia.

Sua voz doce me assustou.

— Jake?

— Oi?

— Sinto muito por invadir sua privacidade.

— Tudo bem, Nina.

— Obrigada.

— Nina?

— Oi?

— A sua gaveta de calcinhas pode ser rearrumada essa semana. Só avisando.

Beijei suas costas, e pude sentir a risada dela vibrando na minha boca.

Apertei meu abraço nela de novo e, pelos muitos minutos seguintes, sua respiração diminuiu até ela dormir em meus braços.

Por mais cansado que eu estivesse, não consegui dormir nada. Fiquei pensando em como conseguiria dormir sozinho de novo depois de saber como era isso. Pensar em nunca mais viver isso fez meu peito doer, e pensar em ter que me alienar dela me fez segurá-la ainda mais forte.

Em certo momento, Nina se mexeu dormindo e, de novo, sua bunda conseguiu parar em cima do meu pau desamparado, agora pressionando minha calça.

Se cheirar o cabelo dela foi o paraíso, então meu pau duro preso nesse dilema era o inferno. No entanto, era uma forma prazerosa de tortura, e eu não queria me mexer desta vez. Essa era minha última oportunidade de senti-la assim, e eu iria aproveitar cada segundo.

Beijei suavemente suas costas enquanto ela dormia, um sentimento de terror crescendo a cada minuto.

Quando o sol apareceu, ela ainda estava dormindo enquanto eu precisava me levantar para trabalhar. Estava com um caso intenso de bolas doloridas que precisariam ser cuidadas no banheiro, mas valeu a pena. Valorizaria tudo quanto a dormir com ela na noite anterior pelo resto da minha vida.

Acariciei seu cabelo uma última vez antes de precisar ir embora. Um pensamento fugaz me deixou enjoado. Mas era realidade.

Quem ficar com você algum dia será um homem de sorte.

Capítulo 7

Passado

Durante as duas primeiras semanas depois de dormirmos juntos, fui fiel à minha palavra. Com exceção das aulas de mentoria, todo esforço foi feito para ficar longe de Nina. Nunca conversamos sobre a noite na minha cama. Era como se nunca tivesse acontecido.

Ela tentava se aproximar de mim, e o fato de eu afastá-la partia meu coração. Na verdade, eu só queria deixar nossa conexão crescer de maneira orgânica e ver o que poderia ter sido, porém tinha decidido fazer a coisa certa.

O ponto menos divertido dessa época foi quando ela fizera uma leva de Bananas Foster certa noite. Nina começou uma conversa sobre sua educação conservadora e como ela estava começando a se sentir liberal morando em Nova York, apesar dos seus medos. Começou a me fazer perguntas sobre minha infância e estava tentando muito entrar na minha cabeça. Em vez de me abrir, simplesmente me fechei e mudei de assunto. Enchi uma tigela pequena e comi a sobremesa o mais rápido que consegui, depois a agradeci e fugi para o quarto. Me sentia um completo idiota por comer e sair correndo, mas não tanto quanto me senti assim que percebi que, depois dessa noite, Nina havia desistido de tentar.

Finalmente, minha mensagem havia chegado nela alto e claro. Com exceção da mentoria, ela pareceu me evitar depois do encontro da sobremesa.

Então, certa quinta à noite, Nina estava atrasada para nossa aula. Ela sabia que eu havia colocado algumas regras, e a número um era chegar na hora certa. Apesar do meu fraco por ela, quando se tratava de Matemática, eu era bem rigoroso e levava muito a sério, sendo exigente com frequência.

Planejei chamar sua atenção devido ao atraso, tanto porque queria que ela levasse a mentoria a sério quanto porque parte de mim estava desejando a atenção que perdi dela, apesar de ter sido eu a afastá-la. Criar confronto era, pelo menos, uma forma aceitável de interação para mim. Então, quando ela enfim apareceu na porta, dei bronca imediatamente. Naquela noite em particular, pela primeira vez, ela resolveu retrucar.

— Bem, olha só quem resolveu me agraciar com sua presença — repreendi.

Nina ficou parada na soleira. Seu cabelo estava molhado conforme ela segurava os livros à frente do peito. Ela sempre fazia essa coisa em que hesitava em entrar, como se meu quarto fosse um covil de leões ou alguma merda assim.

Ela não estava sorrindo.

— Fiquei presa na fila do mercado. Então, começou a chover muito. Cheguei aqui o mais rápido que consegui.

O cheiro úmido da chuva pairava em seu corpo conforme ela ficou parada na porta.

— Pode entrar, sabe.

Ela entrou e se sentou na cama.

— Obrigada.

Como sempre, me sentei longe dela, à minha mesa. Tinha alguma coisa diferente em sua atitude naquela noite. Parecia que ela estava brava.

Tentei aliviar o clima.

— Parece que você sempre toma chuva, Nina. Por quê? É como se a atraísse.

Ela parou e me olhou diretamente nos olhos.

— Acho que, se a chuva é atraída por mim, o que você seria... o fogo ou algo assim?

Merda.

— O que quer dizer com isso?

— Nada, não — ela murmurou baixinho.

Eu sabia que porra significava. Pela primeira vez, ela estava falando sobre meu comportamento quente e frio com ela, só que agora havia chegado a uma conclusão que não poderia ter sido mais errada. Ela acreditava que eu não estivesse atraído por ela quando meu problema era exatamente o oposto.

Bem quando as coisas poderiam ter ficado mais tensas, ela tirou sua jaqueta. Sua camisa estava úmida, me permitindo uma vista mais clara do corpo dela. Uma visão de tirar aquela camisa com meus dentes e sugar toda a água dos seus peitos lindos fez o sangue correr para o meu pau.

— Tem certeza de que não quer se trocar antes de começarmos?

Acho que ela não sabia que eu conseguia ver através do tecido.

— Não. Estou bem.

Bom, eu não estou nada bem com isto.

Peguei uma camisa do meu armário e a joguei para ela.

— Aqui. Vista isto.

— Mas...

Cerrei os dentes e repeti:

— Vista.

Ela olhou para si mesma e corou, finalmente percebendo por que eu estava insistindo. Ela pegou a camisa sem protestar mais, e me virei para ela poder se trocar.

Ela me falou que poderia virar de volta. Minha respiração estava rápida e acelerou ainda mais quando vi seus seios esticando minha camisa. Era a coisa mais perto que eu teria do meu corpo em volta do dela. Ela ficou gostosa pra caralho.

Pigarreei.

— É melhor começarmos. Me mostre o trabalho.

Ela me entregou o caderno e alguns papéis.

— É sobre probabilidade.

Esfreguei o queixo e vasculhei meu cérebro para algumas ideias. Sempre criava minhas próprias aulas além da tarefa que o professor dava para Nina. Ela parecia prestar mais atenção quando conseguia se identificar com os exemplos.

Fazer algo para quebrar a tensão também era necessário.

Ao pegar o caderno, escrevi algumas coisas antes de virar e mostrar para ela.

— Certo… probabilidade. Uma destas coisas tem uma probabilidade maior do que as outras: Nina peida dormindo. Nina fala dormindo. Nina não faz nada dormindo.

— Que mentira.

— Acho que vamos descobrir.

Naquela noite, coloquei outro origami de morcego no quarto de Nina.

O que quase escrevi:

Você é fofa e tem sorte,

Quando ronca e quando dorme.

E sorte que não ligo

Para o silêncio que não fez comigo.

O que queria poder ter escrito:

Para sua chuva, eu era fogo, te ouvi falar.

Se ao menos meu desejo pudesse te mostrar.

Então você veria claramente,

O que faz comigo quando está só a gente.

O que realmente escrevi:

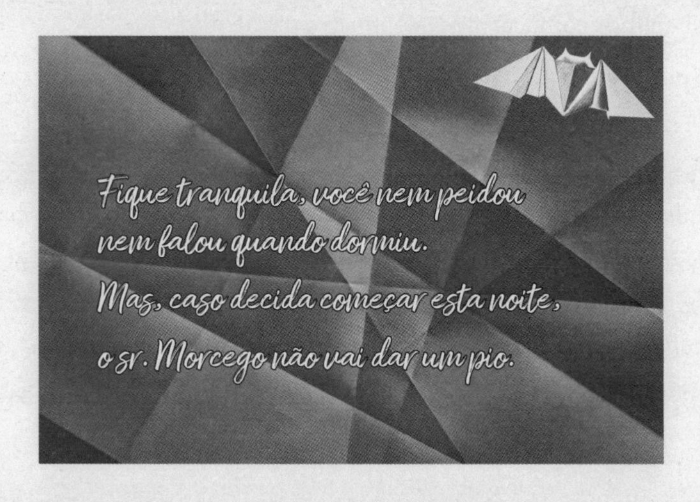

Meu plano de ficar longe dela sofreu dois enormes recuos nos dias que seguiram.

O primeiro foi quando Nina descobriu que tirou 9,4 em uma prova de Matemática. Foi incrível, mas não foi um choque total porque ela estivera dando muito duro com os estudos ultimamente.

Ela estava preparando uma sobremesa de Bananas Foster para me agradecer por ajudá-la a tirar a nota. Aquela sobremesa era como crack para mim.

Estávamos na cozinha sozinhos juntos. Eu estava tentando ajudar descascando algumas bananas, mas tudo que realmente acabei fazendo foi distraí-la. Ela estava olhando para mim enquanto fatiava e cortou o dedo.

Me causou uma dor física real ver o sangue dela escorrendo e foi um gatilho para uma reação visceral em mim. Não havia pano de prato à vista, então envolvi seu dedo com minha boca e comecei a chupar o sangue.

Certo. Então não foi a escolha mais higiênica — um pouco maluca talvez.

Só queria fazê-la melhorar. Você deveria ter visto a expressão confusa e atordoada dela. Era como se ela estivesse do lado de fora do corpo observando enquanto tudo acontecia.

Não era para ser sexual; não foi minha intenção. Mas, sem dúvida, estava estimulando porque vamos falar a verdade, ter qualquer coisa dela na minha boca iria causar esse efeito. Nem foi tanto o fato de eu chupar o dedo dela, mas a forma que estava me olhando quando o fiz, como se quisesse mais do que eu estava lhe dando naquele instante.

Quando deslizei lentamente seu dedo para fora da minha boca, estava começando a ficar excitado, e tinha praticamente certeza de que ela também. Suas bochechas estavam coradas conforme tirei minha camisa manchada de sangue e a usei para envolver seu dedo de novo enquanto ela olhava para o meu peito nu.

Seus lábios estavam separados daquele jeito que sempre ficavam quando ela me encarava. Ela não percebeu que notei.

Quando comentou que eu tinha um pouco de sangue na boca, em vez de limpá-lo com alguma coisa, eu o lambi de propósito enquanto ela assistia a cada movimentação da minha língua deslizando pelo lábio. Engoli. Eu a queria de uma forma primitiva, e acho que esse foi meu jeito de expressar isso, apesar de não pensar em agir assim em outras situações.

Ainda assim, percebi que essa não foi uma maneira normal de mostrar isso. Foi uma perda total de controle, eternamente referida em minha mente como o "incidente do vampiro".

O segundo recuo enorme foi o que começou o processo da minha completa perdição quando se tratava de Nina.

Era uma sexta e, como sempre, minha mala estava feita e pronta para ir comigo para o trabalho para a viagem de fim de semana a Boston.

Normalmente, eu pegava um trem após meu turno acabar, porém, naquele dia inteiro, pensamentos sobre Nina não pararam de invadir meu cérebro. Comecei a me convencer de que ser amigo dela seria melhor do que nada, principalmente já que parecia que eu não conseguia ficar longe dela.

Talvez pudéssemos ser amigos.

Famosas últimas palavras.

Eu queria muito ficar o fim de semana e simplesmente curtir com ela.

Naquela noite, enquanto eu estava indo para a estação de trem, me virei impulsivamente e voltei para o apartamento, decidindo pegar um trem cedo na manhã de sábado para podermos ficar juntos. Eu perguntaria a ela se queria sair para comer ou alugar um filme. Eram coisas inofensivas, certo?

Aparentemente, eu adorava mentir para mim mesmo.

Deixando minha mala perto da porta do apartamento, fui até o corredor.

A porta do quarto de Nina estava aberta, e ela estava ali parada se olhando no espelho de corpo inteiro em seu armário.

Meu queixo caiu, e meu coração martelou conforme a observava. Um vestido justo abraçava seu corpo curvilíneo. Seu cabelo estava cascateando pelas costas em cachos lindos compridos que chegavam quase ao topo da bunda incrível.

Ela estava usando saltos de stripper. Parecia que Nina tinha sido sequestrada e enfeitada por uma tribo de prostitutas.

Era a coisa mais gostosa que eu já tinha visto em toda a minha vida.

Ela não tinha me visto do lado de fora da porta, então me aproximei mais. Seu vestido era roxo intenso, e resolvi fazer uma piada idiota sobre ele, já que dizer a ela o que eu realmente estava pensando talvez me levasse para a prisão.

— Nina, Barney, o Dinossauro, te ligou. Ele quer a pele dele de volta.

Ela se encolheu quando viu meu reflexo no espelho.

— Jake! O que está fazendo aqui? Você deveria estar indo pra Boston.

— Bom te ver também.

— Bem, é só que você geralmente vai direto do trabalho e...

Menti para ela.

— Perdi o Amtrak das 17h15, então posso pegar o último trem às 21h30 ou ir só amanhã de manhã.

— Ah.

Ela pareceu totalmente surpresa ao me ver e bem desconfortável. Então, virou-se.

Ela se virou.

Porra.

Indiscretamente, meus olhos foram para onde precisavam ir. O vestido tinha um decote enorme que mostrava até demais seus peitos enormes. Enquanto a visão das costas era excitante, a frente era totalmente indecente. Minha garganta pareceu congelar. Eu sabia que deveria ter dito alguma coisa, mas não consegui encontrar as palavras. Nenhuma outra mulher tinha entrado na minha mente de forma sexual desde que Nina entrou na minha vida. Minha conclusão mais cedo de que ser amigo era uma boa ideia agora parecia ridícula conforme fiquei ali parado observando-a e rezando para minha ereção diminuir. Com certeza eu *estivera* mentindo para mim mesmo. Minha boca estava cheia d'água, pelo amor de Deus. A verdade era que... eu estava com fome dela. Somente dela.

Do jeito que seu peito estava subindo e descendo enquanto eu a olhava, do jeito que ela sempre reagia a mim me fez sentir que ela também me queria daquele jeito.

Me obriguei a falar.

— Nina... você está...

— Interessante? — Ela sorriu, na tentativa de amenizar o clima.

Meus olhos famintos viajaram lentamente para baixo, absorvendo seus peitos e o jeito como o tecido do seu vestido grudava em sua barriga chapada. Suas pernas nuas pareciam mais longas com os saltos.

— É uma maneira de dizer.

Nossos olhos se encontraram de novo. Ela sabia onde minha mente estava. Cacete, não poderia ter sido mais óbvio.

— Jake!

Me virei e vi nossa colega de casa, Tarah, entrar no quarto, mas rapidamente voltei meu olhar para Nina.

— Tarah! — eu disse, imitando seu tom chocado de voz. Compreensivelmente, todo mundo parecia bem surpreso em me ver ali em uma sexta à noite. Caiu minha ficha de que, talvez, elas estivessem se arrumando para sair em uma noite de garotas.

Seria errado eu me convidar?

Me joguei na cama de Nina e brinquei:

— Não sabia que íamos sair esta noite, Nina..

— Nós... não vamos a lugar nenhum — Tarah disse. — *Ela* tem um encontro.

Foi como se meu mundo parasse de girar quando ela falou isso.

Minha cabeça e meus ouvidos começaram a latejar conforme o ciúme me atingiu como uma tonelada de tijolos.

Controle-se, Jake.

Não consegui.

Era impossível fingir que essa notícia não estava acabando comigo. Por mais que tivesse tentado me distanciar, por mais que soubesse que Nina nunca poderia aceitar minha vida se soubesse da verdade... em meu coração, eu acreditava que ela era minha. *Minha.* Era a primeira vez que a percepção desse equívoco iludido realmente me atingiu.

A única palavra que saiu da minha boca foi:

— Entendi. — Minhas mãos se cerraram em punhos para afastar a raiva aumentando dentro de mim. — Ele vai te levar para algum cassino de Las Vegas com essa roupa?

Tarah disse alguma coisa, porém nem ouvi porque estava ocupado demais encarando Nina, desta vez os olhos dela. Eu não tinha direito de me sentir assim e sabia que precisava sair antes de fazer papel de bobo, já que, aparentemente, não conseguia esconder meu ciúme. Sinceramente, isso nunca havia acontecido comigo. Talvez, se eu tivesse tido a chance de praticar essa reação quando tinha treze anos, não teria agido como um adolescente naquele momento.

— Divirta-se — falei com tanto entusiasmo quanto se me despedisse de alguém para um funeral. — não se esqueça de levar uma jaqueta. Vai pegar pneumonia vestida assim.

Não consegui me conter. Acho que simplesmente tinha que permanecer assim para solidificar mais meu papel de idiota ciumento.

Batendo a porta ao sair, voltei para o meu quarto e, literalmente, soquei a parede. *Esperto.* Descontar em um objeto inanimado ia ajudar muito.

Me sentei na cama e, de forma nervosa, bati os pés continuamente. O silêncio era ensurdecedor conforme segurei a cabeça enquanto meu coração continuava a martelar. Eu só estava bravo comigo mesmo por deixar meus sentimentos por ela chegarem àquele nível. Ela tinha todo direito de ser levada para jantar por alguém. Merecia o melhor que a vida tinha a oferecer, e eu não tinha *nada* para oferecer a ela.

Meu corpo permaneceu na mesma posição com minha cabeça baixa até eu ouvir uma batida na porta distante. Devia ser o encontro de Nina. Pensar nisso fez meu estômago embrulhar.

Me levantei e olhei pela porta entreaberta, capaz apenas de identificar partes do cara. Cabelo castanho-claro. Camisa branca lisa. Calça cáqui. Mocassins.

Mocassins. Sério? Babaca do caralho.

Com meus piercings e tatuagens, eu era totalmente o oposto desse cara. Se era desse tipo que ela gostava, talvez minha interpretação dela tinha sido toda errada.

Quando ouvi a porta do quarto de Nina se abrir, recuei da minha porta para ela não me ver espiando. Quando ela entrou na cozinha, reposicionei meu ouvido para escutar.

Consegui ouvi-lo elogiando-a e senti a bile subindo por minha garganta.

Abri um pouco mais a porta para vê-los. Você deveria ter visto o jeito que ele a estava secando. Eu queria enforcá-lo porque era exatamente o jeito que eu estava olhando para ela mais cedo.

Tarado desgraçado.

Ryan perguntou a eles aonde iam, e o cara começou a falar sobre um restaurante italiano a que ele ia levá-la. Eu tinha certeza de que ele tinha um plano na manga para mais tarde também. Estava de olho nele e precisava que ele soubesse disso. Então, fui para a sala.

— Ela sempre quis ir para o Top of the Rock.

Todas as cabeças se viraram de uma vez para olhar na minha direção.

— Não é, Nina? Você adora uma boa vista do topo de um arranha-céu. Ouvi dizer que a paisagem é incrível e que a comida é ótima.

Tá bom, essa foi uma atitude idiota.

Nina olhou desafiadoramente para mim e não perdeu tempo em fugir da minha *sugestão.*

— Podemos deixar esse pra outra vez. Estou animada pra ir a esse restaurante italiano.

Lancei a ele um olhar sombrio, medindo-o antes de avançar e estender a mão.

— Não fomos apresentados. Eu sou Jake.

Ele me deu sua mão, que pareceu facilmente quebrável. Talvez fosse porque eu estava praticamente tentando quebrá-la. *Queria quebrá-lo.*

— Eu sou Alistair.

— Ass Hair?

Entendi da primeira vez.

— Não... Ali-stair.

— Ah... desculpe, foi mal.

Nina foi rápida em parar esse pequeno diálogo.

— Alistair, acho que a gente já deveria ir.

Não tirei os olhos dela enquanto ela pegava seu casaco e se preparava para sair com ele. Minhas ações eram uma forma fodida de mostrar a ela que eu não queria que fosse. Então, se virou uma última vez antes de sair, e tivemos o que só poderia ser explicado como um momento particular em que o tempo pareceu parar. Esperava que, talvez, ela fosse estar brava depois da maneira como me comportara. Em vez disso, pareceu estar me incentivando com seus olhos, me incentivando a parar o que quer que eu estivesse fazendo, me incentivando a conversar com ela, a dizer como me sentia. Havia muitas palavras não ditas naquele olhar. Eu sabia que ela conseguia me enxergar e do que meus atos realmente se tratavam. O ciúme era foda, e o meu era transparente. Parecia que meu coração estava saindo pela porta conforme ela se preparava para sair com ele. Meus olhos estavam gritando um milhão de coisas conflituosas, todas as coisas que não tive coragem de dizer.

Você é muito linda.

Ninguém é bom o suficiente para você.

Fique, por favor.

Fique... longe de mim.

— Tchau — sussurrei, sem saber se ela sequer notou. Em um piscar de olhos, nosso momento passou, e ela se foi. Mas a consequência das minhas ações daquela noite estava longe de acabar.

Tinha voltado ao meu quarto um minuto antes de Ryan entrar sem bater.

— Que porra foi tudo aquilo? — ele rosnou.

— Ryan! Por favor. Sinta-se à vontade para invadir meu quarto quando quiser e gritar merdas para mim.

— Responda.

— O que foi o quê?

— Que tipo de jogo está fazendo com Nina?

— Jogo?

— É. Você tem passado muito tempo com ela sob o disfarce da mentoria, brincando com a cabeça dela. Aí some toda porra de fim de semana, provavelmente fazendo alguma merda sombria. Agora, a única vez em que ela realmente sai com uma pessoa normal, você tenta foder com tudo.

— Pessoa *normal*, hein? O que isso faz de mim?

— Você sabe o que quero dizer.

— Não. Por que não me esclarece antes de eu aspirar a porra do meu tapete com a sua cara?

— Não sei quase nada sobre você, Jake, e não me importo. Mas aquela garota é como família para mim, e não quero vê-la se machucar.

— Por que ela estaria se machucando passando tempo comigo?

— Ela não é seu tipo, ok? É uma boa garota.

— E como você sabe qual é o meu tipo?

— Primeiro, já te vi com Desiree.

Caralho. Touché.

— Aquilo não foi nada.

Ele olhou para o chão, depois suspirou.

— Olha, Nina contou a Tarah que está gostando de você. Não vou ficar sentado assistindo a ela ser destruída por um babaca galinha.

A confissão dele pareceu derreter a raiva dentro de mim.

Ela tinha sentimentos por mim?

Porra. Ela tinha mesmo sentimentos por mim.

Não estava tudo na minha cabeça.

— Você não sabe merda nenhuma sobre mim, Ryan, nem o que realmente sinto por aquela garota — desmoronei.

Tarah entrou.

— Ei, o que está acontecendo aqui?

— Diga ao seu brinquedinho para parar de fazer suposições antes que ele apanhe.

Ela olhou para Ryan.

— Você se importa de deixar eu e Jake sozinhos por um minuto, por favor?

Ele não se mexeu até ela apontar para a porta com a cabeça. Então, ele bufou baixinho e saiu do quarto.

Eu precisava muito de um cigarro. Peguei um e fui até a janela para fumar.

— Sabe, você tem um jeito muito engraçado de mostrar a Nina o que sente por ela. Por que não conta logo?

A fumaça saiu devagar por minhas narinas enquanto fiquei olhando para fora para o céu azul-escuro da noite. Minha voz mal estava audível.

— Não posso.

— Vejo o jeito que olha para ela. Não sei o que está te segurando, mas desconfio que não seja algo pequeno.

Eufemismo do ano.

Essa conversa estava beirando ao perigo. Em minha visão periférica, conseguia ver Tarah com a cabeça de cabelo curto escuro inclinada para o lado e seus braços cruzados conforme ela me esperava falar alguma coisa. Joguei fora a bituca de cigarro.

Enfim, me virei para ela.

— Ela gosta de mim mesmo?

Tarah olhou para trás por cima do ombro como se estivesse paranoica que alguém ouvisse.

— Ela me mataria, Jake, se soubesse que estou conversando com você sobre isso. Mas sim... ela gosta. Gosta muito de você, mas tenho praticamente certeza de que desistiu, ok? Há um limite de rejeição que uma garota consegue aguentar antes de ter que seguir em frente.

Rejeição? Era resistência.

Suspirei fundo e massageei as têmporas.

— Obrigado. Gostaria de ficar sozinho, está bem?

Em silêncio, Tarah saiu do quarto conforme me sentei na beirada da cama com meu celular nas mãos. O desejo de dizer a Nina como me sentia em relação a ela estava insuportável. Queria enviar mensagem a ela, mas não sabia o que dizer.

Então, meus dedos pareceram ter desenvolvido vontade própria conforme digitavam.

Não desista de mim, Nina.

Apagar.

Venha para casa. Precisamos conversar.

Apagar.

Desculpe por ter sido um idiota.

Apagar.

Nina, eu fui um babaca com você e com seu amiguinho.

Enviar.

Me desculpe.

Enviar.

E a piada sobre o Barney foi idiota.

Enviar.

Na verdade, você estava tão gostosa com aquele vestido que me deixou meio louco.

Apagar.

Na verdade, você estava deslumbrante.

Enviar.

Me deitei na cama e desliguei o celular antes de poder digitar mais alguma coisa. Ficar ali naquela noite com meu humor atual não teria sido bom. Estava muito descontrolado e preocupado de não conseguir resistir a *mostrar* a ela exatamente como me sentia quando ela voltasse para casa. Eu poderia, facilmente, vê-la vindo até meu quarto para conversar. Poderia mais facilmente me ver colocando-a contra a parede antes sequer de as palavras saírem da sua boca.

Nos poucos minutos seguintes, quando olhava para a parede do meu quarto, só conseguia me enxergar transando com ela contra a parede até o ódio dentro de mim explodir dentro do corpo dela.

Caralho. Precisava mesmo ir.

Se saísse agora, ainda conseguiria pegar o último trem para Boston.

Queria deixar algo para ela para que, pelo menos, soubesse que estava pensando nela. Peguei meu papel de dobradura e fiz um morcego de origami. Toda vez que começava a escrever uma mensagem, mudava de ideia e o amassava, tendo que fazer outro do zero. Fiz isso algumas vezes, mas simplesmente não conseguia decidir o que escrever.

Quanto mais tempo passava, mais ficava em dúvida de ir embora. E se ela fosse conversar comigo? Eu nunca saberia. Por algum motivo, simplesmente precisava saber se ela iria ou não até meu quarto quando chegasse em casa.

Então, tive uma brilhante ideia. Fiz outro morcego e escrevi dentro:

Amontoando alguns cobertores, tentei fazer parecer que tinha um corpo na cama. Enfiei o morcego no meio da pilha, cobrindo-o com um cobertor, e, estrategicamente, colocando um boné do Red Sox aparecendo em cima.

Dando um passo para trás, ri sozinho porque parecia mesmo que tinha alguém dormindo ali. Memorizei exatamente como tudo estava organizado. Se ela mexesse um pouquinho, seria óbvio que tinha ido me ver. No mínimo, pensar em assustá-la era divertido. Ver a expressão dela teria sido incrível.

Agora estava totalmente escuro do lado de fora, e havia pouco tempo para chegar à estação de trem na hora certa. Desiree estava saindo do restaurante quando saí. Tentei fingir que não a vi.

— Jake! Espere.

Me virei.

— Oi, Desiree.

— Há quanto tempo não nos vemos.

— É. Eu sei. Tenho estado bem ocupado.

Ela segurou minha camisa e a puxou com suas unhas compridas pintadas.

— Acabei de sair do trabalho. Quer conversar um pouco?

Conversar. Sei.

— Na verdade, estou com pressa. Preciso pegar o último trem para Boston. Então...

Ela se inclinou e sussurrou no meu ouvido:

— Estou usando aquela calcinha... de renda vermelha... aquela que você falou que gostava.

Sua fala não causou nenhum efeito em mim. Se fosse meses antes, provavelmente eu teria subido e tirado aquela calcinha dela. Pensar nisso agora causava repulsa. Me fez realmente perceber o quanto Nina tinha me conquistado, o quanto minha atração por ela era forte, tanto física quanto emocionalmente.

— Vou ter que pular essa. Desculpe. Espero que tenha um bom fim de semana.

Ela pareceu perplexa. Deixei-a parada na calçada enquanto corri para atravessar a rua a fim de pegar o trem.

No dia seguinte, a luz do sol entrou pela janela do quarto de hóspedes na casa da minha irmã. Peguei meu celular e vi que tinha chegado uma mensagem de Nina mais cedo naquela manhã.

Seu corpo de cobertores estava ficando bem solitário ontem à noite, então coloquei meu roupão surrado lá dentro com ele. Espero que não se importe. Acho que estão se dando bem. Ainda não saíram do quarto.

Minhas costelas doeram de tanto rir. Escrevi de volta.

Jake: É isso que você ganha por entrar no meu quarto de novo.

Nina: Me pegou. Deve ter chegado tarde em Boston, hein? Quais são seus planos para hoje?

Meu estômago se revirou. Dá para imaginar como a verdade soaria?

Vou passar o dia com minha esposa tem esquizofrenia, Ivy, e ter uma consulta com um médico para autorizar uma nova medicação experimental para ela e preencher uns formulários do convênio. Talvez, se tiver sorte, Ivy não terá uma crise de paranoia nem tentará me bater. Vou passar o dia com ela, depois vou voltar tarde para casa, deitar e fantasiar sobre comer você enquanto bato uma.

Imaginei que fosse melhor guardar isso para mim mesmo.

Jake: Ficar na casa da minha irmã, coisas de famílias, fazer umas coisas na rua.

Nina: Parece legal.

Ela estava querendo informações e teria que ser louca para não desconfiar que eu estava escondendo alguma coisa dela.

Brinquei com a ideia de perguntar como foi o encontro, mas não queria realmente ouvir se ela tinha se divertido. Então, optei por não falar disso.

Jake: O que está fazendo hoje?

Nina: Estudando e testando uma receita nova que acho que vai gostar. Você me deixou louca por banana.

Jake: Não me provoque.

Nina: Rs. Quando vem para casa?

Jake: Como sempre. Tarde da noite no domingo.

Nina: Talvez isto esteja te aguardando quando chegar aqui, se eu não estragar tudo.

Uma imagem começou a ser baixada. Era uma foto de bananas congeladas cobertas com chocolate amargo Ghirardelli, salpicado com pistache. *Ah, cara.*

Jake: Está com uma cara boa. Está tentando me matar?

Nina: Talvez seja meu jeito de me vingar de você por ontem à noite.

Não ficou claro se ela estava se referindo a como agi em relação ao seu encontro ou ao meu truque de cobertor.

Jake: Bem, está funcionando. Está me fazendo querer ir para casa agora mesmo.

Por muito mais do que apenas as bananas.

Nina: Te vejo quando chegar em casa.

Casa. Lá estava, mais do que nunca, parecendo minha casa.

Jake: Até mais, Nina.

A voz da minha irmã soou.

— Jake...

Ainda olhando para o celular, murmurei:

— Hum?

— Com quem estava conversando agora? Estou aqui parada tentando chamar sua atenção para ver se quer vir tomar café da manhã na lanchonete com a gente. Você nem me viu porque estava ocupado demais sorrindo como um bobo há muito tempo.

— Não era ninguém.

Allison se sentou na beirada da minha cama.

— Olha só para você. Sua cara. Está mentindo! Quem era?

Ela amarrou seu cabelo escuro longo em um coque e se balançou para cima e para baixo, me provocando.

Seus olhos verdes eram idênticos aos meus; era meio assustador.

— Al, não faça isso comigo. Sabe que não consigo mentir para você por merda nenhuma.

— Tio Jake falou "merda!". — Minha sobrinha de sete anos, Hannah, entrou correndo no quarto e pulou na cama para me atacar.

— Aff, garota. Você está crescendo!

— Hannah, não repita essa palavra — Allison disse.

Minha outra sobrinha, a gêmea de Hannah, Holly, correu na minha direção alguns segundos depois, e ambas ficaram rindo e me escalando conforme eu fazia cócegas nelas.

— Meninas, saiam de cima do seu tio e vão colocar tênis. Vamos sair em cinco minutos para comer panquecas.

As meninas saíram de cima de mim ao mesmo tempo e correram para fora do quarto tão rápido quanto entraram. Era só mencionar comida que, geralmente, era essa a reação delas. Pude ouvir meu cunhado, Cedric, gritando com elas por pularem os degraus.

Fiquei deitado na cama com os braços cruzados atrás da cabeça olhando para o teto.

Ela não ia me deixar em paz.

— Responda minha pergunta.

— O nome dela é Nina.

— Nina... que bonito. Quem é ela?

— Mora comigo.

— É bonita?

— Por que você precisa saber?

— Responda.

— É bonita, sim. — Fechei os olhos rapidamente, visualizando o rosto dela. — Ela é... linda.

— Você gosta dela...

— Al...

— O que tem de tão ruim nisso?

— Não faça perguntas para as quais sabe a resposta.

— Você sabe quando foi a última vez que te vi sorrir assim?

— Não sei, não.

— Nem eu, porque acho que *nunca* te vi sorrir assim.

Me sentei ereto de repente para evitar o interrogatório.

— Preciso sair para ver Ivy.

— Não pode ir conosco para um rápido café da manhã?

— Não. Dormi demais, e preciso falar com um médico às onze — respondi, olhando em volta, procurando minhas roupas.

— Você merece ser feliz, Jake. Sabe disso, certo?

Ignorando-a, vesti uma camisa e coloquei meu relógio.

Ela continuou:

— Essa garota... ela gosta de você?

Meu tom foi seco.

— Não importa. Ela não sabe sobre Ivy. Se soubesse, iria surtar pra caralho.

— Você não sabe. Pode ser que ela entenda.

— Ou pode ser que não queira nada comigo, o que é um cenário muito mais provável. — Não foi minha intenção gritar. — Além do mais, já menti para ela ao não mencionar Ivy depois de tanto tempo. Isso, por si só, piora mais ainda.

— Por que ela pensa que você viaja todo fim de semana?

Soltei uma única risada brava.

— Sinceramente? Não consigo imaginar os cenários que passam pela cabeça dela. Ou ela sabe que tem algo acontecendo ou pensa que sou só um cara esquisito que não consegue passar uma semana sem ver a irmã.

Ela mostrou a língua e jogou um travesseiro em mim.

— Essa seria a pior coisa do mundo?

O vento do lado de fora uivou, chacoalhando a janela através da qual Ivy estava olhando para fora quando entrei no quarto. Ela não fez questão de se virar.

— Está atrasado.

— Desculpe. Liguei para você esta manhã e te falei que iria encontrar com seu médico no consultório dele antes de vir para cá. Ele veio em um sábado só para se encontrar comigo e acha que tem um novo tratamento que pode te fazer sentir melhor. Precisava conversar comigo sobre isso, ok?

— Qual é o objetivo?

— Como assim?

— Nada nunca me faz sentir melhor.

— Estamos tentando mudar isso.

— A única coisa que me faz sentir melhor é você, Jake, e está atrasado!

Ivy tinha dúzias de humores diferentes que iam de coerentes até totalmente loucos. O humor com que ela estava naquele instante era um dos mais difíceis de lidar porque, apesar de agitada, ela tinha bastante consciência das coisas, o que, em troca, a deixava deprimida e brava.

Ivy deu tapinhas na cama.

— Deite comigo.

Ela se afastou para um lado, e eu me deitei, colocando os pés para cima e pegando o controle remoto da TV. Estávamos assistindo a *Modern Marvels*, no History Channel, por uma meia hora quando senti sua mão deslizando por minha coxa e se aproximando da minha virilha. Meu corpo ficou tenso. Muito raramente Ivy tentava me tocar assim, e foi por isso que não pensei duas vezes ao me deitar na cama com ela. Na maior parte do tempo, ela não gostava de fazer contato com ninguém nem de ser tocada em geral porque sempre estava convencida de que as pessoas estavam tentando machucá-la.

Mas, de vez em nunca, ela ficava com um certo humor em que queria sexo e vinha para cima de mim.

De todas as situações com ela, essa era a que mais me matava. Não enxergava mais Ivy dessa forma, simples assim. Era difícil explicar de um jeito que não fosse devastador para ela em seu estado mental temporariamente são. Mesmo que eu fosse fisicamente atraído por ela, teria sido irresponsável dormir com alguém que não estava são na maior parte do tempo.

No passado, no início, quando seus sintomas estavam começando a aparecer, às vezes ela tinha uma crise no meio do ato e começava a gritar para eu sair de cima dela. Estremecia só de pensar nisso agora.

Quando peguei sua mão e a tirei do meu pau, ela disse:

— Por favor.

— Não.

— Só quero te sentir dentro de mim de novo, Jake.

Me levantei imediatamente e massageei as têmporas, depois respirei fundo para organizar meus pensamentos.

— Você sabe que não fazemos mais isso, Ivy.

— Por que não?

— Porque, há muito tempo, quando você ficou doente, resolvemos que não era uma boa ideia. Lembra? Já conversamos sobre isso. — Nós conversamos... inúmeras vezes.

— Você parou de me amar.

Minha cabeça estava latejando.

— Isso não é verdade. Só te amo de um jeito bem diferente agora.

— Se me ama, por que não *faz amor* comigo?

— Ivy, por favor...

Ela começou a chorar. Não importava quantas vezes tivéssemos essa conversa ou quantas vezes ela chorasse diante de mim, nunca ficava mais fácil, e nunca ficaria. E, naturalmente, uma parte de mim se sentia culpada porque, tecnicamente, eu era seu marido. Não desejaria essa situação toda nem para o meu pior inimigo.

Após meia hora de silêncio, Ivy me pediu para sair e pegar algo para ela comer. Quando voltei com comida chinesa, ela estava fumando em sequência, me chamando de Sam e me acusando falsamente de demorar muito porque estava enchendo a comida de cianeto.

Pelo menos em seu estado delirante, ela não estava mais chorando. Às vezes, só era mais fácil lidar com as coisas quando ela não tinha consciência. O alívio que veio desse pensamento me fez sentir culpado.

Mais tarde naquela noite, meu celular apitou enquanto eu estava levando as embalagens de isopor da comida para a cozinha. Era uma foto com texto de Nina mostrando as bananas mergulhadas no chocolate que tinha feito para mim.

Imagine dois mundos colidindo.

Capítulo 8

Presente

— Uau, cara. Que zoado.

Ergui minha garrafa de cerveja para brindar.

— Bem-vindo à minha vida, Mitch.

Skylar tentou amenizar o clima.

— Deixe-me adivinhar. Você foi para casa naquela noite de domingo, comeu as bananas com pistache de Nina e a agradeceu com sua adaga?

— Não exatamente. Espere... o que você falou? Adaga?

Ela cobriu o rosto, rindo.

— Desculpe... Nina meio que nomeou seu... você sabe... há anos. Era assim que ela costumava chamá-lo.

— *Adaga*? Sério?

— Você deveria entender como um elogio.

Mitch pegou uns amendoins na mesa de centro.

— É bem impressionante. — Ele a cutucou. — Qual é o meu apelido?

O bebê começou a chorar.

— Salva pelo gongo. — Skylar foi até o cercadinho no canto. — Esperem... já volto. Quero ouvir o resto da história de Jake.

Verifiquei meu celular para ver se Nina tinha enviado mensagem de novo, depois fui para a cozinha pegar umas cervejas para mim e Mitch. Quando voltei à sala, entreguei uma a ele e disse:

— Ei, Bitch, acho que ouvi as garotas falando sobre seu pau uma vez também. Como era mesmo, Skylar? O Ceifador Magrelo?

— Boa — ele disse. — Na verdade, tenho praticamente certeza de que está mais para O Cutucador de Útero.

Skylar aconchegou Mitch Jr. na dobra do braço. O cabelo castanho bagunçado dele estava apontando em todas as direções. Uma sensação corrosiva surgiu dentro de mim conforme olhei para o bebê lindo e saudável deles. Me lembrou muito bem de que Nina e eu não tínhamos conseguido dar um irmãozinho ou irmãzinha para A.J. O estresse da infertilidade tinha nos afetado nos últimos meses também.

Skylar interrompeu meus pensamentos.

— Então, Jake, continue a história. Quero chegar às partes boas.

— Ok, bem... Nina ainda estava dando muito duro nos estudos e acabou conseguindo tirar mais duas notas altas. Eu não conseguia acreditar. Ela acabou completamente com meu plano de mestre de levá-la a um passeio de helicóptero pela cidade. Estivera morrendo de vontade de levá-la.

— Ela teria *odiado*.

— Eu sei. — Dei risada. — Teria sido incrível.

— Não houve mais excursões? — ela perguntou.

— Só depois.

— Então as coisas só continuaram seguindo do jeito que estavam...

— Certa noite, as coisas ficaram bem intensas. Nina, enfim, me contou sobre Jimmy.

Skylar olhou para Mitch e sussurrou:

— O irmão dela que morreu.

— É — falei baixinho. — Eu sempre via a foto dos dois no quarto dela e presumi que ele estivesse vivo. Ela só falou dele quando começou a chorar, do nada, durante uma das nossas sessões de estudo. Eu tinha jogado um dado para uma aula de Matemática, e isso a lembrou de um jogo que costumava jogar com ele quando ele estava doente. Precisou só disso.

— O que ele teve mesmo? — Mitch perguntou.

— Leucemia — respondi.

Skylar e Mitch se entreolharam, sabendo que essa conversa traria lembranças da batalha da própria Skylar contra um linfoma.

Continuei:

— Nina sentia muita culpa porque parou de ir visitá-lo no hospital logo antes de ele morrer. Ela não conseguia mais vê-lo sofrer. Depois que ele faleceu, ela viveu com essa culpa por anos. — Olhando para cima de novo para a foto de Nina grávida na parede, pensei naquela noite. — Então, enfim, foi assim que me abri para ela sobre perder meu pai quando tinha cinco anos. Mostrei uns desenhos meus dele. Percebemos que nós dois sofremos perdas enormes muito jovens. Foi só mais uma coisa que me ligava a ela.

Mitch assentiu.

— Foi essa a noite em que se beijaram pela primeira vez?

— Infelizmente, não. Mas foi essa a noite em que fui mais babaca.

— O que aconteceu?

— Depois dessa conversa emotiva no meu quarto, decidi que seria uma boa ideia sairmos e ficarmos chapados.

Ele pareceu surpreso.

— Você conseguiu não a beijar mesmo estando *chapado*? Não consigo acreditar que foi capaz de se controlar tanto assim.

— Ah, acredite em mim. Não há muito mais que contar desse lado da história, meu amigo.

Capítulo 9

Passado

Dei risada sozinho. Nina sabia mesmo comer. Eu a observei comendo cada último pedacinho de uma asinha de frango chinesa. Era como assistir a um daqueles campeonatos de comer cachorro-quente que sempre eram, inevitavelmente, vencidos por algum cara magrelo.

Estávamos no *Kung Pao Karaoke*, um restaurante chinês e bar karaokê que eu tinha ido uma vez com alguns colegas de trabalho. Tínhamos pedido uma bandeja pupu que tinha uma variedade de petiscos. Não havia nada para contar a história quando terminamos de comer. Meu humor também não poderia estar melhor porque Nina admitiu que seu encontro com Alistair foi um fracasso.

Isso aí.

Algumas descobertas sobre Nina foram feitas naquela noite. Uma: ela amava comer. Duas: ela era bem fraca quando se tratava de álcool. Três: seu ex-namorado tinha um nome: *Spencer*.

— Então... Spencer... foi seu último namorado?

— Sim. Terminamos pouco mais de um ano atrás. Pensando bem, foi a melhor coisa que já me aconteceu. Além de eu ter descoberto que ele me traía, ele não fazia nada além de me criticar.

Isso era um golpe duplo. Ouvir que ela tinha sido traída e que ele a tratava mal me fez querer ir atrás dele. O álcool da bebida enorme que estávamos compartilhando estava subindo à minha cabeça e intensificando minha reação a cada palavra saindo da boca dela. Também estava intensificando minha reação à boca dela em si. Parecia que eu não conseguia tirar os olhos dela.

— Como assim *criticar*? — Meu sangue estava começando a ferver. — Que tipo de coisas ele te dizia?

Ela olhou para baixo, hesitante em me responder.

— Vejamos... o que ele *não* dizia? Primeiro, ele não tinha nenhuma tolerância com as minhas questões de ansiedade. Só zombava de mim em vez de tentar entender a condição. E criticava meu corpo sempre que tinha a chance.

Porra. Essa garota tinha o corpo mais sexy que eu já havia visto na vida. Em qualquer dia, era uma dificuldade para eu me conter e não expressar isso para ela e me impedir de *mostrar* como realmente me sentia. Como alguém poderia levá-la a crer que havia algo errado com sua aparência?

— Ele criticava o *seu* corpo.

— Sim... o tempo todo.

— Sério...?

— Ele dizia que eu não era atlética o suficiente, que eu tinha que perder cinco quilos e que minha bunda era grande demais.

Nina não viu, e estava barulhento demais para ouvir, porém eu quebrei um palitinho de madeira debaixo da mesa. Ouvir essa besteira estava me deixando muito bravo. A bunda dela era grande demais? *A bunda dela era fenomenal.* Milhares de sinfonias tocavam na minha cabeça quando eu olhava para aquela bunda, pelo amor de Deus. Como poderia explicar a ela o quanto ele estava errado sem admitir meus verdadeiros sentimentos?

— Nina... espero que não se importe se eu for direto.

— Não me importo.

— Esse... Spencer... esse cara precisa de óculos e de um soco na cara. Não há nada de errado com o seu corpo... absolutamente nada. Espero que você não tenha dado ouvidos a ele.

Quando ela admitiu acreditar nele no passado, quase enlouqueci.

— Nina... — Me obriguei a parar e respirei fundo. Em silêncio, peguei o último hashi e também o quebrei debaixo da mesa. (Precisaria encontrar outra coisa para destruir se tivesse que continuar contendo meus pensamentos desse jeito.) — Deixa pra lá. Só saiba... que ele estava errado, ok?

— Diga o que você ia dizer.

— Não sei se deveria.

— Desde quando você ficou tão cheio de dedos?

— Desde que essa conversa chegou no assunto peitos e bunda.

Ela pareceu se divertir. Era bom que ela achasse engraçado, porque eu estava falando muito sério. Estava precisando de toda a minha força de vontade para não contar a ela como me sentia, que ela era a mulher mais linda do mundo para mim.

— Sério, seja lá o que você vai falar, não vou ficar ofendida.

Ofendida? Merda! Ela tinha entendido tudo errado. Eu precisava consertar isso. Tudo saiu jorrando de mim naquele momento como um vômito a jato.

— Ok... nesse caso, Nina, não apenas como seu amigo, mas como homem, te digo sinceramente que você tem um corpo incrível. É perfeito. E o idiota do seu ex-namorado tinha razão sobre uma coisa: você tem mesmo a bunda grande.

Certo. Então isso não saiu exatamente certo. Eu estava alterado.

— Como?

Meu coração estava martelando quando me estiquei para o outro lado da mesa e encostei em seu braço.

— Deixa eu terminar. Você tem uma bunda grande... mas é a bunda mais espetacular que já vi. Tem um corpo violão que qualquer homem sabe que é a coisa mais sexy que existe. Você é linda e o que te deixa ainda mais atraente é que você não faz a menor ideia disso.

Respirei fundo e lentamente. Foi a coisa mais sincera que já tinha falado para ela, e cada palavra era a verdade. Ela só olhou para mim com o sorriso bem tímido e pareceu querer mesmo falar alguma coisa. Deu um longo gole na bebida e, então, finalmente disse:

— Obrigada.

— De nada.

Você não faz ideia.

Ficamos em silêncio observando um casal se apresentar no karaokê. Assim que um cara chamado Larry, que parecia que estava drogadão, começou a cantar *Jessie's Girl*, de Rick Springfield, Nina se levantou para ir ao banheiro. Assisti a cada movimentação dela conforme se afastava. Ela se virou rapidamente, e dei risada sozinho, percebendo que, provavelmente, estava paranoica que eu estivesse olhando para sua bunda, o que fiquei fazendo mesmo até estar totalmente fora de vista.

Houve uma pausa nas performances, e o palco ficou vazio pela primeira vez na noite inteira. Uma ideia surgiu na minha cabeça, e fui até a cabine do DJ. Começou a tocar *Rump Shaker*, de Wreckx-N-Effect, na minha mente, e me perguntei se Nina entenderia a piada se eu me levantasse e cantasse. Só queria mostrar a ela como seu ex era idiota, e cantar uma música sobre bundas grandes pareceu ser a ideia mais adequada do momento. Pelo menos, foi o que meu cérebro embriagado pensou.

Mas pensei que não conseguiria cantar *Rump Shaker*.

— Que músicas você tem sobre bundas grandes?

— *These Humps*, de Black Eyed Peas — ele sugeriu.

— Qual mais?

— *Honky Tonk Badonkadonk*, de Trace Adkins.

— Aff… mais alguma?

— E *Fat Bottomed Girls*, do Queen?

Sim. Brilhante pra caralho. Perfeito, na verdade.

— Vamos com essa.

— Quer ser o próximo? Não tem ninguém na fila.

Merda. Eu queria mesmo isso? Caramba, sim, queria. Fazê-la rir era muito mais importante do que fazer papel de bobo.

Esperei com o microfone na mão até ver Nina voltar para nossa mesa. Ela pareceu confusa e começou a olhar em volta me procurando.

Pigarreei.

— Qual é seu nome? — o DJ perguntou.

Falei no microfone:

— Spencer.

Nina ficou boquiaberta quando me viu no palco, e cobriu a boca com a mão.

— O que você vai cantar, Spencer?

Pedi a ele para baixar um pouco meu volume porque estava detestavelmente alto.

— Essa é uma música especial para Nina. Por favor, me perdoa por ser um bundão.

Ela olhou em volta com vergonha. Sua expressão foi impagável conforme sua boca, em certo momento, se curvou em um sorriso enorme.

Quando a música começou, me envolvi de verdade, mexendo a cabeça com a batida e batendo os pés no chão. Meus olhos alternavam entre as palavras no monitor e o rosto de Nina. Ela estava secando lágrimas de seus olhos. *Eram lágrimas de felicidade.* Meu plano estava funcionando.

Vagamente, vi um grupo de mulheres na primeira fileira assobiando para mim e gritando umas vulgaridades conforme meus quadris balançavam. Minha mente estava focada demais no sorriso lindo de Nina para me importar. Quando você está no palco, as luzes fortes deixam a plateia mais escura. Por algum motivo, Nina simplesmente brilhava no meio de tudo. Seu cabelo, seus olhos, seu sorriso, eram tudo que eu conseguia ver, tudo que eu queria ver.

As pessoas na plateia estavam gostando bastante da minha rendição em *Fat Bottomed Girls* e agora estavam batendo palmas em uníssono. Algumas garotas estavam se levantando e rebolando. Era uma confusão sensual.

O suor escorria por minhas costas, resultado das luzes quentes do palco. Quando a música terminou, peguei um guardanapo e o passei na testa. Nina me aplaudiu de pé enquanto secava os olhos.

Algumas garotas me abordaram quando eu estava voltando para a mesa. Estava tentando não ser grosseiro, mas realmente só queria voltar para Nina. Antes de dispensá-las, uma delas me entregou seu número de celular, o que foi uma ação bem desesperada. Eu sabia que Nina tinha visto porque meus olhos estiveram nela o tempo inteiro. Estava torcendo para que ela não pensasse que eu que tinha pedido. Mais tarde, mergulhei o papel nas chamas da nossa bandeja pupu para mostrar a ela exatamente como não me importava com aqueles números. Mas precisei questionar minhas ações. O que eu estava tentando provar quando deveria estar me afastando dela em vez de deixar óbvio que só tinha olhos para ela?

Por mais que nosso tempo no restaurante karaokê estivesse acabando, a noite só estava começando quando se tratava de demonstrar meus sentimentos por ela. Até os deuses estavam fazendo piada com isso em meu nome.

— Não vai ver sua sorte? Pegue o que está na sua frente. É o que veio pra você. Eu vou primeiro — Nina disse, se referindo ao biscoito da sorte. Ela abriu um e descartou o biscoito. — Quando uma porta se fecha, outra abre.

Ela pareceu refletir sobre o que isso significava. Meu pensamento foi... é só um biscoito. Não o leve a sério.

Até que...

— Sua vez — ela falou.

Peguei meu biscoito e o abri. Sem nem ler, brinquei:

— A garota da bunda grande faz o homem sorrir.

Nina deu risada.

— Nada disso!

— Tô brincando! Tô brincando.

— O que diz de verdade?

Meu sorriso desapareceu bem rápido conforme registrei as palavras do papelzinho.

Agora é hora de tomar uma atitude.

Se eu acreditasse nisso, teria pensado que esse biscoito estava querendo me irritar. Não havia dúvida de que, sob as circunstâncias, aquela mensagem parecia feita para mim. Eu só não fazia ideia do que fazer com isso.

Nina, inocentemente, continuou olhando para mim, aguardando uma resposta.

Eu tossi.

— Agora é hora de tomar uma atitude.

Ela assentiu devagar por um bom tempo antes de dizer:

— Interessante.

— É... muito interessante.

Seus olhos estavam fixos na minha boca enquanto eu passava a ponta da língua nos dentes, algo que fazia muito quando ficava ansioso. Nós dois estávamos nos sentindo, definitivamente, bem *alegres* depois de acabar com o drinque. Eu não conseguia tirar os olhos dela e, provavelmente, isso estava deixando minha atração muito mais óbvia do que o normal devido ao meu estado embriagado.

O clima do lado de fora estava dez vezes mais frio do que estivera no início da noite. Nina estava usando apenas uma jaqueta leve. Não havia táxis à vista, então resolvemos andar até encontrarmos um.

Dava para ver minha respiração.

— E aí, você se divertiu?

— Fazia muito tempo que não me divertia tanto. — Seus dentes bateram conforme ela falava.

— Que bom. Fico feliz por ter interpretado minha rápida apresentação pelo que era, e espero que saiba que falei sério em tudo que disse esta noite.

— Obrigada. — Ela sorriu. — Fiquei muito arrasada por causa do meu irmão mais cedo e, de novo, você conseguiu transformar um momento horrível para mim em uma maluquice boa.

Seu olhar de confiança me despedaçou.

Vou acabar devastando você.

O álcool tinha soltado minhas inibições, então, quando ela começou a tremer, não pensei duas vezes quanto a esfregar minhas mãos com vigor na parte de cima dos seus braços a fim de aquecê-la enquanto caminhávamos. Por mais que não estivéssemos totalmente bêbados, nós dois estávamos, definitivamente, sob a influência de álcool, e isso me deixou cauteloso com o que poderia acontecer quando chegássemos em casa. Por mais que eu tivesse jurado que não deixaria acontecer nada entre nós, nunca confiava por completo em mim mesmo com ela. Sem contar que nunca havíamos ficado quase bêbados juntos.

Embora estivesse uma noite gelada, as estrelas estavam brilhando forte no céu. Ela olhou para cima enquanto conversávamos:

— Olha como o céu está limpo, como as estrelas estão bonitas esta noite. Faz você querer simplesmente esticar o braço e tocá-las — ela falou.

Não sei o que me possuiu a dizer:

— Algumas das coisas mais lindas são aquelas que só conseguimos aproveitar de longe. A inatingibilidade deixa a atração mais intensa.

Sim, estou falando de você.

— Então, se as estrelas fossem uma coisa que pudéssemos tocar com facilidade, não seriam fascinantes? — ela perguntou.

— Não tenho certeza. O que sei é que há coisas magníficas que são lindas, porém que também magoam você se aproximar demais. O sol é um exemplo. Pode queimar.

Nada como falar em código quando se está bêbado.

— Como o fogo... — ela disse.

Me.

Acenda.

Ela sabia aonde eu queria chegar.

Mal percebi que havíamos parado de andar. Olhei diretamente nos olhos dela e sussurrei:

— Tipo fogo.

A cidade se movimentava à nossa volta conforme ficamos parados encarando um ao outro no meio da calçada.

— Às vezes, se estiver disposto a suportar um pouco de dor na vida, pode descobrir um prazer que nunca nem saberia que existia. Lembra dessa frase, Jake? Você que me ensinou — ela falou conforme se movimentava devagar e mais perto de mim, nossa respiração se misturando no ar frígido. — Pode ser que valha a pena se queimar por algumas coisas.

Definitivamente, ela não estava se referindo ao sol nem ao fogo. Ela também estava tentando me enviar uma mensagem, e a ouvi em alto e bom som. Ela sabia que eu estava escondendo alguma coisa, porém estava disposta a arriscar. Infelizmente, Nina não tinha noção do quanto a verdade realmente era ruim, e eu ainda não estava pronto para revelá-la e arriscar perder tudo ao mesmo tempo.

Finalmente, um táxi apareceu. Se pensei que entrar naquele carro fosse deixar as coisas menos tensas, não poderia estar mais enganado.

Entramos no banco de trás, e a perna dela pressionou a minha. Quando o táxi fez uma curva repentina, ela caiu em mim. Meu corpo inteiro enrijeceu porque ela ficou ali, com a cabeça no meu peito. Meu coração atormentado batia furiosamente. Encarando o lado de fora pela janela, tentei meu máximo para ignorar todas as sensações surgindo dentro de mim. Com seu cheiro e o calor do seu corpo, foi impossível lutar contra minha excitação. Meu pau ficou duro pra cacete e, se ela se mexesse, sentiria. Queria poder tê-la colocado no meu colo para mostrar exatamente o quanto a queria. Em certo momento, ela colocou a mão no meu peito logo acima do coração que estava batendo a um quilômetro por minuto.

Agora, Nina *sabia* o que estava fazendo comigo. Se não sabia, iria descobrir no meu quarto mais tarde naquela noite.

Capítulo 10

Passado

Eu não conseguia dormir. Minha mente não parava de retomar o que acontecera naquele táxi com Nina.

Controle-se.

Como se nunca nenhuma mulher tivesse te tocado assim antes. A verdade era que nunca nenhuma mulher tinha me feito sentir do jeito que ela acabara de fazer naquele táxi. Continuar na zona da amizade estava começando a pesar em mim. Aquela noite provou que esses sentimentos estavam fora de controle. Precisei de toda a força que tinha para me controlar e, se o caminho fosse mais longo, eu teria perdido.

Sua boca estivera a apenas centímetros da minha. A ponta dos seus dedos macios estava acariciando meu peito, e eu conseguia senti-la respirando em mim... respirações doces, suaves e curtas. Meu coração estivera batendo mais rápido do que um coelho agitado, e ela sentiu isso. Me perguntei se sentiu meu pau latejando também.

Só conseguia imaginar o que ela deveria estar pensando enquanto eu ficava ali sentado paralisado como a porra de uma múmia enquanto ela se apoiava em mim. Se eu tivesse deixado meu corpo relaxar e fazer o que ele quisesse, não haveria volta. E não poderia fazer isso com ela. Não até que ela soubesse no que realmente estava se envolvendo comigo. Ela merecia mais.

Mais cedo, quando saímos do táxi, eu tinha pedido para ela andar à minha frente, tentando ganhar tempo para conseguir acalmar meu pau. Ele estava praticamente saudando-a quando lhe dei boa-noite e voltei para o meu quarto.

Só precisava dormir um pouco e seguir em frente. Mas, conforme virava e revirava, só conseguia pensar em mandar tudo "se foder" e invadir o quarto dela. Me perguntei o que ela estava vestindo.

Vá dormir.

Eu queria muito usar o banheiro, mas estivera postergando porque não conseguia confiar em mim mesmo que iria direto para lá sem fazer um passeio no quarto dela.

Quando, enfim, não conseguia mais segurar, saí no corredor e vi que não havia luz vindo de debaixo da porta dela. Uma sensação de alívio me tomou porque, se tivesse luz, eu poderia ter ficado tentado a bater.

A bater uma para ela.

Pare com essa mente imunda!

Depois de mijar bastante, eu estava saindo do banheiro quando seus seios macios trombaram bem no meu peito.

— Ei! Você está bem? — perguntei, esfregando meu polegar na testa dela.

Cometi o erro de olhar para baixo e vi que ela estava usando um top de renda tão pequeno que parecia uma daquelas coisas que minha avó tinha como base de castiçais na mesinha de centro. *Um guardanapo?* Tive que forçar meus olhos para cima.

— Sim... estou bem. Desculpe. Não pensei em checar se você estava aqui. A luz do seu quarto estava acesa, então imaginei que estivesse lá — ela explicou.

Me apoiei na pia e cruzei os braços à frente do peito.

— O que está fazendo acordada?

— Não estou conseguindo dormir, então vim fazer xixi.

Ela me abriu o sorriso mais fofo. Adorava o sorriso dela. Deus, ela era linda. Queria beijá-la.

Espere... ela precisava fazer xixi. Essa foi sua deixa para sair. Ande, seu bêbado.

— Ah... bem, eu deveria te deixar fazer isso, então — falei, afastando-me da pia.

Ela deu risada.

— Sim, provavelmente.

— Certo — eu disse antes de sair e fechar a porta.

Coloquei a mão na cabeça, atirando uma pistola imaginária no meu cérebro conforme voltava para o quarto.

Deixei a porta aberta de propósito. Foi uma má ideia, mas parte de mim só queria que ela fosse ao meu quarto. Talvez pudéssemos tentar aquela conchinha de novo.

Quem eu queria enganar?

Peguei meu notebook para parecer que estava fazendo outra coisa que não fosse esperar impacientemente para dar outra olhada nos seus peitos lindos naquele top. Por que eu queria me torturar quando não poderia tê-la em cima de mim?

Quando ela apareceu na porta, fechei meu notebook. Meu coração batia mais rápido a cada passo que Nina dava na minha direção. Suspirei de alívio quando ela parou e se sentou longe na minha cama.

Que bom. Fique longe de mim, Nina.

Me sentei mais ereto.

— Como foi seu xixi?

— Fantástico.

Nem conseguia me lembrar do que falei... algo como "que bom" conforme meus olhos traíam meu cérebro e desciam por seu peito. Poderia jurar que os mamilos dela estavam se enrijecendo a cada segundo, e agora meu pau também estava. Minha boca estava aguando. Ela só precisava olhar para baixo que veria o quanto eu a queria.

— O que você estava olhando? — ela perguntou.

Merda.

Flagrado.

Fale!

Balancei a cabeça.

— Hã?

— No seu notebook.

Ufa.

— Ah... no meu notebook... sim. Só besteira.

Ela sorriu.

— Entendi.

Nossos olhares travaram um no outro enquanto ficamos ali sentados e, dessa vez, eu estava obcecado pelo que tinha *acima* do pescoço dela. Olhar em seus olhos azuis era como observar um oceano calmo. Meu olhar não se desviou até a cama do quarto do lado começar a guinchar.

Porra de Ryan e Tarah transando.

Bem, isso foi bizarro. Diga algo para quebrar o gelo, Jake. Enquanto fizer isso, quebre um pedaço do gelo e esfregue no seu pau para esfriá-lo.

Pigarreei e perguntei com sarcasmo.

— Você acha que eles estão transando?

As bochechas de Nina ficaram rosadas conforme ela olhou para baixo. Ela era tão linda.

— A gente finge que não está acontecendo?

— Sim. Quer fazer uma aula de Matemática?

— Claro.

— Vamos ver... podemos falar sobre a probabilidade de um meia-nove — brinquei.

Ela corou ainda mais.

— Eu diria que, com base nesse barulho, é muito alta.

Nós dois começamos a rir, mas eu só conseguia me concentrar no fato de que ela realmente sabia o que significava meia-nove. Garota doce, inocente... com mente suja. E eu pensava que não poderia desejá-la mais.

Os barulhos no quarto ao lado pararam, porém o silêncio que se seguiu foi ainda mais insuportável.

Olhei para ela, que piscou sedutoramente para mim. Ela também me queria. Isso estava claro e tornava tudo muito mais difícil.

Comecei a tirar os fiapos do meu cobertor a fim de me distrair do desejo que aumentava dentro de mim. Não estava funcionando muito porque minha mente começou a ir em uma direção diferente. Eu só conseguia pensar se ela era ou não virgem. Embora, provavelmente, fosse velha demais para nunca ter transado, ela emanava uma *vibe* de pureza e ingenuidade sexual. Talvez, se fosse virgem, ajudaria a convencer o *Jake Júnior* lá embaixo de que as coisas não iriam mais além, independente do meu controle.

Era contra meu melhor julgamento, mas falei mesmo assim.

— Aposto que aquele imbecil do seu ex-namorado era ruim de cama.

Ela pareceu chocada com minha afirmação. Depois de alguns segundos, ela disse:

— De fato, ele era mesmo... de verdade.

Certo. Pergunta respondida.

Meu corpo ficou rígido conforme me sentei mais ereto.

— Então você *já* fez sexo.

— O que quer dizer com isso? — Ela deu risada, nervosa.

— Viu, agora te fiz corar. Desculpa. Você me dá a impressão de ser um certo tipo de garota.

— Qual tipo de garota é esse?

— Nada de ruim. Só... inocente... talvez virgem. — Olhei para o teto. Em que porra estava me metendo com essa conversa? Só diga a verdade a ela. — O tipo de garota que caras como eu são loucos pra corromper.

Ela não falou nada. O clima mudou de novo e ficou ainda mais tenso. Recuei contra a cabeceira da cama para manter distância porque minha força de vontade estava se esvaindo rápido.

Então ela pigarreou.

— Bem, em resposta à sua pergunta... sim, eu já fiz sexo, mas foi só com ele.

— Ele foi seu único e era ruim de cama? Que triste.

— Sim. É *triste*. Na verdade, eu nunca... você sabe... com ele.

— Nunca o quê? — perguntei. Conforme olhei para a expressão dela, de repente caiu minha ficha do que quis dizer. Meu sorriso diminuiu. Puta merda. *Não*. Minha voz ficou baixa, desacreditando. — Você nunca gozou? Nunca nem mesmo teve um orgasmo?

Ela balançou a cabeça.

— Não com outra pessoa.

Qualquer reserva que eu tinha desenvolvido foi destruída naquele instante conforme imagens de Nina se tocando inundaram meu cérebro. Todo o sangue do meu corpo correu direto para o meu pau.

Comecei a atacar o fiapo do meu cobertor de novo, como se isso fosse ajudar. Meu pau estava totalmente duro, e não havia para onde fugir e nada que eu pudesse fazer. Ou eu estava olhando para seus olhos lindos e cheios de desejo e mamilos enrijecidos ou pensando nela se fazendo gozar. Era um dilema para minhas bolas.

Meu pau latejou conforme imaginei seus olhos fechados, de pernas abertas, o clitóris brilhando, dando prazer a si mesma. O que se passava naquela linda cabecinha quando fazia isso? Eu queria que fosse eu. Por que estava me torturando, fazendo essas perguntas a ela? Mesmo assim, queria ouvir mais. Se não podia tocar nela, com certeza queria informação para depois. Eu *precisava* ouvir mais. Então continuei.

— Então você goza quando se toca...

— Sim — ela disse sucintamente.

Caralho.

Fechei os olhos por um instante. Era impossível acreditar que nenhum cara nunca a tinha feito gozar. Esperava que ela soubesse que isso não era normal.

— Sexo não conta se ele não te fez gozar, Nina. Você essencialmente ainda é virgem. — Mordi meu piercing do lábio com frustração. — Ele fez sexo. Você não.

Que pena que ninguém nunca tinha lhe dado prazer. Isso me deixou bravo, mas de uma forma estranha, que me revigorou. Eu só queria ser o primeiro homem a fazê-la gozar... com minha boca, com minhas mãos, com meu pau enterrado fundo nela.

Você não faz ideia do que eu faria com você, Nina, se fosse tão simples. O que eu poderia fazer com você de qualquer forma se não der o fora daqui logo.

Continuei olhando para ela, imaginando todas as formas que eu a faria gozar se pudesse. Suas bochechas estavam coradas da conversa em si, e imaginei como ficariam se eu me esticasse e a beijasse sem parar.

Meu corpo estava passando por um nível de desejo físico que era totalmente estranho para mim. Nunca quisera tanto transar com alguém.

Percebi que estava encarando os mamilos dela de novo e tinha que fazer alguma coisa. E, nossa, precisava de um cigarro. Tentando parar, eu não fumava há semanas, mas momentos desesperados pediam medidas desesperadas. Não ter nenhum lugar para ir com uma ereção era bastante desesperador para mim. Ou eu saía de onde estava ou a puxava para o meu colo. Era muito necessária uma mudança de posição.

Não pude deixar de rir um pouco quando ela se encolheu conforme me levantei da cama. Ela não fazia ideia do quanto cheguei perto de segurar seu rosto e beijá-la, mas, em vez disso, em uma decisão repentina, praticamente corri para a janela. Quando a abri, o ar congelante que entrou no quarto me acalmou por um milissegundo. Então fui até a gaveta, procurei um cigarro e o acendi, inspirando fundo. A fumaça queimou minha garganta enquanto fumei de novo, torcendo para isso me controlar.

— Por que você está fumando? Achei que tivesse parado.

Balancei a cabeça.

— Eu parei, mas realmente ansiava por um e preciso manter distância agora.

— Por quê? — ela perguntou.

Ela não iria permitir. Sabia que eu estava tentando parar. Se, de repente, eu estava fumando, era óbvio que estava enlouquecendo. Inspirei de novo e me virei para olhar para seu rosto delicado. Só de querer me abrir para ela, meu coração se apertou.

— Quer mesmo saber por que estou fumando?

Ela assentiu.

— Sim.

— Porque está mantendo minha boca ocupada e me impedindo de fazer algo que não deveria agora. — Dei outra tragada. — É melhor você voltar para o seu quarto.

Foi a coisa certa a dizer, a coisa certa a fazer. Ela precisava sair porque eu não conseguia aguentar mais muito tempo. Ela não fazia ideia de onde estava se metendo comigo, e não seria justo despejar nela naquela noite. Estava tarde, e nós dois ainda estávamos meio bêbados. Não era hora de ter aquela conversa.

— Você está fumando e me mandando embora porque quer me beijar?

Não consegui deixar de rir. Como se eu quisesse somente "beijá-la". É, seria um começo, mas não havia fim a lista de coisas que faria para ela, com ela, que mostraria a ela pela primeira vez. Sonhava em como seria isso com muita frequência quando me deitava na cama à noite. Apenas beijar nunca seria uma opção dado como eu estava me sentindo com essa garota.

Inspirei fundo de novo e olhei para ela. Desta vez, seu peito estava subindo e descendo de ansiedade para eu falar algo, fazer algo. Ela até parecia meio assustada.

Foda-se. Nina, você quer a verdade? Não posso te dar o que quero, mas posso te dar a verdade.

— Eu não te falaria pra ir embora se só quisesse te beijar, Nina. Estou te pedindo pra ir embora porque quero te provar e te fazer gozar até você gritar de todas as formas possíveis e imagináveis. É só no que consegui pensar a noite toda. Por isso não consegui dormir. Mas agora que você acabou de me dizer que nenhum homem fez isso antes... porra. É por isso que estou fumando, se quer mesmo saber.

Meu coração acelerou.

Que porra acabei de dizer?

O rosto dela ficou vermelho conforme ela ficou parada ali. Por mais surpreso que eu estivesse comigo mesmo por desabafar, pareceu que um peso enorme tinha sido tirado. Estivera morrendo de vontade, por muito tempo, de contar a ela o quanto eu a queria. Absorvendo minhas palavras, ela ficou congelada na beirada da cama. Apaguei meu cigarro e fiquei olhando para fora pela janela para manter distância.

Pigarreei e repeti:

— Acho que você deveria voltar para o seu quarto.

Quando começou a parecer com a Antártica, fechei a janela. Sem a distração do cigarro, não tive escolha a não ser virar para ela e ver que seus mamilos estavam mais enrijecidos do que antes. Agora dava para identificar exatamente como eram seus seios nus. Meus olhos estavam grudados, e lambi os lábios, desejando desesperadamente prová-los através do tecido fino do seu top.

Não ousei me mexer quando seu olhar baixou até minha virilha. Qualquer dúvida que restasse quanto ao meu desejo por ela agora era passado, porque eu estava completamente ereto. Minha respiração acelerou enquanto os olhos dela continuaram a me encarar na parte de baixo.

Meu coração quase fugiu do peito quando Nina se levantou da cama e andou lentamente na direção de onde eu estava parado. Ela tinha cheiro de baunilha quando parou a apenas centímetros de mim. Eu queria devorá-la, mas, em vez disso, me contive e respirei fundo e devagar, fechando os olhos. Meus lábios tremeram porque era quase como se conseguisse sentir o gosto dela conforme inspirava. *Ela estava muito perto.* Muito perto, e não havia nada que eu pudesse fazer quanto a isso.

Não até ela saber da verdade.

Seus olhos vidrados estavam me encarando quando abri os meus, e meu peito se apertou. Ela era tão linda. Seu cabelo loiro estava em um coque bagunçado lateral que eu queria puxar bruscamente na minha direção. Meus olhos desceram por seu corpo devagar, parando em seus seios de novo, depois descendo para sua barriga chapada e voltando para cima. A pele macia no topo do seu peito brilhava à luz da lua, e eu ansiava para tocá-lo só por um segundo, para sentir o calor ali.

Sem pensar, me estiquei e segurei sua cintura. Todo o controle que eu tinha reunido foi imediatamente destruído com a inspiração curta que ela deu no segundo em que minha mão encostou nela. Era uma indicação torturante do que seria estar com ela. Seu corpo respondia muito a mim, mesmo nesses momentos em que estávamos apenas sentados um ao lado do outro. Eu sabia, sem dúvida, que, se dada a oportunidade, não apenas eu a faria gozar, mas a faria perder todo o controle. Ah, e como eu queria ver Nina perder a cabeça quando gozasse para mim.

Meus pensamentos estavam me deixando louco, e meus dedos começaram a acariciar gentilmente a cintura dela. Quanto mais tempo minha mão se demorava, mais eu perdia o foco na realidade, e quando vi que minhas unhas estavam cravando nela, recuei e rosnei entre dentes:

— Porra.

O que eu estava pensando encostando nela? Mais um segundo, e eu sabia que não conseguiria me fazer parar de tomar o que eu não tinha direito.

Ela estava respirando de forma pesada e parecia quase assustada, como se quisesse dizer alguma coisa, mas estivesse se contendo. Não poderia culpá-la. Ela era a Chapeuzinho Vermelho nessa situação e eu era o Lobo Mau com uma ereção muito má.

Pelo amor de Deus, fale alguma coisa, Jake.

Antes de eu ter oportunidade, Nina soltou:

— Quero saber o que você faz quando vai pra Boston todo fim de semana.

Merda.

Merda.

Merda.

Era melhor eu simplesmente dizer a verdade a ela?

Pense!

Pisquei repetidamente para ganhar tempo. A verdade. É, certo. Dá para imaginar? *"Nina, na verdade, sou casado, mas está tudo bem. Há uma boa explicação. Vou te contar agora com uma obstinação porque..."*

Claro que não! Não poderia contar a ela agora. Não assim.

Então, em vez disso, simplesmente soltei:

— É complicado, Nina.

Me senti um total idiota. Imagine o que ela estava pensando sobre o fato de eu excitá-la, tentar expulsá-la, tocá-la e agora dar essa resposta.

Nina ficou simplesmente ali parada e olhou para mim, depois para fora pela janela, parecendo perdida e derrotada. Ela iria desistir de mim, e eu não poderia culpá-la.

Parecendo extremamente decepcionada, ela balançou a cabeça e soltou um suspiro frustrado.

— Boa noite, Jake.

Fim do jogo. Bem jogado, otário.

Engoli em seco conforme ela recuou. Me sentindo impotente, eu a soltei, sabendo que não conseguiria dormir naquela noite. Minha mente gritou: *"Acho que posso estar me apaixonando por você"*. Mas não falei nada enquanto ela se afastou e bateu a porta.

Nenhum morcego de papel poderia consertar essa merda.

Capítulo 11

Presente

Skylar se levantou do sofá para se alongar.

— Preciso de uma pausa. Esta história está me deixando excitada.

— Sério! Até *eu* estou ficando assim — Mitch brincou quando se levantou e massageou os ombros dela. — Pode cuidar do bebê, Jake, para que Skylar e eu possamos ter uns minutos sozinhos e cuidar disso?

— Imagine como foi para mim, cara... viver isso.

Uma batida alta à porta me fez pular do assento. Voei até lá só para me decepcionar ao encontrar minha irmã e meu cunhado parados ali com um monte de malas.

— Droga. Pensei que fosse Nina. Não recebeu minha mensagem?

O cheiro de molho marinara flutuou no ar conforme ambos passaram por mim.

— Que mensagem?

— Mandei mensagem falando que a festa foi cancelada.

— O quê? — Allison olhou para seu celular. — Não recebi.

Cedric revirou os olhos.

— Vou colocar a comida na cozinha.

Verificando minhas mensagens, deslizei para baixo e vi que, por engano, enviei para Albert do trabalho em vez de Allison. Mostrando a ela a tela, eu disse:

— Bem, isso explica por que nunca respondeu.

Allison tirou seu casaco e o pendurou. Ela foi abraçar Skylar e Mitch, que estavam em pé para cumprimentá-la. Minha irmã pegou o bebê no colo e conversou um pouco com eles antes de voltar para mim.

Ela me puxou de lado.

— O que está acontecendo?

Nos minutos seguintes, resumi tudo que acontecera na noite anterior à visita de Ivy até Nina saindo naquela manhã.

— Jesus... Sinto muito. Que droga. Espero que ela volte logo para casa... para o bem da sua sanidade. — Ela esfregou meu braço. — Deixe-me atualizar Cedric quanto ao que está havendo. Já volto.

Allison entrou na cozinha, depois voltou e se sentou ao lado de Skylar, que estava amamentando o bebê de novo no sofá.

Cedric estava carregando uma garrafa de Cabernet e duas taças quando entrou novamente na sala. Pegou uma das cadeiras da sala de jantar a fim de se juntar a nós.

— Toda a comida foi guardada. Temos o suficiente para alimentar um exército, então, se alguém estiver com fome, só precisa aquecer.

Ele abriu o vinho, serviu duas taças e entregou uma para minha irmã.

— Alguém mais aceita uma taça?

Mitch ergueu sua Heineken.

— Estou bem com cerveja.

Cedric deu um gole e olhou para Allison.

— Ver Skylar amamentando o bebê me lembra dos bons velhos tempos.

Skylar se virou para Allison.

— Este garotinho é grudado nos meus peitos.

Mitch deu uma piscadinha.

— Agora, ela tem dois Mitch's que precisa arrancar dos peitos.

Todo mundo riu, e Skylar olhou para minha irmã.

— Não sei como você fez com gêmeas. Você as amamentava ao mesmo tempo?

— Sim. Aquela época foi louca, mas maravilhosa. Era como ter dois cocos sugando seus peitos o dia todo. Elas são adolescentes agora. Dá para acreditar?

Cedric apontou para uma mecha acinzentada de cabelo bem na frente, que realmente ficava legal nele.

— Tenho cabelo grisalho para provar.

Allison olhou para ele com carinho.

— Acho sua mecha sexy.

— Que bom, amor.

Minha irmã acendeu algumas velas na mesinha de centro. Meu olhar viajou para a janela. Agora a neve estava caindo com mais regularidade. Estava escuro, e isso me deixava bastante ansioso com a volta de Nina para casa.

Em silêncio, enviei mensagem para ela conforme todo mundo estava conversando.

Por favor, volte para casa, amor.

Alguns segundos mais tarde, ela me respondeu.

Vou te ligar em breve.

Suas respostas breves naquele dia eram meio enervantes, mas, pelo menos, confirmavam que ela estava bem. Se *nós* estávamos bem, isso era outra questão.

Skylar colocou o bebê no ombro para ele arrotar.

— Então, antes de vocês chegarem, Jake estava no meio da história de como conheceu Nina e nos dias anteriores a ela descobrir sobre Ivy.

Eu ainda estava olhando para o celular, esperando mais de Nina, quando murmurei:

— Allison já ouviu as histórias.

— Ele acabou de nos contar sobre a noite em que praticamente a chutou do quarto dele.

Minha irmã assentiu e abriu um sorriso sábio.

— *Fat Bottomed Girls*... está falando dessa noite? Ah, está chegando às partes boas.

Mitch deu risada.

— Como conseguiu se recuperar desse desastre?

Respirei fundo e encarei a chama da vela.

— Aconteceu uma coisa estranha depois daquela noite. Pensaram que ela tinha desistido, certo? Bem, ficou bizarro por, talvez, os dois primeiros dias, mas, logo depois, foi como se começássemos de novo e realmente nos tornamos ainda melhores amigos. Acho que, no fundo, ela sabia que havia algo grande me contendo e que eu precisava de tempo para trabalhar nisso. Ela nunca me pressionou por respostas e, bem, paramos de nos colocar em situações complicadas com álcool. Ela simplesmente estava lá para mim e me deixava tê-la do único jeito que eu conseguia naquele momento, que era me dando seu coração mesmo que eu não pudesse ter seu corpo. Para ser sincero, essas foram as semanas em que nos apaixonamos de verdade.

Capítulo 12

Passado

— Chupador de pau!

Bem, essa era nova.

Parecia que a sra. Ballsworthy estava testando uma nova saudação quando me recebeu de volta de Boston naquela noite específica de domingo.

Acenei e gritei para a janela dela.

— Mudou de ir me foder para chupar pau agora? Boa, Balls.

Ela semicerrou os olhos para mim, depois fechou a janela com força.

Juro por Deus, minha vida era um show de comédia às vezes.

Como, normalmente, eu chegava bem tarde no Brooklyn, Nina estava dormindo, porque tinha aula cedo às segundas. Quando abri a porta da frente nessa noite em particular, me surpreendeu o fato de encontrá-la acordada, bebendo chá na sala de estar e zapeando os canais. Ela estava encolhida em um cobertor marrom de lã.

Tirei meu casaco.

— Oi. O que está fazendo acordada?

— Estava com dificuldade de dormir.

— Está tudo bem?

Nina baixou o volume da televisão e se sentou ereta.

— Não. Na verdade, não.

Tirei meus sapatos e me sentei ao lado dela.

— Fale comigo. O que houve?

— Hoje foi um dia difícil para mim. Sempre é. É o aniversário do meu irmão. Jimmy teria vinte e cinco anos agora.

— Sinto muito, Nina.

— Nunca fica mais fácil.

— Não e, provavelmente, não vai ficar.

Queria, desesperadamente, fazê-la se sentir melhor, mas sabia que nada realmente ajudaria nessa situação. Peguei a caneca da sua mão e a levei para a cozinha a fim de encher de novo com a água da chaleira que ainda estava quente no fogão. Servi um pouco em outra caneca para mim, adicionando novos saquinhos de chá e mel em ambos.

Voltei para onde ela estava sentada e lhe entreguei o chá.

— Pronto. Vamos ficar acordados por um tempinho até você ficar bem cansada para dormir.

— Não precisa ficar acordado comigo, Jake.

Eu a ignorei e descansei meus pés na mesa de centro conforme ela se aconchegou no cobertor de novo. Não consegui deixar de desejar que tivesse me usado, em vez do cobertor.

Ela deu um gole no chá e sorriu.

— Mas obrigada.

— De nada.

Ficamos em silêncio até ela dizer:

— O Natal está chegando. Não fico mais ansiosa por isso porque nossa casa é muito diferente agora sem ele. Parece que metade da nossa família se foi, sabe? É bem mais fácil lidar com tudo estando longe. Queria poder simplesmente ficar aqui.

Seria a primeira vez, desde que ela se mudou, que ficaríamos separados por mais do que dois dias. Uma sensação inquietante me tomou.

— Você vai conseguir e, se não, pode me ligar a qualquer hora, seja dia ou noite.

— Obrigada. Agradeço mesmo. — Ela encarou sua caneca. — Sei que ele não iria querer que eu ficasse tão triste.

— Lembra do que eu estava te contando quando me falou, pela primeira vez, sobre Jimmy? Que precisa focar nas lembranças felizes?

— Sim.

— Bem, só para você saber, é muito mais fácil falar isso do que fazer. Haverá momentos em que é simplesmente impossível fazer isso. E tudo bem.

— Sei que você se identifica.

— Estava se culpando de novo hoje, não estava? Pensando em como parou de visitá-lo no fim?

— Sim.

— Imaginei. — Deslizei um pouco mais para perto do lado dela do sofá. — Você sabe quantas vezes fiquei ali sentado pensando em como tudo seria diferente se eu tivesse pedido ao meu pai para me contar uma história de dormir antes de ele partir naquela última noite? Mesmo cinco minutos poderiam ter mudado seu destino. Então, por mais que devêssemos pensar nas coisas felizes, às vezes nos torturamos nos concentrando nas coisas dolorosas. Acho que, simplesmente, é algo que fazemos sendo humanos.

— Já te perguntei isso, e você ignorou a pergunta. Vai me contar sobre sua infância?

Após colocar a caneca na mesa de centro, me recostei no sofá e olhei para o teto.

— Foi uma infância muito boa no começo, Nina. Meus pais eram loucamente apaixonados. Meu pai tinha salvado minha mãe de um caminho muito difícil na vida dela. Ela havia se envolvido com drogas e com muitos problemas antes de conhecê-lo. Enfim, meu pai a colocou sob sua asa, e ela se recompôs. Nos cinco primeiros anos da minha vida, pelo pouco que consigo me lembrar, era perfeita. Não tínhamos muito dinheiro, porém havia bastante amor na minha casa. Quando meu pai morreu, meu mundo implodiu. Minha mãe precisou trabalhar o tempo todo para nos sustentar. Eu ficava muito sozinho. Nunca mais foi igual. Praticamente ficou assim. Mas ela era muito forte e fez o melhor que podia. Então, quando eu tinha dezesseis anos, encontrei minha irmã. Minha mãe a havia dado para adoção antes de eu nascer. Na verdade, ela é minha meia-irmã. Essa é uma história para outro dia, mas foi um dos momentos mais brilhantes da minha vida, porque, de repente, eu tinha uma família. Ela e minhas sobrinhas são tudo para mim agora.

— Então você é rodeado por mulheres, hein?

Ela não sabia metade da história.

Dei risada.

— É.

— Então é melhor você ter um filho um dia.

O comentário quase me deixou enjoado, um lembrete que filhos, provavelmente, não estavam no meu destino.

Mudei rapidamente de assunto.

— Então o que você e Jimmy gostavam de fazer?

— Brigávamos muito como irmãos fazem com frequência, mas nos amávamos. Éramos só nós dois. Levávamos uma vida simples. Você sabe que meu pai tinha uma fazenda, então dirigíamos bastante trator por lá. Todo domingo de manhã, íamos ao mercado local de fazendeiros e vendíamos a produção. Naquela época, eu achava meio chato, mas claro que agora eu daria qualquer coisa para voltar àqueles dias.

— Uau, você é *mesmo* uma caipira da fazenda.

— Nascida e criada. Tudo também sempre era orgânico e feito em casa. Dá para ver por que gosto de cozinhar coisas para você e por que sempre uso ingredientes frescos.

— Orgânico... não quer dizer orgástico? Sério, ninguém nunca fez essas coisas para mim.

— Nunca te deram um orgasmo?

Porra. Não fale essas coisas quando estou tentando não te querer.

— Nina Kennedy, que mente suja. Ninguém nunca *cozinhou* para mim. Minha mãe não tinha tempo e, mesmo quando tinha, por Deus, ela não sabia cozinhar nada.

— Sabe, na verdade, Jimmy nunca ligou para minhas sobremesas. Ele sempre preferia cupcakes industrializados do mercado e costumava guardá-los no quarto dele. Ele insistia que eram melhores.

— Que engraçado.

— Claro que eu cozinhava o tempo todo mesmo assim. Para mim, cozinhar é o mesmo que desenhar é para você. É terapêutico.

— É. Mas minha terapia engorda muito menos.

— Você é incrivelmente talentoso mesmo, sabe disso?

— Obrigado. Tenho praticado há um tempo.

Nina e eu ficamos sentados naquele sofá conversando de forma íntima até uma da manhã. Minuto a minuto, havíamos nos aproximado lentamente até ela estar apoiando a cabeça no meu ombro. Acabei contando a ela toda a história sobre como encontrei minha irmã. Também contei algo que poucas pessoas sabiam, que minha mãe também teve uma segunda filha que morreu quando era adolescente. Nina ficou indignada que eu também tinha perdido uma irmã, embora eu nunca tivesse tido a chance de conhecer Amanda.

Ela se abriu mais para mim quanto à situação com seu ex perdedor e as circunstâncias da separação deles. Spencer a tinha traído com uma garota com quem ele trabalhava. Ouvir o quanto ele a tinha magoado me fez querer ir atrás dele.

Nina ainda estava bem acordada quando perguntou:

— Não está cansado?

— Dormir é superestimado. Prefiro ficar acordado conversando com você.

Uma ideia me veio à mente, e me levantei para pegar meu casaco.

— Aonde você vai?

— Já volto. Vou demorar uns dez minutos. Não durma.

Quase congelando minha bunda, literalmente, corri pela rua. Parecia que eu estava viciado nela, e mal poderia esperar para voltar ao calor de estar ao seu lado.

Havia um mercadinho vinte e quatro horas a umas duas quadras dali. Os sinos na porta tocaram conforme a balancei ao entrar.

Andando pelos corredores, vasculhei o mercado. Paguei, sem me incomodar em pegar o troco da nota de cinco.

Entrando de novo no apartamento, estava sem fôlego. Nina ainda estava sentada no mesmo lugar.

— Aonde você foi?

— Espere um pouco. Estarei aí em um minuto. — Levei o saco de papel para a cozinha e peguei dois pratos. Ao tirar os cupcakes do pacote, coloquei uma única vela em cima de cada um.

Nina cobriu a boca, surpresa, enquanto eu colocava os pratos na mesa de centro.

Com o isqueiro, acendi as velas.

— Vamos comemorar Jimmy esta noite. Ele ficaria decepcionado com menos do que estas produções gourmets.

Seus olhos ficaram marejados. Ela olhou para o teto por um instante e parecia que estava enviando a ele uma mensagem silenciosa. Foi simplesmente lindo de ver.

— Não acredito que você fez isto. Obrigada — ela disse ao soprar a vela.

Também soprei a minha, e comemos os cupcakes em silêncio. Restos de cobertura cobriam os lábios dela, e desejei lambê-los.

Alguns minutos mais tarde, Ryan entrou na cozinha para pegar um copo de água e estragou o clima. Ele não nos cumprimentou, mas me olhou com crueldade antes de voltar para o quarto.

— Qual é o problema dele? — Nina perguntou.

— Ele não gosta que você esteja conversando comigo.

— Dane-se. Não ligo para o que ele pensa. Ele não te conhece como eu.

Você não me conhece como acha que conhece, linda.

Minha mandíbula ficou tensa.

— Ele falou coisas de mim para você?

— Ele acha que você não é bom para mim e não tem base verdadeira para isso. Está te julgando por sua aparência. — Ela cutucou minha camisa e arrepios percorreram meu corpo. — Acontece que eu gosto da sua aparência, e mais ainda do que tem dentro.

Deslizei para longe dela, meu coração martelando porque cheguei muito perto de contar tudo. Minha voz baixou para um sussurro.

— Já pensou que Ryan pode estar certo?

— Não — ela disse, na defensiva. — Posso não saber tudo sobre você, mas sei como me faz sentir. O que quer que aconteça... Só estou bastante grata por ter te conhecido, Jake.

Também sinto isso, Nina.

Sua declaração tinha um tom ameaçador. *O que quer que aconteça*. Eu sabia, há um tempo, que ela desconfiava que eu estava escondendo algo. Agora a diferença era que nossa relação estava em um nível que seria impossível ficar muito mais tempo sem contar a ela. Eu ainda precisava pensar quando e como.

Ela reposicionou a cabeça no meu ombro. Estar perto dela assim por muito tempo estava pesando sobre mim. Em certo momento, me inclinei mais perto e respirei o cheiro fresco do seu cabelo. Então, ela virou o rosto na minha direção. Nossas bocas ficaram a apenas centímetros de distância, mas eu sabia que, se a beijasse como desejava, não conseguiria parar, então virei a cabeça. Ficar grudado em Nina não era uma opção no momento.

Quando o clima ficou tenso demais para nossas mentes cansadas aguentarem, do nada, ela perguntou:

— Já patinou no gelo?

— Que pergunta aleatória.

— Sempre quis ir ao Rockefeller Center na época do Natal, como via nos filmes. Não quero ir sozinha, e sei que o metrô e a multidão vão me deixar ansiosa. Você iria comigo?

Ela estava brincando?

— Nunca patinei. Tenho certeza de que cairia de bunda em segundos.

— Na verdade, eu sou muito boa. Havia uma pista perto da minha casa na infância, e eu ia bastante lá. Posso te ensinar.

— Eu cairia com você e te esmagaria.

— Não esmagaria, não.

— Nina, você sabe que eu faria tudo por você... mas isso... Acho que não...

— Vamos fazer o seguinte... Tenho mais duas provas antes do fim do semestre. São as mais difíceis, você sabe disso. Então, são mínimas as chances de eu tirar dez. Se eu não tirar, você sabe do acordo. Tenho que te deixar me levar a uma excursão. Se eu tirar, você me deixa te levar para patinar no gelo. Vamos, é justo.

Ela tinha razão. Aquelas duas últimas provas seriam matadoras. As chances estavam a meu favor.

Esfreguei meu queixo e disse, com relutância:

— Certo, fechado.

— Coloque estes.

Nina voltou da cabine de aluguel de patins e me entregou um par do meu tamanho. Ainda não conseguia acreditar que tinha me metido nisso. Ela havia tirado 9,9 na última prova. Quando me deu a notícia, tentei fugir da patinação argumentando que, tecnicamente, 9,9 não era dez, mas a expressão de pura decepção dela, em certo momento, me fez ceder.

Então, na terça seguinte, estávamos na pista do Rockefeller Center. Não estava tão lotado quanto poderia estar em um fim de semana, então isso era um bônus. Fingindo estar doente, saí do trabalho mais cedo naquele dia para que Nina e eu pudéssemos nos aventurar pela cidade para minha estreia no show *Capelas de Gelo.*

O tempo estava limpo, gelado e ensolarado. Era um dia perfeito, exceto pelo fato de que eu estava prestes a pagar de bobo diante da garota dos meus sonhos.

Ao ficar de pé nos patins, parecia que eu tinha três metros de altura. Nina segurou minha mão conforme eu me esforçava para me equilibrar.

— Agora, primeiro, você precisa se acostumar com a sensação das lâminas no gelo. Delicadamente, mova os pés para a frente e para trás assim. — Nina patinou diante de mim e demonstrou o movimento. — Para a frente e para trás. Para a frente e para trás. Para a frente e para trás.

Imitei os movimentos, porém meus olhos, aparentemente, decidiram que assistir à bunda linda dela ir *para a frente e para trás* era muito mais divertido do que prestar atenção à técnica do pé. Nina estava com uma legging de lã que grudava em seu corpo e, puta merda, era excitante. Não preciso dizer que acabei caindo na minha própria *bunda* como resultado.

Duas crianças que mal tinham acabado de aprender a andar passaram por mim e deram risada.

Ótimo.

Para piorar, agora Nina estava me ajudando a levantar.

— Você precisa cravar no gelo, Jake. Assim que perder essa pressão, vai cair.

— Eu sei. Só fiquei meio distraído.

Por sua bunda linda.

Gradativamente, me recuperei e praticamos a técnica de ir para a frente e para trás por muitos minutos até eu conseguir me movimentar no gelo.

— Agora, a próxima coisa que vou te mostrar é um movimento básico chamado "swizzle".

— Coméqueé?

Ela deu risada.

— Um "swizzle". Veja. — As pernas de Nina se abriram e fecharam em movimentos lentos e deslizantes, fazendo um círculo. — Você separa seus patins e os deixa voltar lentamente para perto. Exatamente assim.

Se pensei que o movimento anterior estava me deixando louco, ver suas pernas abrirem e fecharem desse jeito fez minha imaginação surtar.

Ela continuou demonstrando conforme meus olhos ficaram paralisados em seu corpo.

— Abra e feche. Abra e deslize de volta para juntar, viu? Isso se chama "swizzle".

"Swizzle".

Eu gosto de swizzle.

Esse foi o último pensamento que tive antes de um peso-pesado trombar em mim, me derrubando de bunda no chão de novo.

— Ah, meu Deus. Jake! — Nina gritou ao girar.

— Foi mal, cara. Você está bem? — o cara perguntou conforme estendeu a mão e me ajudou a levantar.

Eu precisava dar o fora dessa patinação no gelo antes de perder, totalmente, cada partezinha da *vibe* descolada que criara aos olhos de Nina.

— É... é, estou bem — respondi.

— Você não o viu vindo na sua direção?

— Estava me concentrando no seu "swizzle".

É disso que estão chamando isso agora?

— Certo, segure minha mão. Você precisa treinar. Vamos patinar juntos. Você vai andar de frente no "swizzle" e eu vou de costas. Segure em mim. — Comecei a movimentar meus pés do jeito que ela havia demonstrado. — Isso mesmo — ela disse. — Separados e juntos. Separados e juntos.

Estávamos nos movendo lentamente pelo gelo.

— Não sei se é uma boa ideia eu te segurar assim.

— Está indo bem.

Milagrosamente, enfim, eu tinha encontrado um ritmo que dava certo para mim. Estava indo tão devagar que era quase impossível cair. Nina estava linda olhando para cima em meus olhos enquanto estávamos de mãos dadas. Ela estava usando protetores de orelha brancos por cima do seu cabelo dourado, que caía em cachos bagunçados sobre seu casaco também branco. Suas bochechas estavam rosadas do ar gelado. Ela me fazia lembrar de uma princesa do gelo sexy.

Ela repetiu:

— Você está indo bem.

Em certo momento, ela me abriu um sorriso doce que era tão agonizantemente lindo que me fez perder a concentração e me esquecer de pressionar o gelo de novo. Caí, porém, desta vez, ela caiu junto comigo. Conforme Nina caiu de costas, eu caí em cima dela.

— Nina! Merda. Você está bem?

Ela fechou os olhos e, por uma fração de segundo, pareceu que estava chorando, o que me fez entrar em pânico. Rapidamente, ficou óbvio que, na verdade, estava rindo de maneira histérica. Era o tipo de risada "consome tudo", que não emitia nenhum som.

Meus braços estavam em cada lado dela.

— Não é muito engraçado. Eu poderia ter te esmagado.

Ela ainda estava rindo.

— Bem, não esmagou. Ainda estou inteira.

Seus seios estavam esmagados no meu peito, e precisei lutar contra a reação do meu corpo; consegui sentir o início da minha ereção. Mas, sinceramente, eu não queria mesmo bater em retirada. Parecia que meu corpo preferiria bater uma *para* ela.

Nossos rostos estavam próximos quando eu disse:

— Eu me levantaria, mas não sei como sem cair de bunda de novo.

Ela riu ainda mais com minha confissão e, então, eu estava rindo de mim mesmo. Conseguia sentir seu hálito fresco no meu rosto. Eu era doente por querer só ficar no chão com ela e nunca levantar?

— Quer saber? Foi bom. Você precisava cair. Porque, se não caísse, nunca aprenderia a se levantar.

Rolei para longe dela e me sentei no gelo.

Ela se ajoelhou.

— Certo, faça o que eu fizer. Coloque um pé à sua frente, ok? — Fiz o que ela mandou. — Agora transfira todo o peso para o pé esquerdo e pressione o gelo com o direito. Entendeu?

Consegui me levantar com cautela. Começamos a patinar lado a lado quando, de alguma forma, criei um impulso indesejado, trombando em uma barreira.

Ela estava rindo ao patinar na minha direção.

— Isso me lembrou de que preciso te ensinar como parar!

— Você acha engraçado, né?

Provocando-a, tirei seus protetores e os coloquei na minha cabeça.

— Ei, tire a mão das minhas coisas! — Seu rosto ficou vermelho, embora seu trocadilho tenha sido, claramente, sem querer.

Nossa, eu adorava a Nina safada.

Não me aguentei.

— Prefiro manter suas coisas mais perto do meu rosto. — Suas bochechas ficaram ainda mais vermelhas. — Não deseje o que não quer.

Convenientemente, ela mudou de assunto.

— Preciso mesmo te ensinar a parar.

— Com minha boca?

— Não... a parar no gelo. — Ela apontou para seus pés juntos. — Faça isto, depois empurre o calcanhar. É assim que se para. — Ela patinou em volta de mim, começando e parando muitas vezes. Copiei o movimento e, em certo momento, me acostumei a ele.

Ela segurou minha mão, e nós patinamos lentamente lado a lado por muitos minutos. Desta vez, eu realmente pegara o jeito. Fiquei tão envolvido no momento com Nina que mal percebi que o sol tinha se posto. As luzes de Natal à nossa volta, de repente, pareceram magníficas na escuridão.

— Está esfriando. É melhor irmos embora — ela disse.

Eu não estava pronto para nosso encontro terminar. Não era um encontro oficial, mas, de alguma forma, parecia o primeiro encontro de verdade em que eu estivera.

Depois de devolvermos os patins, puxei o casaco dela.

— Vamos tomar um chocolate quente.

— Pode ser. Vamos.

Fomos até um café na esquina e encontramos lugares confortáveis com vista para a árvore de Natal gigante. Eu a observei enquanto ela olhava para fora da janela e apreciava sua bebida. Passar aquela tarde com ela tinha sido uma das melhores experiências na minha lembrança recente. Eu só conseguia pensar no quanto estava com vontade de me abrir para ela. Queria me abrir de toda forma que conseguia. Naquele instante, resolvi que, se ela não tirasse dez na próxima prova, eu iria cancelar a ideia do helicóptero. Precisava ser uma coisa maior e melhor. Então iríamos a uma viagem de avião, e eu a levaria para Chicago e lhe mostraria onde cresci. Eu não voltara desde que era adolescente, e queria compartilhar aquela experiência com ela.

— Nina, adoro o fato de estar tirando dez, mas é errado eu querer muito que sua última nota não seja essa?

— Por quê?

— Quero muito te levar a um lugar.

Uma expressão preocupada tomou seu rosto.

— Agora fiquei com medo.

— Não fique. Será incrível.

Naturalmente, parecia que estava chegando ao fim minha omissão da verdade. Aconteceria depois do Natal, o que significava que esse momento de alegria ignorante com Nina acabaria logo.

Devo ter me perdido em pensamentos.

— Você sempre faz isso quando está refletindo.

— O quê?

— Raspa o piercing nos dentes.

— Te irrita?

— Não, nem um pouco.

Queria que ela tivesse parado por aí.

Em vez disso, adicionou:

— Eu acho sexy.

Suas palavras foram direto para o meu pau, provocando uma dor doce de prazer. Meus olhos queimaram nos dela conforme assenti devagar. Muitas respostas possíveis inundaram meu cérebro, mas escolhi não dizer nada. Ela nem imaginava o que eu queria fazer com ela com minha língua.

Esmaguei o copo de papel em frustração.

— É melhor irmos.

Naquela noite, eu estava sentado na cama quando Nina me enviou mensagem de seu quarto.

Como vai meu Brian Boitano?

Espere. Quem era esse? Precisei pensar e, então, me lembrei de que ele foi um patinador artístico olímpico.

Jake: Estou mais para Brian Boita-NÃO. Não, não, não! Nunca mais vou fazer isso. ;)

Nina: Na verdade, você foi muito bom para sua primeira vez.

Jake: É… O Fodão do Gelo. Não encomende um collant para mim. Praticamente certeza de que foi minha primeira e última vez.

Nina: Droga! Eu ia te ensinar os saltos Bunny hop e Half Lutz da próxima vez.

Jake: Não quer dizer half Bobão?

Nina: Rs. Você me faz rir. Obrigada, de novo, por ir comigo.

Você me faz feliz pra caralho.

Jake: Por nada.

Mais tarde, Nina atravessou o corredor para tomar seu banho da noite. Eu estava segurando o morcego de papel, esperando para entrar no quarto dela.

O que quase escrevi:

Com certeza, eu iria de novo,

Só para ver seu swizzle *gostoso.*

O que queria poder ter escrito:

Quero que haja um milhão de próximas vezes.

O que eu nunca poderia ter escrito:

Sabe de uma coisa?

Daria minha bola esquerda

Para entrar nessa linda bunda

Sem ter nenhuma perda.

O que realmente escrevi:

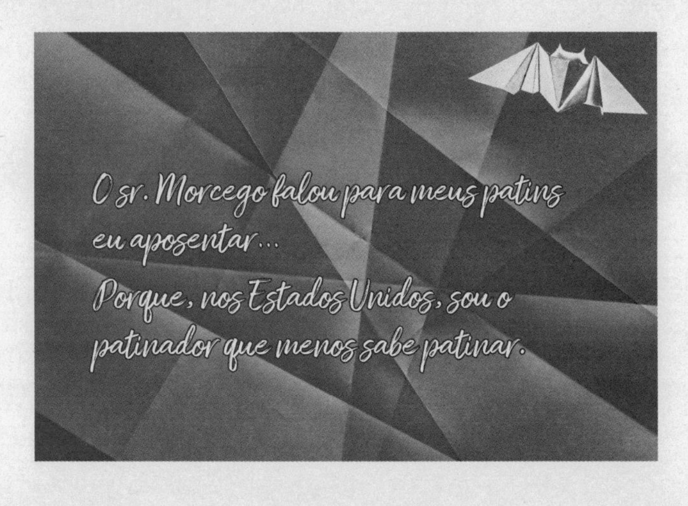

Capítulo 13

Passado

Nossa última aula antes da prova final de Nina aconteceu. Não haveria mais uma desculpa oficial para passar um tempo sozinho com ela com frequência, e isso estava realmente me deixando chateado.

Segurando os livros dela com uma mão e um prato de muffins com a outra, Nina apareceu na porta. Ela estava incrivelmente sexy com uma saia de lã curta e botas de couro.

— Fiz muffins de banana para nossa última aula.

— Ah! Pensei ter sentido o cheiro na cozinha. Tentando amaciar o professor? — Peguei um e dei uma mordida. — Humm... bom pra caralho.

— Aparentemente, não precisa de muita coisa.

Balancei a cabeça com um sorriso.

— Não precisa, não.

— Muito obrigada, aliás.

Minha boca estava cheia.

— Pelo quê?

Ela me entregou o prato inteiro e se sentou na cama. Como sempre, fiquei na minha mesa e coloquei os pés para cima.

— Você sabe por quê! — ela disse.

— Na verdade, não sei.

— Sério? *Baby Got Back*? Te lembra algo?

Oh, verdade. Na verdade, tinha me esquecido disso.

Hehe.

Alguns dias antes, programei um toque no celular de Nina para tocar

Baby Got Back, de Sir Mix-A-Lot.

— Não recebeu nenhuma ligação por três dias? Como só percebeu isso agora?

— Você me envia mensagem o tempo todo, mas a única pessoa que liga é meu pai. Ele me ligou no meio da aula. Agora todo mundo acha que sou louca.

— Uma louca que gosta de bunda grande.

— De acordo com você, sim. Obrigada.

— Ei. — Dei uma piscadinha. — Os iguais se reconhecem.

Embora ela estivesse tentando fingir que minha pegadinha a deixou brava, não conseguiu conter a risada. Uma das coisas que eu adorava em Nina era que ela realmente entendia meu humor estranho mesmo quando era à sua custa. Tudo que eu jogava, ela levava numa boa.

Peguei outro muffin e abri meu notebook.

— Estamos chegando ao fim, Kennedy. Está pronta?

— Mais pronta do que nunca.

— Acho que precisamos fazer horas extras hoje. O que me diz?

Ela me entregou alguns papéis.

— Podemos começar com probabilidade de novo? É o mais fácil para mim. Vai me dar uma aquecida.

Como sempre, olhei para o problema que ela me deu e mudei as variáveis para nomes de coisas com que Nina conseguia se identificar.

— Em um grupo de 200 pessoas, 36 têm bunda grande, 52 têm bunda reta como uma panqueca e 126 têm bunda de tamanho médio. De todas as pessoas, metade gosta de coberturas no muffin. Se uma dessas 200 pessoas for escolhida aleatoriamente, qual é a probabilidade de a pessoa ter uma bunda grande e gostar de cobertura no muffin?

— Muito apropriado — ela disse.

Aproximadamente uma hora depois, estávamos envolvidos em solucionar uma equação para um problema diferente quando Ryan entrou.

— Chegou esta caixa para você, Jake. — Ele jogou o pacote na cama de qualquer jeito, e ele caiu no chão. Então, antes de sair, lançou um olhar a Nina que não gostei.

— Nossa, como ele está especialmente encantador esta noite — ela comentou.

Pegando a caixa do chão, percebi que ela continha alguns materiais de arte que eu havia encomendado.

— Ele é um imbecil. Não sei como seu irmão se dava bem com ele.

— Nem sempre eles se deram bem.

— Pensei que você tivesse dito que eram melhores amigos.

— Quase no fim da vida de Jimmy, eles se tornaram mais próximos. Ryan estava ao lado de Jimmy quando ele faleceu, na verdade. — Ela respirou fundo para organizar seus pensamentos. — Desde criança, nossas famílias eram próximas. Ele e Jimmy tiveram seus altos e baixos ao longo dos anos. Mas houve vezes em que meu irmão e ele nem estavam se falando.

— Na verdade... Bem, não posso dizer que estou surpreso, considerando o babaca que ele pode ser às vezes. O que ele fez para fazer Jimmy parar de falar com ele?

Nina apertou os lábios e pareceu relutante em responder. Então, enfim, ela falou:

— Ryan namorou a irmã dele.

Primeiro, não entendi.

A irmã dele.

Senti os muffins de banana voltando.

Nina era a única irmã de Jimmy.

Ryan namorou Nina?

Porra.

Nina e Ryan.

Acho que, finalmente, entendi de onde veio o termo “cego de ciúme”, porque poderia jurar que minha visão embaçou conforme meu cérebro processou o choque de ouvir aquelas palavras.

— O quê? Você e Ryan?

— Sim. Ryan e eu namoramos por um breve período quando eu tinha dezesseis anos.

Meu estômago afundou quando ela confirmou.

— E nunca pensou em mencionar isso?

— Sinceramente? Não. Foi há tanto tempo. Nem o enxergo mais assim, Jake. Eu o enxergo como um irmão. Na verdade, sempre foi assim. Nunca me senti de outro jeito com ele. Ele sempre esteve por perto por toda a minha vida, e passávamos tanto tempo juntos que, quando chegamos a uma certa idade, simplesmente começamos a namorar. Acho que é isso que acontece em cidades pequenas.

— Mas você falou... que aquele outro cara... Spencer... que ele foi seu primeiro...

— Isso mesmo. Nunca transei com Ryan. Era jovem demais.

— Você o beijou...

— Sim.

Eu sabia que estava passando do limite, mas perguntei mesmo assim.

— Foi tudo o que fez?

— Jake...

— Me responda — exigi.

— O que quer que eu diga?

— Ele encostou em você?

— Sim.

Fechei os olhos.

— Não quero mais saber.

— Eu não deveria ter falado nada.

— Não, na verdade, isso explica bastante coisa, tipo por que ele não sai do meu pé em relação a você. Tarah sabe?

— Acho que não, a menos que ele tenha contado a ela sem eu saber. Como eu disse, faz muito tempo. É quase insignificante. Não o vejo mesmo dessa forma.

Parecia que meu rosto estava queimando. Estava com vontade de quebrar alguma coisa e precisava ficar sozinho para absorver isso.

— Entendi. — Me levantei e entreguei a ela a bandeja de muffin vazia. —

Sabe de uma coisa, Nina? Acho que estudamos bastante por hoje. Está ficando tarde. Na verdade, preciso tomar banho. Esqueci que tenho uma reunião amanhã cedo.

Sem falar mais nada, saí do quarto e fui para o corredor. O sangue estava bombeando rápido nas minhas orelhas, e parecia que o corredor estava balançando.

Entrei no banho e deixei a água escorrer por mim. Não estava ajudando a amenizar o golpe de ouvir aquela notícia. Minha mente se encheu de pensamentos perturbadores. A mera ideia de ele tocando o corpo dela, chupando seus lindos peitos, fazendo oral nela, me fazia querer vomitar. Essa foi somente a segunda vez na minha vida que fora atingido por esse nível de ciúme, a primeira foi quando ela saiu com Alistair. Isso era muito pior. Jurei ficar no chuveiro até conseguir me acalmar. Após uns trinta minutos, minha reação à situação estava começando a amenizar. Eu não tinha direito de me sentir assim em relação a ela, mas não havia nada que pudesse fazer para impedir. Também não tinha direito de culpá-la por sua omissão quando a minha própria era gigantesca. Na verdade, a principal coisa que me incomodava era que eu poderia nunca ter a oportunidade de ter com ela o que outros tiveram.

Por mais que eu não pudesse evitar o ciúme, minha reação havia sido imatura. Me sequei rapidamente e vesti a calça. Havia planejado ir ao quarto dela e me desculpar, mas a encontrei sentada na minha cama no mesmo lugar onde eu a deixara.

Ela se levantou, e seus calcanhares fizeram barulho conforme ela andou na minha direção.

— Desculpe se te chateei.

— Desculpe por ter reagido daquele jeito.

Minha pele não estava totalmente seca, e uma gota de água desceu pelo meu peito. Ela traçou a ponta do dedo por ela e a secou. O toque delicado foi breve, porém teve um efeito duradouro. Meu abdome se enrijeceu na tentativa de controlar a reação do meu corpo.

— Quer saber uma coisa? — ela sussurrou.

Minha voz estava rouca.

— O quê? — Eu mal conseguia falar. Só queria que ela continuasse me tocando. Queria empurrá-la deitada na cama, erguer sua saia e fazê-la esquecer o próprio nome.

— Seu ciúme. Gostei.

Ela traçou as tatuagens do meu antebraço direito com o dedo enquanto meus olhos seguiam o caminho.

— Bem, eu não gostei.

Meu corpo doía pela volta do seu toque depois que ela parou e cruzou os braços à frente do peito.

— Você não me conta o que está pensando. Não se abre para mim, então é a única coisa que me mostra como se sente.

— Acho que não consigo esconder tudo.

— Quero explicar — ela disse.

— Explicar o quê?

— O que aconteceu entre mim e Ryan, porque sei que sua imaginação é fértil, e provavelmente está pensando em algo muito maior do que foi.

— Porra, Nina, você não me deve nenhuma explicação. Minha reação foi incorreta. Não é da minha conta, e não quero mesmo saber. Eu...

— Nos beijávamos e ele passava a mão em mim. Era isso. Não era nada abaixo da cintura. Nunca deixei chegar tão longe.

Soltei a respiração que estivera segurando. Poderia ter sido bem pior.

— Você não precisava mesmo me contar.

— Me diga que não estava remoendo isso agora mesmo no chuveiro.

— Sim, claro que estava.

— Sei que não te devo uma explicação, mas gosto de você e, obviamente, você ficou chateado. Queria ser sincera para você não ficar perdendo seu tempo refletindo sobre o que eu quis dizer.

A culpa estava se instalando rapidamente. Eu tinha lhe dado tão pouca sinceridade em troca por causa dos meus próprios medos. Eu lhe ensinara a encarar seus medos e estivera fugindo dos meus para evitar perdê-la.

— Sua sinceridade é muito mais do que mereço, Nina.

— Por que diz isso?

— Tenho muito medo de te magoar.

— Está me assustando. Não entendo. Por favor, converse comigo. — Ela implorou: — Por favor.

Coloquei a mão no rosto dela e segurei sua bochecha.

— Vou conversar. Juro.

Depois do Natal.

Capítulo 14

Passado

Sessenta e nove.

Há um motivo pelo qual universo rima com perverso. As estrelas se alinharam, e esse número foi apenas um bônus quando Nina levou para casa exatamente essa nota de sua última prova. Apesar da nota ruim, eu tinha rezado muito para termos mais uma excursão juntos antes de ela ter que partir, principalmente já que nada seria igual assim que lhe contasse tudo sobre Ivy após o Natal.

Quando ela entrou no meu quarto para dar a notícia, não perdi tempo e entrei na internet para comprar nossas passagens.

Eram 4h30 da manhã. Eu sabia que Nina surtaria e não conseguiria dormir. Propositalmente, deixara para ela um morcego de origami na noite anterior com um recado que contava que eu a levaria para Chicago.

Era empolgante demais para eu conseguir me conter, mas esse não foi o principal motivo pelo qual resolvi lhe contar. Esses exercícios eram para ser mantidos em segredo até que ela percebesse o momento do desafio. No entanto, já que seria sua primeira viagem de avião, senti necessidade de avisá-la desta vez.

Bati à porta do seu quarto.

— Nina, o táxi chegou. Precisamos ir.

O rosto dela ficou branco como um fantasma, e ela estava com bolsas abaixo dos olhos.

— Acho que não consigo fazer isto.

— Juro que vai ficar tudo bem. Estarei com você a cada passo.

— Tenho pesadelos sobre voar desde criança.

— Você sabe o quanto é seguro viajar de avião? Corremos mais perigo dirigindo até o aeroporto.

— Então, vou desejar seriamente um acidente para me impedir de ter que entrar naquele avião.

— Nina, o táxi está esperando. Vamos. Estou com você. Vai ficar tudo bem. Mal posso esperar para te mostrar onde cresci.

Sua respiração estava trêmula conforme ela me deixou segurar sua mão gelada.

O trânsito estava leve e ainda estava escuro do lado de fora. O trajeto até o aeroporto foi bem diferente do que a última vez em que Nina e eu estivemos em um táxi juntos. Seu corpo estava rígido como uma placa conforme ela estava sentada longe de mim e olhava para a frente para as notícias da manhã passando em uma telinha de TV atrás do banco do motorista. Sua linguagem corporal não era diferente do que se eu estivesse segurando uma arma na sua cabeça. Mas eu estava orgulhoso pra caramba dela por não se recusar a ir. A escolha sempre era dela. Isso provava que ela confiava em mim e que queria superar seus medos. Era muito mais corajosa do que eu em relação a enfrentar os meus próprios.

Paguei ao motorista e guiei uma Nina relutante para fora do táxi. Eu tinha levado minha mochila com alguns lanches, música e outros truques, mas, como não dormiríamos, Nina estava apenas com uma bolsa.

Enquanto ficamos na fila no balcão da companhia aérea, seu corpo tremia. Ela iria precisar do meu conforto, tanto mental quanto físico. Só por hoje, eu precisava jogar pela janela quaisquer regras que tivera quanto a não a tocar. Conforme massageei seus ombros para acalmá-la, ela suspirou fundo sob meu toque. Como sempre, ela reagia muito a mim, o que eu adorava.

Detestava o quanto ela estava desconfortável e jurei que, assim que chegássemos ao nosso portão, faria tudo que pudesse para fazê-la se sentir melhor. Estávamos adiantados, então haveria bastante tempo para matar.

Na segurança, um alarme soou quando Nina passou pelo detector de metais, então ela foi colocada de lado. Sob quaisquer outras circunstâncias, vê-la sendo revistada por outra mulher teria sido excitante, mas me irritou porque a estava deixando mais nervosa.

Finalmente, chegamos à sala de embarque com uma hora para gastar antes do voo. Com relutância, eu a deixei sentada sozinha enquanto comprava umas coisas na loja do outro lado do corredor.

Quando voltei, entreguei a ela a sacola:

— Aqui.

— O que é isto?

— Alguns itens de sobrevivência para você.

Ela pegou a bala primeiro.

— Pop Rocks?

— Para proteger seu ouvido. Isso não deixa entupir. Coloque uns na boca e nem vai perceber.

— Calcinha escrito *I heart Nova York*?

Eu sorri.

— No caso de você fazer xixi na calça de novo.

Ela não estava rindo, talvez porque se mijar fosse uma situação mais provável do que qualquer um de nós quisesse admitir.

Em seguida, ela tirou um livrinho que comprei. Tinham dois caras e uma garota na capa.

— *Ménage da meia-noite*?

— Só uma safadeza para te distrair. — Balancei as sobrancelhas. — Posso ler para você, se quiser. — Ela sorriu pela primeira vez em toda a manhã. — Nina Kennedy, isso é um sorriso? Sua safadinha.

Ela tirou o último item.

— Um urso de pelúcia?

— Ele vai te fazer companhia se eu tiver que me levantar para ir ao banheiro.

Um sinal de outro sorriso se abriu em seus lábios.

— Jake...

Peguei os itens.

— Vou colocar tudo na minha mochila para você.

Apesar da breve distração de surtar, Nina voltou logo depois para sua própria mente. Ela estava olhando para a tela que indicava que nosso avião agora estava no portão. Um aviso para embarcar soou no alto-falante.

Ela agarrou meu braço.

— Acho que não consigo fazer isto. Estou falando sério.

— Não vou deixar nada acontecer com você.

— Como pode falar isso? Você não tem nenhum controle neste caso!

Coloquei as mãos em suas bochechas e olhei dentro dos seus olhos.

— Nunca temos cem por cento de controle na vida, Nina. Só pensamos que temos. Algo maior do que nós está sempre no comando. O que podemos controlar é nossa percepção, nossas reações às coisas. Também podemos controlar se escolhemos viver a vida ou viver com medo. — Deslizei as mãos do seu rosto, me levantei e estendi a mão. — Agora, me dê sua mão. Estou com você.

Nina estava tremendo, mas obedeceu. Eu a ergui do assento, seu braço delicado cedendo sob a força da minha mão. Seus seios macios passaram por meu peito conforme eu a puxei para mim. Abri um sorriso reconfortante.

— Vamos voar.

Por mais que meu sorriso tenha ficado sem resposta, ela continuou cooperando e arrastou seus pés até o avião enquanto eu massageava seus ombros.

Depois de termos chegado aos assentos, tive uma ideia.

— Já volto.

— Não me abandone! — ela pediu quando comecei a andar pelo corredor.

— Só vou demorar um minuto.

Fui até uma comissária de bordo e perguntei se Nina poderia visitar a cabine, que estava aberta. Os pilotos estavam revisando o plano de voo.

— Desculpe, senhor, mas a aeronave está lotada. Acho que não será possível.

— Minha amiga nunca voou. Tem um medo extremo, e acho que ajudaria se pudesse conhecer os caras no controle.

— Acho que não.

Olhei, preocupado, para Nina. Ela estava pálida, respirando com dificuldade e lambendo os lábios de maneira incessante.

— É aquela ali na fileira nove. Olhe como está aterrorizada. As pessoas ainda estão embarcando. Por favor. Vamos demorar só um minuto.

Ela deve ter visto o terror nos olhos de Nina, porque cedeu.

— Volte para seu assento. Vou conversar com o piloto e te chamar se eles permitirem.

— Obrigado. Agradeço muito.

Alguns minutos mais tarde, ela acenou com a mão para nós.

— Vamos, Nina. Vamos conhecer os pilotos rapidinho. — Ela segurou minha mão e me seguiu pelo corredor conforme passávamos apertado pelos passageiros que entravam. Olhei para trás, para ela, e disse: — Não é um anônimo. Você precisa ver que há pessoas qualificadas no comando.

Eles não me deixaram entrar com ela, então fiquei para trás logo depois da porta da cabine. O piloto e o copiloto pareceram bem simpáticos, mostrando a Nina todos os controles e falando as horas de voo que os dois tinham. Ambos tinham cabelo branco, então era um bom sinal. Claramente, ela ainda estava com medo pra caralho, mas acho que ajudou a confortá-la pelo menos um pouquinho.

Me virei para a comissária de bordo.

— Obrigado de novo pela sua ajuda.

Ela alisou sua saia azul-marinho e lambeu os lábios.

— Imagine. Se quiser, pode me recompensar quando pousarmos. — Ela sorriu. — Você é lindo.

Antes de eu conseguir responder, Nina apareceu ao meu lado. Assenti uma vez para a comissária de bordo, ignorando descaradamente sua proposta, e levei Nina de volta para nossos assentos. Sua respiração estava acelerando. Ela não olhava para mim.

— Você está bem? — perguntei.

Ela mal conseguiu emitir a palavra entre as respirações:

— Não.

— Segure minha mão, Nina. Aperte tanto quanto precisar. Respire.

Quando os motores ligaram, seu aperto na minha mão ficou mais forte. Ela estava segurando com toda força, seu medo mais palpável desta vez do que fora durante nosso exercício do elevador. O fato de ela nunca ter vivido isso deve ter tornado sua reação mais intensa. Quando o avião começou a se mover, sua respiração se tornou ainda mais descontrolada, e pareceu que ela estava chiando. Eu tinha levado uns sacos marrons de papel no caso de ela hiperventilar. Pegando um, entreguei a ela.

— Respire aqui, amor.

Tão envolvido no momento, não tivera a intenção de chamá-la assim. Simplesmente saiu, mas, sinceramente, duvidava que ela tivesse sequer ouvido.

Parecia que o saco não a estava ajudando a recuperar o fôlego, e isso realmente estava me deixando meio louco porque, se ela estivesse mesmo em algum tipo de perigo físico, não havia como buscar ajuda médica. Precisei pensar rápido a fim de distrair sua mente da iminente decolagem. Tive duas ideias: beijá-la muito ou fazer cócegas em seus pés. Já que seria uma lembrança ruim se ela desmaiasse ou espumasse pela boca durante nosso primeiro beijo, teria que ser a segunda opção. Uma vez, Nina havia me contado que seu irmão costumava torturá-la fazendo cócegas em seus pés. Se eu fizesse isso na decolagem, ela não teria escolha a não ser sucumbir à risada. Isso impossibilitaria que ela se concentrasse nos pensamentos assustadores que estavam alimentando seu pânico e fazendo-a perder o fôlego.

O avião começou a pegar velocidade e, durante o som dos motores, me abaixei e desamarrei os sapatos dela rapidamente. Antes de ela conseguir me perguntar que porra eu estava fazendo, comecei a fazer cócegas na sola dos seus pés. Ela ficou se contorcendo, chutando e, mais importante, rindo. Conforme o avião se inclinou para cima para decolar, meus ouvidos começaram a tampar, mas isso não me fez parar.

— Jake... para!

Olhei para cima, para ela, porém me recusei a parar de fazer cócegas apesar de ela implorar constantemente. Lágrimas de risada estavam escorrendo dos seus olhos. O som da minha própria risada histérica ressoou pelo espaço estreito. Quando, enfim, me ergui para pegar ar, estávamos planando. A senhora do outro lado do corredor estava rezando um terço e me lançou um olhar cruel por tê-la interrompido. Tínhamos perturbado a paz, mas valeu a pena. Aleluia.

Nina ainda estava se acalmando da sequência de risadas. Parecendo irritada, a comissária de bordo que tinha tentado dar em cima de mim mais cedo veio até nós.

— Está tudo bem por aqui?

— Sim. Está tudo simplesmente perfeito.

Estava.

Estávamos no meio do voo, e Nina havia se acalmado um pouco depois de ouvir umas músicas que eu havia baixado.

Ela tirou seus fones de ouvido por um instante.

— Mais quanto tempo?

— Uma meia hora.

— Ainda não consigo acreditar que você fez isso comigo.

Ergui a sobrancelha.

— Agora, quando as pessoas perguntarem como você superou a decolagem, pode dizer que fui para cima de você.

Ela me socou de leve no braço e voltou a colocar os fones no ouvido.

Nina estivera ouvido à playlist especial que fiz para o voo. Em minha sabedoria típica da moda, tinha nomeado a lista de *Crash and Burn.* As músicas do início eram para fazê-la rir, mas havia algumas que eu tinha inserido porque transmitiam sentimentos que eram impossíveis, para mim, de expressar. Em certo momento, ela me olhou, e eu sabia que uma *dessas* músicas tinha começado. Tirei o fone de um ouvido dela e sorri quando percebi que estava ouvindo *Come away with me*, de Norah Jones. Essa música dizia mais do que as outras. Queria poder simplesmente levar Nina para um lugar por muito mais do que um dia e não precisar lidar com o inevitável coração partido dela após o Natal. Só queria ficar com ela. Por enquanto, essa ida rápida a Chicago teria que servir. Não se tratava apenas de superar o medo dela de voar. A viagem também era para mim, para eu poder sentir como era levá-la em uma viagem pelo menos uma vez.

— Essa música é linda — ela disse. — Sempre a amei. Amo ainda mais agora.

Eu também. Porque sempre vai me lembrar de você.

Eu desejava tocá-la, então, quando veio uma turbulência, essa foi minha desculpa para segurar sua mão de novo. Em certo momento, o avião pulou com força, e ela me apertou mais. Eu queria abraçá-la, mas, em vez disso, em um compromisso silencioso, peguei suas mãos e as segurei juntas.

— Estamos quase lá, Nina. Você foi bem.

Meu estômago embrulhou conforme absorvi minhas próprias palavras, as quais eu esperava que não previssem as semanas seguintes.

Está quase no fim.

Não seria uma excursão completa sem algumas surpresas na minha manga. Nossa manhã cheia de ação começou com uma vista esplêndida da cidade.

Nina estava menos do que entusiasmada por nossa parada no famoso Skydeck, na Willis Tower. Eu a fiz ficar parada comigo no piso de vidro que se estende a quase quatrocentos metros no ar. Tiramos nossa foto, e sempre vou estimar essa foto, apesar da expressão de terror dela. Essa mesma expressão em contraste com meu sorriso amplo era o que a tornava uma foto clássica uma lembrança.

A segunda parada foi uma visita à casa em que cresci no South Side. Não tinha ninguém, então não pudemos entrar. Assim, ficamos do lado de fora por quase uma hora enquanto contava a Nina histórias sobre minha infância. Eu tivera vontade de beijá-la por dúzias de vezes na viagem, mas nunca tanto quanto quando estávamos sentados no jardim da minha antiga casa. Ela tinha segurado minha mão e ficou ouvindo com muita atenção conforme eu relembrava enquanto a brisa soprava seu cabelo. Precisei de toda a minha força para me conter e não me esticar para segurar aquele lindo cabelo e puxá-la na minha direção.

Depois que fomos embora, a próxima parada era para ser um almoço na Bernie's, uma lanchonete retrô e uma das minhas obsessões preferidas da infância. Mas, a caminho de lá, um sentimento me tomou e não pude ignorar. Não fazia parte do plano original, mas eu não poderia deixar Chicago sem fazer uma certa parada.

— Está com muita fome?

— Poderia comer ou não — ela respondeu. — Por quê?

— Você se importa se fizermos um desvio?

— Nem um pouco.

— Talvez possamos comprar alguma coisa no caminho, depois ir ao Bernie's para jantar em vez de almoçar.

Chamei um táxi que se aproximava, e entramos.

— Aonde vamos? — ela perguntou.

Meu peito doeu só de pensar nisso.

— Naperville.

O táxi ficou parado enquanto Nina e eu andamos pelo caminho de lápides, a grama coberta de neve que levava ao túmulo da minha irmã. O nome dela, *Amanda Thompson*, foi esculpido na lápide de granito. A culpa se instalou porque eu não tinha voltado desde a mudança para Boston. A vida aconteceu, então Ivy aconteceu, e as coisas que antes eram tão importantes para mim ali, sem querer, ocuparam o banco de trás. Flores secas que estavam semicobertas de neve sopravam com o vento. Isso me deixou incrivelmente triste, mas ter Nina comigo facilitou um pouco para enfrentar isso.

Me ajoelhei na base da lápide.

— Quando você me falou sobre sentir culpa por não visitar Jimmy nos últimos dias dele, me lembrou de como me senti depois de me mudar e não poder mais vir aqui. Costumava visitá-la muito quando era adolescente. Era fora de mão de onde morávamos. Comprei uma porcaria de carro só para poder vir aqui quando quisesse fazer companhia a ela. Só a conheci depois que faleceu, então essas visitas eram tudo o que tínhamos, sabe? Eram o que nos ligava.

— Foi assim que conheceu sua irmã, certo? Aqui no túmulo?

Assenti, ainda olhando para a pedra. No aniversário da morte do seu irmão quando Nina e eu havíamos ficado acordados a noite inteira conversando, eu tinha lhe contado tudo sobre Amanda. Minha irmã morreu em um acidente de carro quando era adolescente e era uma das duas filhas que minha mãe dera para adoção antes de eu nascer e antes de ela ter conhecido meu pai. Só descobri sobre Amanda quando tinha dezesseis anos, muitos anos após ela ter morrido, então nunca tive oportunidade de conhecê-la. Conheci minha outra irmã, Allison, quando, ironicamente, aparecemos no cemitério exatamente na mesma hora um dia.

— Embora nunca tenhamos nos conhecido, de alguma forma, me sentia mais próximo de Amanda do que de qualquer outra pessoa na minha família. Conversava com ela durante minhas visitas ao cemitério, contava sobre meus problemas de adolescente, pedia conselhos. Ela era quase um guia espiritual para mim. E realmente senti que foi ela que uniu Allison e eu naquele dia.

— Isso é muito poderoso. Sabe que ela ficaria orgulhosa de você, Jake.

— É difícil vir aqui depois de todo esse tempo fora. Sei que não é o mesmo tipo de perda que você teve, já que cresceu com seu irmão.

— Mas é tão significativa quanto. Você não tem as lembranças que tenho, o que poderia dificultar ainda mais porque não há lembranças felizes para se agarrar.

— Eu trazia flores toda vez. Não tinha onde cair morto naquela época, mas sempre guardava dinheiro suficiente para comprar umas. Queria que ela ficasse rodeada por coisas legais, que se sentisse amada se estivesse olhando para baixo e me visse ali. Na verdade, deveria ter parado em algum lugar e comprado umas hoje.

— Não se sinta mal. Está muito frio. Elas não iriam durar. — Nina se ajoelhou e colocou a mão no meu ombro. — De certa forma, embora ela não tenha ficado por perto, aposto que te ensinou bastante coisa.

— Como assim?

— Olhe para como você é. Você é uma alma velha, muito sábia. Você é quem é por causa das perdas que suportou. Canalizou isso em uma atitude positiva para a vida, enquanto pessoas como eu deixaram o estresse se manifestar em outras coisas. Sua irmã... a morte dela... te ensinou a viver o momento e a valorizar as coisas.

— A vida é curta demais para não ser feliz. Só aprendi isso recentemente. — Me virei para ela e as palavras que não eram para ser ditas em voz alta me escaparam: — Quero ser feliz de novo.

Após um longo silêncio, ela disse:

— Você me faz feliz.

Passei a ponta do dedo em sua bochecha. Pareceu que o espírito da minha irmã estava me dando força. Amanda iria querer que eu fosse feliz, que vivesse a vida ao máximo porque ela não pôde. Essa percepção me deu coragem para dizer uma coisa da qual esperava não me arrepender.

— Você também me faz feliz, Nina. Pelo menos, por favor, sempre saiba disso.

Ela me abriu só um leve sorriso, parecendo entender o tom enigmático na última parte da minha confissão.

— Obrigada por me trazer aqui, por me mostrar isto e outras partes importantes da sua vida. Um passo de cada vez.

— Um passo de cada vez — repeti. Esse precisaria ser meu mantra até o Natal.

Nina tirou seu colar.

— O que está fazendo?

— Aqui está a flor que você não trouxe. — O pingente era uma rosa dentro de um coração. — Esta vai durar para sempre. — Ela enfiou na terra, parcialmente enterrando-o no chão. — Que seja meu presente para Amanda, para agradecê-la por ajudar a moldar você na pessoa que é. Sem isso, eu não estaria aqui neste momento.

Nem ia discutir com ela porque o gesto foi incrivelmente gentil.

— Obrigado, Nina.

Ficamos mais uns dez minutos. Nesse tempo, mostrei a ela uma foto de Amanda que ficava guardada na minha carteira. Ela mal conseguiu acreditar no quanto eu e minha irmã éramos parecidos.

Beijei minha mão antes de colocá-la na lápide de Amanda e sussurrei:

— Voltarei em breve. Juro. Te amo, irmã.

Quando voltamos para o táxi, Nina se virou para mim.

— Gostaria de visitá-la de novo um dia.

Eu sorri.

— Quer dizer que vai entrar voluntariamente em outro avião para vir aqui comigo?

Ela sorriu.

— Provavelmente vai ter que vir para cima de mim de novo.

As horas restantes da viagem foram passadas conversando e comendo aninhados em um nicho na Bernie's Diner até o sol se pôr. Estávamos rodeados por nostalgia, desde a música preferida do meu pai tocando na mini jukebox (*Crimson and Clover*, que também, ironicamente, era uma preferida do irmão dela) até os milkshakes e hambúrgueres que eu tinha crescido comendo.

Quando saímos para o aeroporto, meu estômago estava cheio, mas não tinha comparação com o preenchimento no meu peito. Saber que Nina ia para casa no dia seguinte para o norte do estado de Nova York para o recesso de Natal e que eu estava planejando contar tudo depois que ela voltasse me fez desejar que existisse algo como um botão para desacelerar a vida. Ou talvez um botão de pausa.

Eu nunca estivera tão feliz e assustado ao mesmo tempo. Aqueles sentimentos chegaram ao pico durante o avião na volta para casa. Nina e eu tínhamos uma fileira inteira do meio do Boeing 777 só para nós. Estava escuro com pouquíssima luz e extremamente silencioso. Diferente do nosso voo mais cedo, que estava lotado, essa aeronave estava quase vazia.

Os nervos de Nina estavam aflorados, mas não no mesmo nível de antes. De maneira egoísta, eu estivera ansioso para decolar porque ficara morrendo de vontade de tocá-la a tarde inteira e estivera aguardando uma desculpa para segurar sua mão de novo. Não tinha planos de soltar naquela noite.

Conforme o avião taxiou na pista, nossas mãos estavam unidas com força. Ela estava respirando pesadamente e tremendo um pouco, mas não hiperventilando desta vez, provavelmente porque a experiência não lhe era mais desconhecida. Quando o avião subiu, ela fechou os olhos e sussurrou algo para si mesma. Seu peito estava se erguendo e baixando rapidamente. Sem conseguir controlar a necessidade de confortá-la, fiquei apoiado nela durante a decolagem, descansando o queixo no seu ombro porque sabia que essa era a parte mais assustadora do voo para ela.

Ela se acalmou um pouco assim que o avião ficou reto de novo, porém sua mão ainda estava tremendo. Depois de estarmos voando há um tempo, a comissária de bordo veio com um carrinho de bebida. Fiz o pedido por nós dois antes de Nina conseguir falar.

— Dois vinhos tintos, por favor. — Sussurrei no ouvido dela: — Vai te ajudar a relaxar.

Em silêncio, ela assentiu conforme a comissária entregou uma taça de Merlot para cada um de nós. Quando peguei o meu, eu disse:

— Vou segurar, mas você também vai beber o meu.

Nina deu um gole grande.

— Não quero ficar bêbada, Jake. Preciso ficar alerta caso algo aconteça.

— Não. Você ainda está tremendo. Precisa mesmo de uma coisa para te ajudar a relaxar. Serei seus olhos e ouvidos caso aconteça alguma coisa. Fique segurando minha mão e beba.

Muitos minutos depois de Nina beber ambas as taças (que não precisou de muita insistência), o piloto anunciou que talvez passássemos por turbulências fortes. Claro que, logo depois, a aeronave começou a chacoalhar quase que violentamente. Eu não tinha soltado a mão dela desde a decolagem. Segurá-la não seria o suficiente para passar por isso. Precisava de uma distração.

— Vamos fazer alguma coisa para te distrair.

Ela respirou no meio da resposta:

— Certo.

Começamos um jogo que eu tinha inventado, em que cada hora um falava uma palavra e, então, precisava dizer a primeira coisa que vinha à cabeça. Depois de um tempo, a turbulência parou e nosso jogo acabou, dando oportunidade de ela me fazer um monte de perguntas. Uma coisa que eu havia aprendido sobre Nina era que álcool a deixava faladora e questionadora.

Ela virou o corpo na minha direção.

— Se você pudesse viajar para qualquer lugar do mundo, para onde iria?

Esfreguei meu queixo, pensativo.

— Itália, provavelmente. Minha mãe tem uns primos de segundo grau que moram em Veneza. Aposto que é linda.

— Deve ser muito romântico lá. E os passeios de gôndola? A comida! Definitivamente, Itália está na minha lista. Adoraria ir um dia.

Talvez um dia nós vamos.

— Talvez um dia você vá — eu disse.

— Se fosse há uma semana, eu teria dito que uma viagem para a Europa nunca seria possível porque me recuso a voar. Mas acho que estou provando, neste momento, que *sou* capaz de entrar em um avião, capaz de mais do que já me dei crédito. Se for corajosa o suficiente para fazer isto de novo, muitos sonhos poderão se tornar realidade para mim. Claro que, sem você para segurar minha mão, não tenho certeza se teria essa coragem.

Engoli o terror se instalando com a sugestão de eu não estar com ela um dia para segurar sua mão.

— Você vai ficar muito bem comigo ou sem mim.

Nossos olhos se travaram por muitos segundos.

— Espero que seja com você — ela falou.

Assenti, mas não consegui responder, me sentindo sufocado por uma confusão de sentimentos. Quando não respondi nada, ela analisou minha expressão à procura da verdade. Não havia dúvida de que meu comportamento a estava confundindo pra caramba. Ela mudou de assunto.

— Nunca te perguntei. Sei que é espiritualizado, mas você é católico? Qual é sua religião?

— Você faz uma pergunta atrás da outra quando está alegre, Nina.

— Desculpe.

— Não se desculpe. Vou responder suas perguntas o dia todo se isso te mantiver distraída. — Virei o corpo na direção dela para combinar com o posicionamento do dela, ainda virado para o meu. — Minha mãe é católica, mas nunca fomos praticantes. Não acredito em nenhuma religião. Mas acredito em uma força maior que alguns chamam de Deus. Pode ser que haja mais de um. Pode ser que haja um time inteiro no comando, mas não acredito que tudo isto seja apenas uma coincidência sem um propósito.

— Acredita que tudo acontece por um motivo. Já falou isso. Também acredito nisso. Mas tive dificuldade com minha fé depois que Jimmy morreu.

— Sei o que quer dizer. É um mistério como um Deus bom pode permitir que aconteçam certas coisas.

— Mas estou começando a recuperar um pouco da minha fé. — Seus olhos penetraram nos meus. — Desde que te conheci.

Essas palavras me fizeram sentir eufórico e como se tivesse levado um soco na barriga ao mesmo tempo.

— Fico feliz que se sinta assim — eu disse sucintamente, desejando poder contar que não apenas minha fé, mas todo o meu panorama da vida havia mudado desde que ela entrou no meu mundo. Mas, bem quando ela estava recuperando sua fé, eu iria jogar uma bomba da qual nosso relacionamento poderia nunca se recuperar, que provavelmente partiria seu coração e despedaçaria toda a sua fé de novo.

Nina deu risada sozinha.

— Talvez Jimmy tenha conhecido Amanda no céu e dito para ela: "Seu irmão deveria conhecer minha irmã maluca". Talvez eles tenham conspirado para nos apresentar.

— É uma ideia legal. — Eu sorri. — Gosto muito dela, só que Amanda teria falado para ele: "Cara, acredite em mim, você não sabe o que é ser maluco até conhecer meu irmão".

Sua boca se abriu em um sorriso largo, e apertei sua mão com carinho. Então, nossa atenção foi para um casal de idosos que andou, lentamente, para o banheiro e entrou junto.

Franzi a testa.

— Acha que eles vão se pegar lá dentro?

Ela deu risada.

— É meio nojento.

— Porque acho que ela está apoiando isso. A menos que vá ajudar a limpar a bunda dele, por que mais eles teriam entrado juntos?

Nina cobriu a boca com a mão livre, rindo.

— Acho que pode ter razão.

— Vou te falar uma coisa — eu disse. — Quero estar transando no banheiro de avião quando tiver oitenta e cinco anos. Com certeza. Por que não?

Seu olhar curioso foi penetrante.

— Já fez isso?

Me encolhi. Ivy e eu tínhamos feito isso na viagem de volta de Vegas depois da nossa fuga. Queria ser sincero com qualquer coisa que pudesse com ela.

— Sim. Uma vez.

Ela pareceu envergonhada por ter perguntado e um pouco decepcionada com minha resposta.

— Entendi.

— Foi há muito tempo, Nina. Eu era adolescente.

— Não estou julgando. Você já sabe que nunca fiz. Acho que tem muita coisa que não vivi.

— Há muito tempo para retificar isso.

— Está falando do banheiro? Mas só tem mais meia hora de voo. Não é tempo suficiente.

Seu rosto ficou vermelho e, por um breve segundo, um grande "e se" atravessou minha mente. E se eu a levantasse e a levasse pelo corredor e para dentro do banheiro. Ela me deixaria tomá-la? A resposta, sinceramente, era um mistério. Parte de mim pensava que ela fosse me dar um tapa, mas outra parte se perguntava se ela continuaria com isso, se me deixaria fodê-la. Meu pau endureceu só de pensar. Eu nunca saberia.

Cutucando meu braço, ela disse:

— Jake, você viajou. Eu estava brincando. Não falei sério mesmo quando disse que meia hora não era tempo suficiente para... você sabe.

— Claro que não falou.

— Meia hora, na verdade, é *bastante* tempo.

Uma imagem da bunda nua de Nina inclinada no balcão com aqueles quadris firmes enquanto eu a pegava por trás me veio à mente. Precisei, literalmente, balançar a cabeça para me livrar do pensamento porque meu pau estava se apertando em minha calça. Era dolorosamente excitante de imaginar. Devo ter viajado de novo.

— Jake... não ache que eu estava falando sério. Só estava brincando de novo.

— Eu sabia disso.

Eu sabia, mas meu pau é um desgraçado crédulo.

— É isso que acontece ao me fazer beber duas taças de vinho. Eu fico leve — ela falou.

A tensão sexual dessa conversa permaneceu por minutos de silêncio. Não havíamos soltado as mãos nenhuma vez desde a decolagem.

Resolvendo quebrar o gelo, perguntei:

— Como vai para seus pais?

Ela mordeu o lábio inferior.

— Não fique chateado.

— Ok...

— Ryan ia alugar um carro de qualquer forma, então ofereceu para me levar. Fez sentido porque ele vai para o mesmo lugar. As passagens de ônibus estão caras.

Minha mão livre ficou tensa, formando um punho.

— Aham.

— Está bravo?

Estava mais para loucamente enciumado, e não queria que ela percebesse. Precisava ganhar o máximo de respeito possível dela antes de lhe contar tudo e também precisava confiar em sua garantia de que não estava interessada nele dessa forma.

— Não, tudo bem. Aposto que ele dirige como um velho, então fico feliz por chegar em segurança lá. — Cerrei os dentes de inveja por ele poder passar várias horas no carro com ela.

— O que vai fazer no Natal?

— Ficarei na casa da minha irmã. Minha mãe e meu padrasto também estarão lá. Eles moram logo na saída de Boston.

Minha mãe, Vanessa, tinha se casado de novo uns anos antes. Seu marido, Max, era dono da lanchonete em que minha irmã costumava trabalhar. Allison os tinha apresentado.

— Você se dá bem com seu padrasto?

— Sim, na verdade, ele é bem legal e trata minha mãe como uma deusa.

— Que bom. Então todo mundo da sua família estará junto no Natal.

— É. A família toda se reúne para o jantar na véspera de Natal, depois nos sentamos perto da lareira e trocamos presentes. Assistimos às minhas sobrinhas serem mimadas com presentes que, geralmente, eu acabo montando e colocando pilhas.

Claro que precisei omitir o fato de passar a parte antes dessa noite com Ivy.

— Queria te dar alguma coisa, mas não tive a oportunidade de comprar — Nina comentou. — Posso ter que te enviar alguma coisa. O que iria querer?

Quero você.

Quero que não me deixe quando descobrir.

Era só isso que eu queria. Isso e, enfim, poder mostrar a ela com meu corpo exatamente como me sentia sem precisar me conter.

— Você não precisa me dar nada.

— Está brincando? Depois de tudo que fez por mim? Com certeza vou te dar alguma coisa. E, se não me disser o que quer, vou ter que adivinhar, e pode ser perigoso. Você pode acabar ganhando algo que odeia.

— Tenho certeza de que vou adorar qualquer coisa que você escolher para mim.

— Aulas particulares de patinação no gelo, então?

— Humm. *Dança* no gelo talvez... com camisa de lantejoulas e elastano. Agora estamos falando sério.

— Tenha cuidado com o que deseja, Green.

Ela abriu o tipo de sorriso que sempre era doloroso de olhar, o tipo mais doce que iluminava não apenas seu rosto, mas seus olhos. Olhei para meu relógio a fim de me distrair e vi que não havia muito tempo restante no voo. Nunca quis que acabasse, não somente a viagem de avião, mas a sensação de paz que eu estava vivendo. Estar com ela entre as nuvens daquele jeito sem os problemas que me encaravam no chão era algo que talvez nunca mais tivesse. Se ficássemos voando eternamente, eu não veria problema.

Quando Nina fechou os olhos, meu corpo permaneceu virado em sua direção. A cada minuto que passava, o medo aparecia mais.

Minha mente nadava em um mar de preocupação, e foi contra exatamente isso que aconselhei Nina: deixar o medo do futuro se apossar do momento presente conforme eu imaginava as possíveis situações diferentes que poderiam resultar de minha iminente confissão.

Por favor, entenda, Nina.

Meus pensamentos sobre o que poderia acontecer depois do Natal tinham me consumido tanto que eu nem havia percebido que estava acariciando sua mão com o polegar. Aparentemente, meu corpo tinha se aproveitado enquanto meu cérebro ainda não estava prestando bastante atenção para alertar a não fazer isso. Estava fazendo o que parecia natural. Esse foi meu primeiro gesto físico prolongado nela. Tínhamos segurado as mãos muitas vezes, ficado inocentemente de conchinha e brincado sobre coisas sexuais. Caramba, eu tinha até dito a ela que queria fazê-la gozar. Mas, com exceção do breve agarrar em sua cintura naquela noite bêbado no meu quarto, eu nunca a tocara por um período grande de tempo de um jeito realmente *sensual*. Por mais que acariciar sua mão pudesse ter parecido inocente, assim que ela começou a combinar meu movimento circular com seu próprio polegar, transformou-se em uma coisa totalmente diferente. Minhas carícias se tornaram mais firmes para deixar que ela soubesse que eu aprovava a reciprocidade. Só pelo jeito que meu corpo estava reagindo, e pelo jeito que ela sempre reagia a sequer um breve contato meu, eu sabia que o sexo com Nina abalaria meu mundo. No momento, eu tinha certeza de que faria praticamente qualquer coisa para estar dentro dela apenas uma vez.

Continuei assistindo-a respirar enquanto seus olhos permaneciam fechados.

Poderíamos ser tão bons juntos. De todo jeito.

Rezei por essa oportunidade conforme seu polegar minúsculo e macio circulava o meu grande e caloso. Ela me pegou desprevenido quando, de repente, abriu os olhos, virou-se para mim e pareceu surpresa ao me encontrar encarando-a. Meus olhos não a tinham deixado desde que ela fechara os dela. Fui pego.

O avião estava descendo ao se preparar para pousar, e fui tomado pela emoção. A descida lenta representava o início de uma nova fase do nosso relacionamento, uma que seria baseada na dura realidade, não na fantasia.

Precisava me preparar para a possibilidade real de perdê-la e decidi que, se fosse esse o caso, a única opção seria sair do apartamento. Morar com ela e ter que assisti-la de longe seguindo em frente com sua vida... namorando... seria tortura. O outro lado da moeda, se ela aceitasse minha vida como era, me traria tudo que eu sempre quisera, coisas que nunca pensei que seriam possíveis. O que mais me incomodava era que eu realmente não fazia ideia de que forma iria acontecer.

Enfim, soltei a mão dela por tempo suficiente para colocar uma mecha de cabelo atrás da sua orelha.

— É melhor você colocar o cinto. A luz acabou de acender.

O nervosismo voltou aos olhos dela quando pensou no pouso iminente. Apoiou a cabeça no meu ombro e fechou os olhos. Também fechei os meus. Ela havia feito isso para se acalmar, mas eu o fizera para apreciar os últimos instantes do voo. Inspirando cada respiração doce que saía dela, tentei gravar na memória seu cheiro, tentando imaginar qual era seu gosto.

Após um pouso difícil e cheio de turbulência, a aeronave parou. Nossas mãos ficaram conectadas conforme saímos. Continuamos assim enquanto passávamos pela multidão no JFK e mantivemos nossos dedos entrelaçados durante o caminho para casa. Começou a nevar do lado de fora enquanto tocava música de Natal no rádio do táxi.

— Queria não ter que ir embora amanhã — ela disse, sua voz quase dolorosa. — Sou muito mais feliz aqui do que lá.

Também sou mais feliz quando você está aqui.

Apertei a mão dela conforme a música *O Holy Night*, de Josh Groban, começou. Me deixou triste o fato de ela temer o Natal. Era o principal motivo pelo qual eu estava aguardando conversar com ela sobre Ivy, já que eu sabia que esses feriados eram difíceis o bastante para ela.

— Também queria muito que não fosse.

Quando o táxi nos deixou em frente ao apartamento, não fiz esforço para entrar, e nem ela. Nina ficou sentada no banquinho diante do nosso prédio e olhou para o céu enquanto a neve caía na gente, formando uma camada branca em seu cabelo. Embora estivesse nevando, a temperatura estava amena.

Ela ergueu as mãos para pegar os flocos de neve.

— Isto é lindo.

Você que é.

— É — eu disse.

— Que horas são? — ela perguntou.

— São quase duas da manhã.

Ela mordeu o lábio inferior.

— É melhor entrarmos.

— Você *quer* entrar?

— Na verdade, não.

— Então não vamos. — Determinado a não deixar esse dia terminar, me levantei e dei minha mão a ela. — Vamos.

— Aonde vamos?

— Comprar umas coisas.

Andamos umas duas quadras até o mercado vinte e quatro horas. Quando entramos no mercado iluminado, ela me olhou, questionadora.

— O que vamos comprar?

— Já que não estaremos juntos para o Natal no domingo, vamos fazer uma festinha esta noite.

Nina estava sorrindo de orelha a orelha.

— Acho uma ótima ideia.

Peguei uma caixa de *eggnog*, um cacho pequeno de bananas e cookies natalinos açucarados. Com o saco de papel em uma mão, segurei a dela com a outra enquanto voltamos andando para o apartamento.

— Vamos ficar aqui fora na neve — falei. — Vou entrar rapidinho. Já volto.

Ryan e Tarah estavam assistindo a um filme na sala quando entrei no apartamento. Fiquei surpreso ao vê-los acordados tão tarde.

— Oi, Jake — Tarah cumprimentou.

— Oi.

— Cadê a Nina?

— Está lá fora.

Ryan me deu um de seus olhares, mas ficou quieto conforme fiz meu o melhor para ignorá-lo.

Pegando o liquidificador, coloquei um pouco de gelo, banana e *eggnog* dentro, depois fui até o armário de bebidas para pegar rum. Liguei o liquidificador e servi a bebida em duas canecas enormes.

Quando me juntei de novo a Nina lá na frente, um sorriso grande se abriu em seu rosto conforme lhe entreguei uma. Ela deu um gole.

— Humm... é muito bom. O que é?

— Banana congelada com *eggnog* e rum. Gostou?

— Adorei.

— Um brinde — eu disse ao encostarmos nossas canecas.

— Um brinde.

Cutuquei-a com o ombro.

— Este é meu tipo de Natal.

— O meu também.

Devoramos os cookies natalinos e nossa bebida saborosa enquanto a neve continuava a cair. Olhamos para cima ao mesmo tempo ao som de uma janela estridente se abrindo e sabíamos o que viria em seguida.

A sra. Ballsworthy não falou nada ao olhar para nós. Arrisquei quando segurei minha caneca para cima e gritei:

— Feliz Natal, sra. Ballsworthy!

Nos preparamos.

Nada.

Nina e eu nos olhamos antes de desistir de uma resposta.

Muitos segundos depois, nós ouvimos.

— Feliz Natal, otários!

Caímos na risada indo para as escadas cobertas de neve.

— *Esse*, sim, é um milagre de Natal. — Nina deu risada.

Erguendo minha caneca na direção do céu, entoei:

— Feliz Natal para todos os otários e para todos uma boa noite otária!

Era praticamente de manhã quando finalmente entramos. Nina foi tomar banho e, como sempre, entrei no quarto dela. Optei por não lhe deixar um morcego naquela noite porque eu tinha um par de asas douradas de piloto de plástico para parabenizá-la por conseguir voar pela primeira vez. Deixei as asas em sua mesa de cabeceira e voltei para o meu quarto, mas não consegui dormir.

Teria que ir trabalhar de manhã e não a veria de novo antes de ela partir, já que ela e Ryan pegariam a estrada cedo para não enfrentar o trânsito do fim de semana durante a tarde. Era uma sexta e, como sempre, eu iria para Boston depois do trabalho.

Antes de sair para o trabalho, coloquei um morcego de papel em seu quarto. Tinha um buraco feito no topo com linha de pescar amarrada em um círculo. Era para ser um pendente de Natal.

O que quase escrevi:

Não dá para te agradecer por ontem o suficiente.

Não por me deixar te levar para viajar somente,

Mas por ir até o fim.

E por ser uma amiga de verdade, enfim.

O que desejava poder ter escrito:

Este ano, de Natal, eu desejo

Superar o MEU medo.

Aposto que você nunca imaginou...

Que perder você é meu único medo.

O que eu nunca poderia ter escrito:

Eu morreria para te foder no avião.

Então se um dia quiser tentar transar longe do chão,

Trinta minutos seriam mais do que suficientes,

Para te fazer gozar devagar e bem eficiente.

O que realmente escrevi:

Capítulo 15

Presente

Minha irmã se esticou para servir mais vinho.

— Nunca vou me esquecer desse Natal.

— O que exatamente foi tão memorável para você? — perguntei. — Porque vou te contar do que me lembro. Me lembro de enlouquecer completamente.

— Você veio para casa uma pessoa mudada. Dava para ver em seus olhos que tinha algo maior em sua mente. Estava escrito em todo o seu rosto. Desconfiei que tivesse a ver com a garota que mencionou para mim antes, mas você não conversava comigo.

Cedric assentiu, parecendo se divertir demais.

— Então ela me enviou para investigar. Lembra? Fui eu que, finalmente, arranquei a verdade. Você estava doente de amor.

Allison deu um tapa no joelho.

— Doente de amor! Esse é um bom jeito de descrever. Meu irmão fodão, durão e tatuado tinha se transformado em um filhotinho doente de amor.

Parecendo extremamente entretida, Skylar se aconchegou em Mitch e olhou para mim.

— Então você não conseguia mais esconder, hein?

— Ficar longe dela naquelas duas semanas pareceu uma eternidade insuportável. É engraçado como estar fisicamente separado de alguém pode intensificar o desejo físico. Aqueles dias foram fundamentais porque não apenas confirmaram que eu precisava jogar limpo no segundo em que ela voltasse, mas também me deixaram mais determinado do que nunca a encontrar um jeito de ficar com ela. Perdê-la não era mais uma opção porque parecia que eu precisava dela para respirar. Me convenci de que encontraria uma forma de fazer dar certo. No fim das férias, basicamente decidi parar de esconder o fato de que eu também a queria. Deixei claro para ela.

— De que forma? — Mitch perguntou.

— As coisas começaram a ficar sexuais entre nós enquanto estávamos separados. Talvez fosse por causa da barreira de segurança da separação ou da distância, mas simplesmente parei de me conter nesse quesito.

— Informação demais — Allison gritou.

— Nem um pouco — Skylar disse ao cruzar as pernas e se inclinar. — Conte, sim.

Capítulo 16

Passado

Cuspi um pedaço de bolo de frutas velho em um guardanapo verde e vermelho de Natal e discretamente o joguei no lixo, trocando por um cookie. As opções do buffet eram limitadas na festa anual de véspera de Natal na clínica. Eu tinha levado uma bandeja de pernil em uma cama de petiscos que as pessoas devoraram nos dez primeiros minutos.

Tinha uma dúzia de familiares, moradores e assistentes sociais amontoados na pequena sala de jantar. Eram umas quatro da tarde, e a maioria estava se preparando para ir embora.

Bebendo sidra de maçã quente, Ivy estava em um humor silencioso enquanto estávamos sentados no canto.

— Vai para a casa da sua irmã para o negócio de Natal esta noite? — ela perguntou.

— Depois que eu sair daqui, sim, mas vou ficar com você até quanto você quiser.

— Ok — ela disse, ansiosamente olhando para o relógio.

— Não vou te deixar até você me falar que pode, Ivy. Certo?

Ela não respondeu. Durante a maioria das visitas, normalmente, ela me mandava embora antes do planejado, de qualquer forma.

Metade dos moradores tinha ido para a casa de familiares para o fim de semana de feriado. Por mais que Allison e Cedric tivessem me dito que Ivy era bem-vinda, levá-la para lá era uma coisa que eu evitava. No único ano que ela foi para casa comigo para a véspera de Natal, teve uma crise que assustou demais minhas sobrinhas. Não valia a pena arriscar de novo, principalmente já que Ivy não ficava confortável lá, então não havia por que insistir nisso.

— Posso te dar seu presente agora? — perguntei, tirando um envelope do bolso interno da minha jaqueta.

Ela balançou a cabeça.

— Não estou no clima.

Dar presente para Ivy era difícil porque ela nunca gostava do que eu comprava. Qualquer coisa de valor sentimental, como joia, parecia deixá-la triste ou brava. Ela detestava toda roupa que eu escolhia. A única coisa que eu sabia que ela gostava e realmente usava (além de cigarros, que eu me recusava a comprar) era um cartão-presente da Dunkin' Donuts. Ivy dava caminhadas diárias até lá, e eu me certificava de que ela tivesse crédito suficiente no cartão para durar um ano. O café deles era o preferido dela, com bastante creme e açúcar, e normalmente eu pegava um quente para ela antes de cada visita.

Alguns moradores tocavam instrumentos, então como era tradição naquela comemoração anual, a música de Natal levemente desafinada começou a tocar no canto oposto da sala. Joe, um homem de meia-idade, tocava gaita enquanto Charleen, uma garota de uns vinte anos, tinha um teclado eletrônico. Junior, um cara com trinta e poucos anos, que tinha um tipo de deficiência auditiva, tocava violão.

Os olhos de Ivy se concentraram nas mãos de Junior conforme ele puxava as cordas. Embora, antes, ela tivesse sido uma guitarrista talentosa, recusava-se a tocar mais, e isso me deixava extremamente triste por ela. Sua Gibson sempre ficava inutilizada no canto do quarto como se fosse um fantasma de uma vida anterior. A qualquer momento que eu sugeria que tentasse tocar, Ivy ficava irada.

Continuou assistindo, silenciosamente, aos seus colegas de casa se apresentarem. Ao ouvir a melodia lenta, quase dormira antes dos meus olhos descerem. Os dedos de Ivy estavam começando a se movimentar no ritmo da música conforme ela ficou hipnotizada pelo violão de Junior. Ela estava tocando no ar e posicionando seus dedos exatamente aonde iriam se ela estivesse tocando com eles. Era a primeira vez que ela fazia algo assim.

Um sorriso se abriu no meu rosto, e um calor preencheu meu coração naquela noite gelada e deprimente. Me deu um pouquinho de esperança por ela em um momento em que quase tudo tinha se esgotado. Quando meus olhos começaram a pinicar, me levantei para jogar meu prato fora e me distrair.

A assistente social de Ivy, Gina, chegou por trás de mim.

— Feliz Natal, Jake.

— Para você também, Gina.

Gina era mais velha e trabalhava como assistente social há muitos anos. Seu cabelo escuro estava preso em um coque firme, e ela estava usando uma blusa natalina com pompons e sininhos pendurados.

Ela endireitou os óculos.

— A sra. Ivy parece bem esta noite.

Olhei para Ivy, que ainda estava dedilhando no ar.

— É. Tivemos Natais piores. Com certeza.

Um nó se formou no meu estômago. Havia uma coisa que eu queria conversar com Gina há muito tempo, mas não tocaria no assunto naquela noite. Ela deve ter sentido isso pela minha expressão porque questionou:

— Está pensando em alguma coisa?

Hesitei, depois disse:

— Na verdade, tem uma coisa que não sai da minha cabeça. — Olhei em volta e baixei a voz. — Você... tem um segundo para conversar?

Gina assentiu e me seguiu para a cozinha adjacente vazia.

Eu não sabia muito bem por onde começar. Gina era uma pessoa gentil e bastante intuitiva, então, assim que comecei a falar, ela praticamente falou por mim.

— Sabe que minha intenção nunca é *abandonar* Ivy, certo? Nunca vou abandoná-la.

Sabiamente, ela me abriu um sorriso de solidariedade.

— Você conheceu alguém.

Engoli em seco, surpreso por ela saber exatamente aonde eu queria chegar.

— Sim.

— Isso iria acontecer, Jake. Eu entendo.

— Mas nunca pretendi que acontecesse. Nunca quis essa complicação, nunca quis magoar Ivy. Fiz tudo que pude para impedir isso ao longo dos anos, mas...

— Acontece, Jake. Você não precisa explicar. Essa mulher sabe da sua situação?

Um suspiro profundo escapou de mim.

— Essa é a questão. Estou planejando contar sobre Ivy depois do Ano-Novo, e não sei como ela vai encarar. Então, pode não ser um problema se ela resolver que não consegue lidar com isso tudo. No entanto, se aceitar...

— Se ficar sério, você vai precisar da minha ajuda quando contar tudo para Ivy.

— Sim. Quero dizer, não imediatamente, mas preciso que me ajude a descobrir quais são meus direitos se Ivy e eu, um dia, passarmos por um... — Sufoquei a palavra.

Gina terminou minha frase.

— Divórcio.

— É. Não é algo que eu queira se significar perder minha capacidade de cuidar dela, mas preciso saber minhas opções legalmente. Quero garantir que ainda possa tomar decisões por ela. Sou seu único familiar.

Gina colocou sua mão no meu ombro, e os sinos em sua blusa tocaram.

— Não se preocupe. Vamos dar um passo de cada vez. Vamos precisar lidar com isso de forma bem delicada, claro. Mas, se é que vale, conheço você há muitos anos, vi tudo que já sacrificou. Você é um ser humano incrível e merece ter amor em sua vida. Não se culpe por isso. Vamos dar um jeito. Você tem sido maravilhoso para Ivy, e ela tem muita sorte em te ter.

— Obrigado, Gina. Obrigado por entender.

Alguém chamou sua atenção de volta para a festa, e ela olhou sobre o ombro.

— Vamos conversar mais depois dos feriados. Enquanto isso, vou começar a pesquisar a papelada para você. — Ela saiu antes de eu poder agradecer de novo.

Me apoiando no balcão com os braços cruzados, me senti sobrecarregado. A realidade da situação estava começando mesmo me atingir agora que eu tinha falado alto sobre isso com alguém. Dava para ver Ivy na outra sala, ainda tocando a música junto em sua cabeça. Desta vez, a lágrima solitária contra a qual eu estivera lutando mais cedo escorreu por minha bochecha.

Embrulho de papel voava para todo lado. Eu não conseguia amassar e jogar fora rápido o suficiente antes de mais ser jogado na minha direção. As gêmeas, recentemente, haviam descoberto a verdade sobre o Papai Noel, então estavam abrindo todos os presentes na véspera de Natal em vez de esperar a manhã seguinte.

Agora eram nove da noite, e eu tinha voltado da clínica de Ivy umas duas horas antes. A árvore da minha irmã batia quase no teto. As luzes brilhantes coloridas iluminavam a sala conforme as chamas da lareira craquelavam. A rádio Pandora estava tocando de fundo. Minha mãe e Max estavam aconchegados juntos em um sofá enquanto Allison e Cedric estavam sentados preguiçosamente bebendo seu vinho no sofá do outro lado deles. Definitivamente, eu me sentia o homem estranho de fora, sentindo loucamente a falta de Nina.

Nina e eu ficamos trocando mensagem de texto a noite inteira. Eu sabia que a véspera de Natal era bem difícil para ela por causa de Jimmy e queria manter seu bom humor mesmo que não pudéssemos estar juntos. Posso ter ido longe demais, mais cedo, quando enviei uma mensagem dizendo que não conseguia não pensar nela quando tocou *I Touch Myself*, de Divinyls, no rádio. Apesar de ela não confirmar, me perguntei se entendeu que eu estava me referindo à noite no meu quarto quando ela admitiu que se masturbava. Depois que enviara, demorou quase uma hora para eu acalmar a ereção que surgiu só de pensar de novo nela se masturbando. Enfim, precisei me retirar para o banheiro a fim de bater uma. (A batida do Jingle Bell.)

Também dissera para ela o quanto sentia sua falta. Sentia muita, mesmo que tivesse passado apenas alguns dias da nossa viagem a Chicago. Talvez fosse psicológico por causa das duas semanas seguintes que ficaríamos separados.

Hannah interrompeu meus pensamentos.

— Tio Jake, olhe! — Com entusiasmo, ela ergueu o que parecia ser o centésimo presente aberto entre ela e Holly. Era uma boneca que parecia bizarra com olhos enormes.

— Uau! Que... preciosa.

Estava mais para assustadora.

Uma vez, Nina tinha confessado que certas bonecas a assustavam quando era criança, então tirei uma foto dela com meu celular e enviei uma mensagem.

Jake: Diga oi para minha amiguinha. Na sua casa pode ser Natal, mas aqui é Halloween.

Alguns segundos mais tarde, ela respondeu.

Nina: O que é isso?

Jake: A nova boneca da minha sobrinha. Gostou?

Nina: Não!

Jake: Vamos dar o nome de Nina a ela.

Nina: Aff! Rs.

Jake: ;-)

Após alguns minutos, enviei mensagem de novo.

Jake: Preciso do seu endereço para enviar seu presente. Vai chegar na semana que vem enquanto está viajando.

Nina: Estou intrigada. Também vou te mandar o seu. Do que você mais gosta, de dar ou receber?

Jake: Ainda estamos falando de presentes? De qualquer forma, gosto muito dos dois. Na realidade, adoro dar. ADORO.

Nina: Eu estava falando de presentes, sim. Mas agora vi que você não.

Jake: Do que você gosta?

Nina: Se estivermos falando de presentes de verdade, gosto de dar.

Jake: E se estivermos falando sobre outros presentes?

Nina: Depende.

Jake: Do quê?

Nina: Com quem eu estaria e se a pessoa é boa em dar presentes.

Jake: Sou muito talentoso.

Nina: Não tenho dúvidas de que seja.

Jake: Tire uma foto do seu rosto.

Nina: O quê? Por quê?

Jake: Porque eu aposto que está mais vermelho do que uma flor bico-de-papagaio..

Digitei de novo.

Jake: E porque estou com saudade.

Nina: Do meu rosto?

Jake: Sim. Estou com saudade do seu rosto.

Nina: Eu também estou do seu.

Foi a segunda vez na noite em que falara para ela que sentia sua falta. Minha capacidade de me conter estava, claramente, se esvaindo.

— Jake, pode largar o celular por um segundo para vir aqui abrir seu presente? — minha mãe gritou do outro lado da sala.

Soltei o celular.

— Agora tenho doze anos, mãe?

Na verdade, com toda essa troca de mensagens, eu meio que me sentia adolescente de novo, da melhor forma. Nina tinha o dom de me fazer esquecer de todos os meus problemas de adulto. Cada momento passado com ela, mesmo que não estivéssemos fisicamente juntos, me deixava empolgado.

Me ergui do chão e amassei as pilhas de embrulhos de papel para me juntar à minha mãe no sofá. Ela me entregou uma caixinha.

— Deixe-me adivinhar... abotoaduras? — brinquei enquanto rasgava o embrulho.

Meu sorriso diminuiu, e congelei, encarando, maravilhado, a plaquinha de aço inoxidável em um colar. Era pesada, masculina, e a palavra gravada na frente me fez arrepiar de cima a baixo: *Nômades*. Era o nome do clube de motoqueiro local ao qual meu pai pertencia em Illinois. Virei a plaquinha e minhas iniciais estavam gravadas do outro lado: *J.A.G.*

Minha voz baixou para um sussurro:

— Mãe... isto é...

Ela assentiu com uma intensidade assombrosa nos olhos.

— Era dele. Ele estava usando na noite em que morreu.

De repente, o metal parecia pesar mais em minhas mãos. Meus dedos pinicavam como se a peça tivesse criado vida com essa revelação, como se fosse uma parte verdadeira do meu pai. Ele costumava usar isso. Eu tinha presumido que tinha sumido para sempre, exatamente como ele. Encarando o objeto, admirado, passei meu polegar pela placa lisa.

— Você acabou de encontrar isto?

— Esteve comigo todos esses anos, sempre soube que te daria um dia. Ele iria querer que ficasse com você. Já tinha gravado suas iniciais atrás quando usava. Não fui eu que fiz isso. Foi ele.

Meus olhos começaram a se encher de água.

— Você guardou todo esse tempo? Por que me dar agora?

— Eu estava esperando um momento especial, talvez seu aniversário de trinta anos, mas a verdade é que você simplesmente me deixou tão orgulhosa nos últimos anos, vendo tudo pelo que passou, como lidou com o que a vida jogou em você. E eu não quis mais esperar.

Com orgulho, eu o passei pela cabeça e coloquei no pescoço. Pressionando minha mão no peito, eu disse:

— Obrigado. Você não faz ideia do quanto eu precisava disso neste momento.

Abracei minha mãe com força.

Max me deu tapinhas nas costas.

— Faça bom uso, filho.

Eu não tinha me aberto com ninguém da família sobre Nina. O *timing* disso me fez sentir que, em algum lugar, meu pai sabia que minha vida estava uma confusão, e que eu precisava disso e, em troca, precisava dele. Independente de isso ser infundado ou não, usar o colar me daria a força de que muito precisava.

Minha atenção se voltou para minha irmã, que estava abrindo um de seus presentes de Cedric. Era uma pulseira de prata com vários pingentes. Ele disse que selecionou com cuidado os que representavam coisas especiais para eles: um símbolo do signo de gêmeos, uma nota de dólar, uma borboleta e muitos outros. Allison não parava de elogiar o presente, e isso me fez pensar se Nina gostaria de algo assim.

Quando minha irmã descartou a caixa, discretamente, eu a peguei e memorizei o site onde poderia comprar e customizá-la. Por mais que uma pulseira pudesse parecer pessoal demais para um presente para alguém que não era, oficialmente, minha namorada, eu ainda tinha vontade de comprar uma para ela, mesmo que tivesse que esperar um pouco ou, pior, que nunca tivesse a oportunidade de lhe dar.

Minhas sobrinhas estavam ocupadas com seus novos brinquedos no andar de cima, e o resto da família tinha ido para a sala de jantar para comer a torta de pecã com chocolate de Allison. Aproveitei a oportunidade para entrar no escritório e liguei o notebook de Cedric, abrindo o site da loja da pulseira. Dava para simular os pingentes que você quisesse na pulseira prateada virtual para ter uma imagem de como ficaria o produto finalizado. Eu tinha escolhido vários pingentes que me lembravam dela: um avião, um par de dados, um morceguinho. Mas essa era realmente a coisa mais idiota que eu já tinha feito em todos os meus quase vinte e cinco anos. O som da tosse profunda intencional de Cedric me fez pular na cadeira giratória.

— Ora, ora, ora. O que temos aqui?

Merda.

Não falei nada conforme ele se inclinou acima do meu ombro, com seu perfume forte. Queria fechar a tela, mas, caramba, isso teria feito com que eu perdesse todo o trabalho que fizera até então.

Patético.

— Fui convocado a investigar se nossas suspeitas estavam corretas, mas você facilitou demais meu trabalho, irmão.

— Convocado por quem?

— Suas queridas irmã e mãe. Elas estão convencidas de que há uma garota na jogada por causa de como você está agindo. Agora, claramente, a menos que tenha começado a gostar de usar joia feminina, isso prova que estavam certas.

Ter Cedric por perto era como ter um irmão mais velho. Com meu pai falecido, eu era muito grato por minha irmã ter se casado com um cara legal e não me importava em me abrir para ele. Respirei fundo, revirei os olhos e cedi.

— Estou muito ferrado, cara.

— Nome?

— Nina?

— Gostosa?

— Demais.

— Peitos bonitos?

— Lendários.

— Bunda?

— Além da conta...

— Foto?

Peguei meu celular e desci para a única selfie que tirei de nós durante nossa viagem a Chicago.

— Esta é ela.

— Ela é bonita. — Ele se apoiou na mesa e cruzou os braços. — Mas é muito mais do que isso, não é?

— Como sabe?

— Observar você esta noite me fez pensar em mim mesmo quando estava doente de amor em certo Natal. Foi o que passei logo depois de ter conhecido Allison. Você me fez lembrar de como eu estava naquele ano, o jeito que estava sentado perto da lareira sozinho com seus pensamentos, verificando o celular constantemente, sorrindo para si mesmo como um louco. Você fica tão envolvido em uma névoa do amor que não percebe que todo mundo à sua volta consegue te enxergar claro como o dia.

— Droga.

— É. — Ele deu risada.

Meu tom ficou sério.

— Esta garota... ela me faz sentir vivo. Não quero perder esta sensação. Estou aterrorizado.

Ele percebeu o que eu queria dizer.

— Ela ainda não sabe sobre Ivy...

— Não. Vou contar depois do Ano-Novo.

Cedric assentiu, compreendendo.

— Você sabe que eu estava escondendo um segredo muito grande quando conheci sua irmã.

— Isso é um eufemismo.

— Bem... é. Mas o que nossa história prova é que o amor pode sustentar umas merdas zoadas. Acha que o que está sentindo é amor?

— Não rotulei o que estou sentindo. Não é uma coisa que já senti na vida. Como você *sabe* exatamente?

— Como sabe que é amor?

— Sim.

— É um sentimento primitivo mais do que qualquer coisa. Mas há algumas coisas que podem te ajudar a determinar se é real. Por exemplo, como se sente quando ela não está por perto?

— Perdido. Doente. Perturbado. Como se não conseguisse respirar.

— Há outra pessoa no mundo com quem preferiria estar a qualquer momento?

— Não. Nenhuma.

Ele esfregou a barba por fazer no queixo.

— Oh. Aqui está uma boa. Pensar em perdê-la te assusta pra caralho?

— Muito.

— É. Você está fodido.

— Valeu.

— Definitivamente, parece amor.

— Essa última questão realmente coloca isso em perspectiva. Vou ter que me lembrar dessa.

Perdê-la me assustava *mesmo*.

Esse foi o momento que caiu minha ficha.

Eu a amava.

Estava apaixonado por Nina e não poderia perdê-la.

De alguma forma, tinha a sensação de que ela se sentia assim quanto a mim. O medo nos olhos dela ficou evidente quando me implorou para me abrir em relação ao que eu estava escondendo. Me perder, definitivamente, a assustava. Também poderia significar que me amava.

— Você tem uns obstáculos para ultrapassar, mas tudo vai ficar bem se for para ser — ele disse.

— Obrigado pela conversa.

Cedric deu um tapa nas minhas costas.

— Vou deixar você voltar a ser esse tolo montador de pulseira.

— Falou o montador de pulseira que foi quem me deu a ideia.

Ele deu risada ao sair de costas do escritório.

— Venha comer torta com a gente quando terminar, idiota.

— Pode deixar, cara.

Entre perceber que eu realmente estava apaixonado pela primeira vez na vida e o fato de que ainda estava me recuperando do presente da minha mãe, meus sentimentos estavam bagunçados. Subi para o quarto para dormir. Definitivamente, iria sempre me lembrar desse Natal.

Segurando o metal do colar do meu pai, olhei pela janela para espairecer. A lua estava quase cheia e tão brilhante que iluminava o quarto apagado. A voz do meu pai estava clara como o dia em minha mente. *Até a lua... te amo até a lua.* Era o que ele costumava dizer antes de me colocar na cama à noite quando eu era criança. Tinha contado a Nina essa história durante nossa longa conversa na lanchonete em Chicago, apesar de nunca ter compartilhado isso com ninguém.

Quando era mais jovem, sempre me fascinou o fato de poder estar do outro lado do mundo de alguém e ainda olhar para cima e ver a mesma lua.

Queria que ela compartilhasse esse momento comigo, que visse o quanto a lua estava espetacular. Peguei meu celular.

Viu a lua hoje?

Esperei uma resposta. Talvez ela tivesse ido dormir cedo, ainda se recuperando da nossa festa de Natal na quinta à noite.

Então, chegou.

Nina: Nunca pensei em olhar para a lua na véspera de Natal, mas estou feliz que o fiz. Você sempre tem um jeito de abrir meus olhos para as coisas.

De repente, aqueles olhos enormes azuis dela eram tudo que eu conseguia ver, olhos que eu nunca queria que ficassem escuros de novo, olhos que eu sabia que seriam preenchidos com tristeza e confusão assim que eu desse minha notícia a ela.

Eu teria dado qualquer coisa para tê-la comigo, para fazer amor com ela a noite toda naquela cama com a luz da lua brilhando na gente.

Jake: Não tem mais nada que eu preferisse olhar agora, na verdade.

Nina: A lua está linda.

Jake: Eu estava falando dos seus olhos.

Continuei digitando.

Jake: São os olhos mais lindos que eu já vi. Me perco neles às vezes. Eles me confortam de uma maneira que nada mais consegue.

Nina: Também amo seus olhos.

Eu amo... você.

Meu coração estava batendo descontrolado quando digitei as palavras:

E-u a-m-o v-o-c-ê.

Porra.

Não.

Apaguei imediatamente.

Não podia enviar isso.

Ainda não.

Jake: Sei que estou te confundindo. Me desculpe. Precisamos conversar quando você voltar pra casa.

Pronto. Agora que eu tinha falado, não havia como voltar atrás.

Nina: Também acho que precisamos conversar.

Fechei os olhos e desliguei meu celular, me sentindo enjoado e agitado para outra noite sem dormir.

De volta ao Brooklyn, o vazio causado pela ausência de Nina estava mais profundo do que estivera em Boston. No entanto, acabei não enviando mais mensagens para ela no domingo de Natal, porque senti que precisava esfriar.

Tinha quase dito para ela que a amava.

Isso teria sido um grande erro por inúmeros motivos. Primeiro, teria sido irresponsável confessar tal coisa antes de termos nossa conversa. Segundo, contar a alguém que você ama a pessoa pela primeira vez via mensagem de texto teria sido burrice. Então, alguns dias para espairecer eram, definitivamente, necessários.

Apesar de ele ter levado Nina para o norte do estado, Ryan só tinha ficado o fim de semana do Natal fora e havia voltado ao nosso apartamento na segunda. Nina estava planejando pegar um ônibus para voltar à cidade no fim das duas semanas. Tarah estivera usando toda oportunidade para fazer eu e Ryan conversarmos. Quando ela me convidou para jantar com eles no restaurante na terça à noite, acabei indo só para irritá-lo e cheguei à conclusão de que era muito mais divertido matá-lo com gentileza, porque isso o irritava demais.

Nina e eu trocávamos mensagens, mas concentrei meu tempo, principalmente, em trabalhar em um desenho que seria seu presente tardio de Natal. A imagem veio de uma ideia que surgiu na minha cabeça baseado em algo que ela disse durante nossa viagem a Chicago. Estava finalizada e emoldurada no meio da semana, depois foi enviada para a casa dos seus pais.

Quando meu celular tocou na sexta à tarde enquanto eu estava me preparando para ir embora do trabalho, tive a sensação de que era ela. Tendo somente trocado mensagens enquanto separados, raramente conversávamos no celular, mas algo simplesmente me disse que ela me ligaria quando recebesse minha encomenda.

Atendi.

— Oi.

— Jake...

Fechei os olhos ao som da sua voz doce. Não a tinha ouvido desde que ela partira, e isso reacendeu o desejo físico que eu tinha conseguido deixar de lado naquela semana.

— Nina...

Imediatamente, entrei em uma sala de reunião vazia e fechei a porta.

— Ah, meu Deus. Seu presente chegou — ela disse, fungando.

— Está chorando?

— Sim.

— Oh, nossa, não quis te fazer chorar.

— Tudo bem. Está tudo bem. — Ela pigarreou. — Quando? Quando você fez isso? *Como* fez isso?

— Usei a foto dele no seu quarto. Esperei até você viajar para começar, assim não perceberia que tinha sumido.

O desenho era do irmão de Nina, Jimmy, e da minha irmã, Amanda. Na imagem, Amanda está sussurrando algo no ouvido de Jimmy enquanto ele ri com um sorriso radiante. Foi baseado no comentário de Nina em que ela se perguntou se eles estavam conspirando no paraíso para nos unir. No caso de ela não reconhecer a semelhança, legendei: *Conspiradores do Paraíso (Jimmy e Amanda)*. Mas eu tinha bastante confiança de que minha interpretação de ambos foi exata. Os olhos de Jimmy ficaram particularmente realistas. Enviar isso foi um risco que eu esperava que não tivesse resultado negativo. Era um presente extremamente pessoal, não apenas para ela, mas para mim.

— Não consigo te agradecer o suficiente por isto. Palavras nunca conseguirão explicar como isto é precioso para mim. Eu... amo... — ela hesitou.

Meu coração estava acelerado. Ela ia falar que amava o desenho... ou que me amava?

— Eu sei. Eu sei — eu disse, sem querer que ela dissesse aquelas palavras porque iriam me desfazer totalmente.

— O que fiz para merecer isto? — ela perguntou.

— Só o fato de você fazer essa pergunta é a essência de por que eu... — Agora era eu que estava hesitando. *Por que o quê?* Terminei a frase. — Por que eu te adoro. — Pareceu uma palavra mais segura do que *amor*, menos provável de danos irreparáveis se as coisas não dessem certo. E era a pura verdade. *Eu a adorava.*

— Também te adoro. Não apenas por isto, mas porque você me trouxe de volta à vida. Obrigada.

Muito tempo depois de desligarmos, aquelas palavras agridoces não paravam de se repetir na minha mente até chegar em Boston.

Se a primeira parte da pausa do feriado representou a compreensão da profundidade dos meus sentimentos por Nina, a segunda parte marcou o desenrolar do meu controle sexual.

Era sábado à noite, véspera de Ano-Novo. Como sempre, eu tinha passado o dia com Ivy antes de voltar para a casa de Allison.

A tradição da minha família na véspera de Ano-Novo era devorar comida chinesa. Todo ano, Cedric chegava em casa com duas caixas enormes, reclamando do quanto precisou esperar pela comida. A associação entre comida chinesa e véspera de Ano-Novo sempre me deixou perplexo, mas parecia que todo mundo de Boston tinha a mesma ideia. Naquele ano não foi diferente.

Minhas sobrinhas estavam implorando para ficar acordadas até meia-noite e, como sempre, minha irmã cedeu. Cedric e eu havíamos acabado de terminar um jogo de cartas enquanto minha mãe e Allison assistiam às festividades da Times Square na televisão.

Os biscoitos da sorte que sobraram do jantar estavam jogados na mesa. Um em particular parecia estar me chamando. Me lembrei do que Nina me falou durante nossa noite no karaokê chinês. *Pegue o que está na sua frente.*

Abrindo-o, dei risada porque o biscoito falou alto sobre meus sentimentos por ela: *É mais fácil resistir no começo do que no fim.* E não é que é verdade?

Embora desse para aplicar essa mensagem praticamente a qualquer coisa, para mim, era relacionada à intensidade da frustração sexual que eu estava vivendo no momento. E a única mulher que eu queria estava a centenas de quilômetros de distância.

Conforme encarava o fogo e fantasiava sobre ela, meu celular tocou com as palavras que ditaram o tom do resto da noite.

Queria que você estivesse aqui.

Minha boca aguou conforme meu coração acelerou. Digitei:

Jake: Estava pensando a mesma coisa sobre você agora.

Nina: É para eu sair esta noite, mas não estou a fim.

Jake: Por que não?

Nina: Primeiro, vou congelar minha bunda.

Jake: Isso não seria bom. Sentiria muita falta da sua bunda.

Nina: Rs.

Jake: Aonde você vai?

Nina: Umas amigas do ensino médio descobriram que eu estava na cidade, entraram em contato comigo no Facebook e me convidaram para uma festa. Estou toda arrumada, mas não tenho certeza se vou.

Jake: Me mostre como você está.

Nina: Ok, espere.

Minha pulsação acelerou enquanto eu segurava o celular e esperava conforme meu pau ficou atento. Eu estava tão necessitado que só de esperar uma foto dela já tinha me dado uma ereção? Estava simplesmente muito desesperado para vê-la de novo.

A situação na minha calça não ficou melhor quando a imagem surgiu. Nina havia tirado uma selfie no espelho. Estava com um vestido justo verde-esmeralda. Não era decotado, mas qualquer coisa justa ficava indecente em sua comissão de frente generosa. Seu cabelo estava para trás, destacando o azul-claro dos seus olhos, que brilhavam na luz do banheiro. Sua expressão refletia uma timidez como se ela estivesse relutando a tirar a foto. Só fiquei olhando. *Para ela.* Pressionei a foto e a salvei no meu aparelho. Meu celular vibrou.

Nina: Nenhum comentário?

Jake: Ainda estou olhando.

Nina: Oh.

Jake: Você está incrível.

Nina: Obrigada.

Jake: Quase queria não ter pedido para ver.

Nina: O que vai fazer esta noite?

Ela mudou de assunto, me fazendo questionar se eu a deixara desconfortável.

Jake: Ficar em casa. Minha família comeu comida chinesa. Vou ficar acordado para a virada, depois vou dormir.

Nina: Não vai sair? Com ninguém?

Jake: Não.

O terror se instalou conforme encarei sua pergunta de novo, percebendo que, provavelmente, ela não estivesse se referindo apenas àquela noite. O que ela queria saber era se havia outra mulher na minha vida. Após todo esse tempo, eu nunca tinha deixado bem claro para ela de um jeito ou de outro. Claro que *havia* outra pessoa, mas não do jeito que ela poderia ter pensado.

Nina: O que você tem para me dizer envolve outra pessoa?

Eu estava morrendo de medo.

A comida chinesa pareceu uma ideia muito ruim quando a náusea, de repente, me consumiu. Recusando-me a contar sobre Ivy pelo celular, congelei, sem saber como responder. Essa conversa precisava ser feita com delicadeza e pessoalmente para que eu conseguisse olhá-la nos olhos e assegurar a ela das minhas intenções.

Digitei.

Jake: Não do jeito que você pode pensar.

Fechei os olhos, muito decepcionado comigo mesmo por permitir que essa situação continuasse pelo tempo que aconteceu.

O celular vibrou.

Nina: Você tem filho?

Minha resposta foi imediata.

Jake: Não.

Porra.

Porra.

Porra.

As engrenagens estavam, claramente, virando, provavelmente por meses conforme ela brincava de detetive particular em sua mente enquanto tentava descobrir minha história. Minha pulsação acelerou quando levei o celular para o andar de cima, fechando a porta para ter privacidade, depois trancando-a.

Liguei para ela.

Tocou uma vez antes de ela atender.

— Alô? — Sua voz estava sonolenta. Parecia que ela estava congestionada.

— Está chorando? — perguntei.

— Não.

Meu tom foi firme.

— Não minta para mim.

— Sim — ela disse, baixinho.

— Me escute, Nina. Precisamos, *sim*, conversar, mas é algo que eu estava esperando conversar com você pessoalmente. Isso é tudo culpa minha por ter medo de me abrir com você por tanto tempo. Mas o que não pode esperar mais um segundo é o seguinte: você precisa saber que é a única pessoa neste mundo que tem meu coração, e nada que eu tenha para te contar vai mudar isso.

Era como se o que eu tivesse acabado de dizer tivesse entrado por um ouvido e saído pelo outro quando ela perguntou:

— Tem alguém doente ou morrendo?

— Não... não, nada disso. É uma situação complexa, e não sei como você vai enxergar. Se insiste que eu te conte esta noite, vamos ter essa conversa agora, mas eu gostaria muito que fosse cara a cara quando você voltar para casa na semana que vem.

— Desculpe, Jake. Eu só... é que tem sido muito difícil. Minha imaginação tem ido a muitos lugares por um bom tempo. Tenho medo de perder você.

Ela estava com medo. Me lembrei das palavras de Cedric e entendi seu medo como um sinal de que ela realmente me amava.

Também amo você. Simplesmente ainda não consigo dizer.

— Não tenha medo. Você não vai me perder. Sempre serei seu amigo e mais se você quiser. Por favor, acredite que, enquanto quiser que eu esteja por perto, eu estarei.

Ela fungou.

— Certo, vou confiar em você com isso, e tem razão. É melhor não conversarmos nada importante pelo telefone.

— Obrigado. Fico feliz que concorde.

— Eu iria para casa cedo, mas minha mãe planejou um serviço de memorial para Jimmy na igreja na noite de sexta-feira antes de eu ir embora.

— É só mais uma semana. Vai passar voando.

Encarei o teto e ouvi os sons baixos do lado de fora da minha janela embaçada. Turistas de férias deviam estar entrando e saindo do bonde que passava pela Beacon Street. Muitos, provavelmente, estavam indo para a comemoração da Primeira Noite no centro.

Nina e eu permanecemos em silêncio até eu ser o primeiro a falar de novo.

— Desculpe se arruinei sua noite.

— Minha noite não está arruinada, mas, definitivamente, não estou mais no clima de sair.

— Que bom. Não saia. Fique no telefone comigo. Minha família está lá embaixo, mas, apesar disso, estava me sentindo muito solitário esta noite por algum motivo... até agora. Você é a única pessoa com quem quero começar o novo ano.

— Gostaria disso.

— Você falou que não está no clima de sair. Está no clima *de quê*? Me conte.

— Estou no clima de quê? Está tentando fazer sexo pelo telefone comigo ou algo assim?

— Não estava. — Dei risada. — Mas, se estivesse, você ter questionado agora mesmo teria destruído isso.

— Desculpe.

— Não precisa se desculpar, porque eu não estava *tentando* fazer sexo pelo telefone.

— Certo.

— Aliás, se mudar de ideia e decidir que prefere sair, é só falar. Não te culparia. Está toda arrumada nesse vestidinho lindo sem nenhum lugar para ir agora.

— Não é verdade.

— Ainda está pensando em sair?

— Não... Quero dizer, não estou mais de vestido.

Uma dor massiva surgiu na minha virilha ao ouvir isso.

— Não está?

— Não.

— Você tirou?

— Sim, estava desconfortável.

Minha próxima pergunta soou quase urgente.

— O que está vestindo?

— Estou de sutiã e calcinha debaixo das cobertas.

Tive que recuperar a respiração.

— Nina?

— Sim?

— *Você* está tentando transar pelo telefone *comigo*?

— Você acabou de me perguntar o que eu estava vestindo. Essa não é a primeira frase universal do sexo por telefone? Ainda acredito que *você* estava tentando fazer sexo *comigo.*

— Bem, eu não tinha pensado nisso até você me contar que estava praticamente nua. Há um limite que um homem consegue aguentar.

— Mas você, normalmente, exercita uma quantidade frustrante de contenção.

— Acha que eu *queria* me conter?

— Não. Essa é a questão. Você me olha como se quisesse me devorar, mas age totalmente o oposto, como se estivesse com medo de me quebrar ou algo assim. Sou mais forte do que pensa.

— Parcialmente, tem razão. Você se tornou minha melhor amiga. Sou muito protetor. Sabe disso. Tenho sido gentil com você. Mas esse é apenas um lado meu.

— E o outro lado?

— Você ainda não viu.

— Quero conhecer esse seu lado também. Fico imaginando mesmo como é.

Estava excitado pra caralho e não tive força de vontade para resistir para onde isso estava indo. Eu só a queria. Ponto final. Mais fraco a cada segundo, as repercussões de deixar fluir não importavam mais para mim ou, pelo menos, não no momento.

— Posso te garantir que não há nada gentil no jeito que quero te foder. Era isso que estava se perguntando? Mal encostei em você porque, quando começar, não vou conseguir parar, e você não vai querer que eu pare.

— Me diga o que quer fazer comigo.

— Quer mesmo que eu faça isso?

— Sim.

Você que pediu.

— Há uma diferença entre transar e foder. Você nunca gozou. Nunca gritou de prazer porque foi tão incrível que pensou que estivesse enlouquecendo. Nunca foi fodida, Nina. Quero te mostrar como é isso de toda forma. Quero foder sua boceta, sua bunda, sua boca e te fazer sentir tão insanamente bem que você vai me implorar para continuar te preenchendo. E, no fim, se eu não tiver te destruído para todos os outros, não terei feito meu trabalho.

Aquelas palavras nunca poderiam ser retiradas, mas foi bom pra caralho dizê-las.

Agora ficou claro que tínhamos, oficialmente, nos aventurado em território desconhecido.

Ela suspirou de forma trêmula.

— Uau... certo.

— Foi direto o suficiente para você?

— Sim. Na verdade, me lembrou do que falou para mim no seu quarto naquela noite. Repassei bastante isso na minha cabeça. Mas você foi, definitivamente, mais específico agora.

— Bem, estou cansado de esconder. E muita coisa mudou desde então em relação à minha força de vontade e, com isso, quero dizer que não tenho mais muita sobrando. Sabe o que meu biscoito da sorte disse esta noite? Disse "É mais fácil resistir no começo do que no fim". Posso te garantir que, se você estivesse aqui agora, eu não estaria me contendo. Independente se é certo ou não, eu cansei. — Minha voz baixou para um sussurro. — Preciso de você.

Meu corpo tremeu ao som da sua voz baixa no meu ouvido.

— Você quer me ver?

— Quer dizer ir aí? Ir te ver? Na verdade, pensei nisso.

— Não. Quero dizer... meu corpo.

Aonde ela queria chegar com isso?

Meu pau se mexeu.

— Vai me mostrar seu corpo?

— Você tira bastante minha roupa com os olhos. Adoro quando faz isso. Mas quer ver como realmente sou?

Puta merda.

Havia uma única resposta sã para isso.

— Claro que sim.

Então, tudo ficou quieto, exceto pelo fato de que conseguia ouvir meu coração batendo. Dava para ouvir panos se esfregando no fundo. O que ela estava fazendo? Estava tirando tudo?

A espera estava me matando. Passando as mãos no cabelo por frustração, eu não fazia ideia do que exatamente ela me enviaria, se seria um vídeo ou uma foto. Minha temperatura corporal estava subindo a cada segundo, então tirei a camisa e a joguei do outro lado do quarto. Meu pau estava tão duro que parecia que estava queimando um buraco na minha calça, que também acabei tirando. Minhas pernas se enrijeceram conforme me estiquei debaixo das cobertas e tentei relaxar a respiração. Rezei para que ninguém da minha família batesse à porta e arruinasse isso para mim. Só de pensar em vê-la nua estava me deixando louco. Uma empolgação fora de controle me percorria como um adolescente assistindo à introdução do seu primeiro pornô. Aquela noite estava, definitivamente, se tornando uma surpresa inesperada.

E eu estava dentro.

— Certo... — ela disse depois de voltar ao telefone. — Tirei uma foto com minha webcam. Vou te mandar por e-mail, ok?

— Sim — respondi.

Mais espera.

— Nunca fiz nada desse tipo. Acabei de enviar. Agora estou nervosa.

— Não fique. Não preciso olhar se você não quiser.

Foda-se. Um alerta de morte iminente por abrir o arquivo não teria sido capaz de me impedir de clicar naquela foto.

— Não consigo acreditar que acabei de te enviar.

Quando minha notificação de e-mail soou, engoli em seco de ansiedade, abri meu notebook e cliquei na mensagem. Demorou muitos minutos para o anexo abrir, e meu rosto estava queimando a cada segundo que passava.

Quando a foto finalmente carregou, tudo parou quando absorvi a visão diante de mim. Na foto, Nina estava sentada em sua cama, levemente inclinada para o lado com os joelhos flexionados. Seu rosto também estava de lado conforme seu cabelo caía no seio esquerdo. O seio direito estava totalmente exposto, exibindo um mamilo grande e achatado que tinha um tom lindo de rosa-claro. Seus seios eram ainda maiores do que imaginei. A saliva inundou minha boca pelo desejo de chupá-los. Embora ela não estivesse usando calcinha, não dava para ver sua boceta, só a lateral da bunda. Era uma pose clássica que me lembrava de algo que eu teria desenhado. Nossa, ela era linda.

— Você não vai falar nada?

Expressar com palavras o que a foto me fazia sentir parecia impossível. Minha voz estava tensa.

— Você é extraordinária.

— Era o que você esperava?

Não conseguia tirar os olhos dela.

— Muito mais.

Não somente eu estava extremamente excitado pelo que a foto claramente mostrava, mas também pela provocação cruel do que não mostrava.

— Vai me enviar uma foto sua? — ela perguntou.

Meu pau estava tão duro que minha cueca mal conseguia me conter.

— Se eu te enviar uma, vai saber o que acabou de fazer comigo.

— Quero te ver — ela sussurrou.

— Ok — sussurrei ainda mais baixo.

Posicionando a câmera acima do meu corpo, prendi a respiração conforme me deitei. A cueca cinza era minha única roupa, mas ela ficou. Eu não queria chocá-la de uma vez. Ainda dava para ver a ereção total do meu pau, que estava descansando na minha coxa através do tecido. Meu abdome estava definido, e fiquei satisfeito com a foto.

— Acabei de enviar.

Com o coração acelerado, continuei encarando a foto dela enquanto esperava que ela abrisse a minha.

Então ela disse:

— Uau. Você está tão...

— Duro.

— Sim. Mas eu ia dizer maravilhoso. Você é lindo.

— Obrigado.

— Seu corpo é incrível, Jake. Sempre achei isso. E essa tatuagem na sua lateral... ela... faz coisas comigo.

Aquelas palavras. A foto dela. Eu não conseguia mais aguentar.

Entre dentes cerrados, eu disse:

— Estou com um problema.

— Qual?

— Não consigo parar de olhar para você. Quero te tocar. Isto é tortura.

— O que fazemos agora?

Soltei uma risada curta.

— Quer dizer, agora que brincamos de "me mostra o seu, que te mostro o meu"?

— É.

— Já pensou em mim quando se toca? — perguntei.

— O tempo todo.

— É *só* em você que penso quando bato uma, Nina.

— Aonde quer chegar?

— Nossas opções são limitadas, mas sei o que *realmente* quero.

— Me conte.

Era uma das muitas situações que tinham sido minhas fantasias.

— Quero que se toque enquanto eu escuto. Quero ouvir os sons que faz enquanto está pensando em mim até gozar.

Suas respirações curtas aceleraram.

— Só se você fizer comigo.

— Com certeza vou me juntar a você. Podemos gozar juntos. Você quer?

— Sim.

Não hesitei. *Eu precisava disso.*

— Deite-se. Não deixe sua mente ir para outro lugar além da minha voz.

Parecia que ela estava ficando confortável na cama.

— Adoro sua voz, aliás, sempre adorei. É tão grave e rouca. Sexy.

— Fico feliz que se sinta assim porque é tudo que vou usar para te fazer gozar. Mas não vou falar muito, porque quero ouvir você respirar e ouvir os sons que vai fazer.

— Minhas pernas estão tremendo. Caramba, Jake. O que está fazendo comigo?

— Está se tocando?

— Sim.

Segurei meu pau.

— Que bom. Eu também. Se meu pau está tão duro e molhado só de olhar para sua foto, não consigo imaginar como seria dentro de você.

Sua respiração ficou irregular. A minha ficou ainda pior. Estava começando a perder a capacidade de falar conforme minha mão deslizava para cima e para baixo ao longo da ereção ao som do choramingo dela. Estávamos permitindo nos perder totalmente um no outro. Prazer intenso motivado pelo desejo que a distância entre nós causou se transformou em algo que eu nunca tinha vivido.

A imagem vívida em minha mente de suas pernas bem abertas enquanto ela massageava o clitóris úmido com os dedos estava me deixando louco, enquanto eu bombeava meu pau úmido.

Os suspiros de prazer dela estavam me aproximando do ápice a cada segundo. Mas, principalmente, o fato de saber que ela estava pensando em mim, me querendo dentro dela enquanto o fazia me deixou maluco.

Quando sua respiração, de repente, tornou-se irregular, eu soube.

— Você vai gozar...

— Sim. Simmm.

Dolorosamente excitado, eu estivera com dificuldade de conter meu orgasmo de explodir. Então, quando ela me disse que estava gozando, acelerei e, dentro de segundos, o gozo quente espirrou na minha barriga, meu alívio tão intenso que eu estava, praticamente, enxergando estrelas.

Parecia que nós dois tínhamos corrido uma maratona conforme respirávamos juntos.

Os sons baixos de vibração e buzinas vindo lá de baixo me tiraram da névoa. Esse *timing* me assustou brevemente até eu perceber que os gritos não eram para mim. Olhei para o relógio e fez total sentido.

— É meia-noite — Nina disse.

— Feliz Ano Novo.

— Feliz Ano Novo. Essa foi a coisa mais louca que já fiz — ela disse, soando desesperada.

— É... não foi um beijo de Ano-Novo, mas foi bem incrível.

— Se esse início for qualquer indicação de como será o resto, vai ser um ótimo ano.

As palavras dela me assombraram conforme saí da euforia do nosso primeiro encontro sexual. Meu coração começou a doer de repente. Aquele ano tinha o potencial de ser o melhor ou o pior da minha vida, dependendo de como fossem as coisas. Eu descobriria mais rápido do que estava preparado para qual caminho iria. Não demoraria muito para tudo desmoronar.

Capítulo 17

Passado

A semana seguinte de trabalho passou voando e, quando vi, estava sentado no trem para Boston pela última vez antes de ver Nina de novo. Ela chegaria no Brooklyn em algum momento do fim de semana enquanto eu estivesse fora. Tínhamos planos de sair na segunda à noite, e era quando teríamos a conversa.

Fiquei nervoso o caminho inteiro. Nunca quisera ficar tanto em Nova York do que naquele fim de semana, mas, aparentemente, Ivy teve uma semana ruim e com Nina possivelmente em casa somente no domingo, não fazia sentido eu ficar. Me obriguei a viajar. Mas estava tão ansioso para acabar logo com a conversa que desejei poder ter simplesmente esperado no apartamento para quando ela chegasse.

No trem, os sons à minha volta pareciam amplificar conforme minha cabeça girava. Meus sentimentos se alternavam entre empolgação, terror, excitação e náusea.

Eu tinha acabado de chegar na South Station quando meu celular apitou assim que saí do trem. Era uma mensagem de Tarah.

O aniversário de Nina é no domingo. Apesar de ela não ter contado a ninguém, Ryan acabou de lembrar. Vamos fazer uma festa surpresa no Eleni's. Acho que seria legal se você aparecesse. Às sete da noite. Me avise.

Eu não tinha me mexido na plataforma lotada de Amtrak desde que a mensagem chegara. Um monte de pessoas passou por mim enquanto meus olhos ficaram grudados em uma palavra: domingo.

Domingo.

Domingo era oito de janeiro.

Meu aniversário.

Aniversário dela.

Fazíamos aniversário no mesmo dia?

Isso era louco pra caramba. Ela era dois anos mais nova do que eu, então faria vinte e três. Minha reação rapidamente mudou de maravilhado a decepcionado por Ryan saber o aniversário dela, e eu não. Ela nunca mencionou isso para mim. Percebi que, provavelmente, tinha a ver com a culpa por Jimmy. Eu entendia bem demais a sensação de não querer comemorar um aniversário quando se perdeu um irmão que nunca teria o mesmo privilégio de completar mais um ano. Nunca contara a ela o meu porque não ligava para aniversário. O dia oito de janeiro era, historicamente, como qualquer outro para mim. Não mais. Agora, sempre seria aniversário de Nina. Se, por algum motivo, não estivéssemos juntos, eu sabia que ainda só pensaria em Nina no meu aniversário pelo resto da vida.

Apesar de, normalmente, sair de Boston tarde aos domingos, não ia perder a festa de Nina por nada. Teria que pegar um trem às três da tarde para chegar lá a tempo.

Essa situação agora mudaria algumas coisas. Minha família tinha uma reuniãozinha planejada para mim na casa de Allison, já que esse meu aniversário era de vinte e cinco anos. Agora eles precisariam adiar. E meu plano original foi ter a conversa de Ivy com Nina da próxima vez que nos víssemos. Mas não havia como eu destruir seu aniversário. Nosso aniversário.

Agora que eu a veria antes do planejado, o tempo extra que passaríamos juntos na noite de domingo antes da conversa significaria ter que exercitar bastante autocontrole. A dinâmica sexual do nosso relacionamento tinha mudado desde a véspera de Ano-Novo, mas ainda jurei não a tocar até ela saber de tudo. Apesar de termos feito aquele incrível sexo pelo telefone, era difícil acreditar que ainda nem tínhamos nos beijado.

Respondi a mensagem de Tarah.

Jake: Estarei lá.

Tarah: Ótimo! Vai significar muito para ela.

A pulseira que eu encomendara na véspera de Natal chegou no apartamento no dia anterior. O plano era dar a ela se as coisas dessem certo entre nós. Agora eu sabia que queria lhe dar no domingo, no seu aniversário.

O ar frio quase me sufocou quando corri pela Lincoln Street. Perdi o trem das duas e meia, e isso significava chegar ao apartamento uma hora mais tarde do que o planejado. Já que Nina não sabia que eu estava indo, não me incomodei em enviar mensagem para ninguém.

Conforme passei pela entrada do restaurante, minha pulsação acelerou porque eu sabia que ela estava lá dentro. Precisava tomar banho e me vestir, então ainda não poderia ir à festa. Eram quase oito da noite quando, enfim, desci.

Praticamente voei pela porta do apartamento e tomei o banho mais rápido da minha vida. Depois de pentear meu cabelo úmido para trás, vesti uma calça jeans e uma camisa azul-marinho de botão, arregaçando as mangas. Após passar perfume e dar uma rápida olhada no espelho, tive que admitir que eu estava muito bonito, considerando o tempo que demorei para me vestir.

Antes de descer, parei no corredor do lado de fora do quarto vazio de Nina, e entrei. Sentando-me em sua cama, respirei fundo para me acalmar, mas teve o efeito contrário porque o ar estava cheio do seu cheiro de baunilha, e isso só fez meu corpo reagir quando eu deveria ter tentado acalmar meu pau. Tinha parado de fumar semanas antes. Do contrário, esse momento teria sido oportuno para um cigarro. Meus olhos pousaram em seus sutiãs de renda que tinham caído no chão, e meu corpo vibrou de novo com um desejo urgente de vê-la. Provavelmente não era uma boa ideia fazer minha entrada lá embaixo com uma ereção. Sob as circunstâncias da noite, o barulho de outras pessoas à nossa volta poderia ser uma coisa boa.

Me apressei pulando os degraus. Dava para ouvir o som distante da televisão da sra. Ballsworthy ao descer.

O ar gelado que me encontrou quando cheguei ao lado de fora foi substituído, segundos depois, pelo calor da multidão assim que entrei no restaurante. O Eleni's estava lotado. Tinha uma banda grega tocando ao vivo no canto enquanto uma dançarina de dança do ventre no outro canto se preparava para se apresentar. O cheiro de alho e churrasco preenchia o ar, fazendo meu estômago roncar, apesar dos meus nervos. Não havia comido desde o café da manhã.

Apertando os olhos, procurei a mesa certa. Quando vi as costas dela, meu coração acelerou, quase competindo com a bateria vibrando pelo ambiente. Seu cabelo comprido estava solto e caído por trás da cadeira. Ela não me viu.

Ouvi Ryan gritar:

— Jake!

Nina se virou rapidamente, e toda a ação do ambiente pareceu pausar quando nossos olhos se encontraram. Sem conseguir chegar rápido o suficiente nela, minha passada se alongou a cada passo.

Fazia tanto, tanto tempo.

— Desculpe o atraso. Feliz aniversário, Nina.

Ela se levantou, revelando um vestido vermelho sem alças que abraçava seu corpo de um jeito que me fazia nunca querer sair da minha vista de novo. Um olhar para ela, e todas as minhas regras sobre contato físico foram direto para o lixo.

Regras? Mal conseguia me lembrar do meu próprio nome.

Sem pensar nem um segundo, me inclinei e dei um beijo suave em sua bochecha, minha língua deslizando levemente em sua pele. Ela usava duas tranças, uma de cada lado, enquanto o resto do seu cabelo caía sobre seus ombros. Ela parecia uma deusa. Mas estava tensa.

Praticamente precisei arrancar meus olhos dela. Quando o fiz, me arrependi de imediato, porque foi quando percebi que Nina tinha sentado à frente de alguém. Lentamente, minha cabeça se virou para a esquerda, observando o lugar de Ryan do outro lado de Tarah. Então meu olhar voltou para a direita, para o lugar onde um ruivo alto estava sentado à frente de Nina – secando-a.

Que porra era aquela?

Um desejo primitivo de arrancar a cabeça dele me percorreu. Minha cabeça estava girando porque aquele arranjo de assentos parecia terrivelmente como um encontro duplo, e eu estava parecendo terrivelmente o quinto elemento.

Nina não sabia que eu estaria ali. Será que eu a tinha flagrado em um encontro?

A ira estava aumentando dentro de mim. Eu nem conseguia mais olhar para ela. Em vez disso, encarei diretamente os olhos do ruivo que acabara de se tornar meu inimigo número um. Antes de conseguir endireitar minha cabeça para perguntar que porra estava havendo, Ryan começou a me apresentar para o cara.

— Esse é nosso colega de apartamento, Jake. Jake, esse é Michael Hunt, meu colega de trabalho.

Michael Hunt.

Mike.

Mike Hunt.

Meu cu.

Otário.

Imediatamente, estendi a mão e cerrei os dentes.

— Mike, né? Mike Hunt?

O medo estava transparente nos olhos de Nina. Antes de alguém conseguir responder ao óbvio da minha pergunta sobre o nome dele, Desiree se aproximou para pegar nosso pedido de bebida. *Desiree*. Ótimo. Aquela noite estava formando todo tipo de confusão.

— Jakey... aí está você. Achei que eles tinham dito que estava em Boston.

— Engraçado você falar isso, Des. Tarah me disse que era o jantar de aniversário da Nina, então vim mais cedo pra casa pra surpreendê-la. — Meu olhar queimou o de Nina. Ela estava paralisada. — Na verdade, eu que fui surpreendido. — Sem tirar os olhos de Nina conforme devolvi o cardápio, disse: — Vou querer uma vodca pura, Des.

Meus olhos continuaram mergulhados nos de Nina quando a voz de Tarah interrompeu meu transe.

— Jake, tem algo lá em cima que esqueci de te mostrar. Está quebrado e não quero esquecer de te falar. Você se importa... antes de a gente pedir a comida?

Ela sinalizou com a cabeça repetidamente para eu a seguir para longe da mesa. Meu peito estava subindo e descendo conforme saíamos da área de jantar por uma porta lateral e íamos para o corredor adjacente que também levava para nosso apartamento.

— Isto não é o que parece, Jake.

— Você me falou para vir a esta festa, e Nina está em uma porra de encontro?

— Não é um encontro. Ela nem o conhece.

Voou cuspe da minha boca quando gritei:

— Quem o trouxe?

— Ryan. Pensou que seria uma ótima ideia emboscar Nina convidando esse cara do trabalho para o jantar de aniversário. Aparentemente, ele está tentando juntá-la com ele.

Rangi meus dentes com raiva.

— Qualquer coisa para afastá-la de mim.

Ela assentiu.

— Acho que sim. Na verdade, estou muito brava com ele também. Ele não me falou que iria convidar alguém. Era para sermos nós quatro. Eu nunca colocaria você nesta situação de propósito.

— Por que *ela* concordou com isto?

— Ela, literalmente, só descobriu logo antes de descermos. Pensou que eu estivesse envolvida e ficou brava comigo. Eu nunca teria feito isso com ela. Queria que esta noite fosse especial. Eu estava torcendo para vocês dois, finalmente, ficarem juntos.

— Caralho, Tarah. Não quero que ela fique perto daquele cara.

— Você não quer *nenhum* cara perto dela.

— Não quero mesmo.

— Você gosta dela de verdade.

— É muito mais do que isso. Você nem faz ideia.

— Vocês dois são loucos um pelo outro. Precisa dizer a ela como se sente esta noite. O que quer que esteja te segurando, precisa acabar esta noite.

— Preciso ficar sozinho com Nina. Me ajude a fazer isso acontecer.

— Certo. Vamos voltar um pouco para a mesa. Então, em algum momento, fique sozinho com ela e, se vocês forem embora, eu lido com o estrago.

— Obrigado.

— Vamos. Vamos voltar — ela disse antes de voltar para o ambiente de jantar.

Quando voltamos à mesa, meu shot de vodca estava me aguardando. Imediatamente, eu o levei à boca enquanto Nina observava cada movimento meu. O álcool queimou minha garganta conforme engoli tudo em um gole, batendo o copo na mesa quando terminei. Meus olhos dispararam para ela. Parecia que estava esperando que eu explodisse com raiva. Em vez disso, minha boca se abriu lentamente em um sorriso malvado. Uma expressão de alívio tomou o rosto dela quando reagiu com um sorriso que me disse tudo que eu precisava saber sobre como ela se sentia em relação a mim.

Foi nesse instante que tive certeza de que a conversa não poderia esperar mais. No fundo, sempre soubera que esta noite iria terminar em um de dois jeitos: comigo dentro dela ou fora do apartamento. Não haveria um meio-termo.

Eu estava cansado.

Cansado de fingir.

Cansado de esperar.

Cansado de pensar muito em tudo.

Nina pertencia a mim, e essa merda precisava ser resolvida naquela noite.

Mike Otário ainda estava tentando conversar com ela. Nina estava no meio da resposta educada a uma das perguntas dele quando coloquei a mão em sua coxa debaixo da mesa. Eu sorri maliciosamente quando ela se encolheu e se embaralhou com as palavras. Movendo lentamente a mão para cima, subi até sua linha do biquíni e passei o polegar na borda da calcinha. Ela não fazia ideia do quanto estava perto de ser fodida por meu dedo bem ali enquanto falava sobre seu relatório de biologia molecular.

Pensando melhor, desci a mão por sua coxa e a apertei, enviando a ela um recado claro com minha mão de que ela era minha, não dele. Quando olhou para mim, deslizei meu piercing da língua entre os dentes, tanto de frustração quanto porque era a coisa que eu fazia que ela admitia enlouquecê-la.

Atingi meu limite. Tinha esperado o suficiente. Levantando-me sem pedir licença, respirei fundo e saí. Voltando ao lugar no corredor vazio em que eu e Tarah tínhamos conversado mais cedo, peguei meu celular.

Me encontre no corredor.

Meu coração estava batendo mais rápido a cada segundo. Eu não fazia ideia do que iria dizer ou fazer com ela. Só sabia que ela não voltaria àquela cadeira à frente dele.

Minhas mãos estavam nos bolsos quando ela apareceu.

— Oi — ela disse.

A pele do seu pescoço estava vermelha e um pouco manchada. Aparentemente, a situação tinha mexido com ela também.

— Oi.

— O que houve?

— Aquele cara estava te olhando como se quisesse arrancar seu vestido com os dentes.

Sou o único que terá o privilégio de fazer isso.

— Tive que sair de lá antes de matá-lo com minhas próprias mãos.

— Por que isso te incomodaria?

Ela estava me zoando.

— Você sabe por quê.

Me aproximei mais para que ela pudesse sentir minhas palavras em seu rosto quando falei.

— Por que não me disse que era seu aniversário?

— Achei que você estaria fora de todo jeito, então não falei. — A admissão dela me encheu de arrependimento. Claramente, Nina sentia que estava sendo segunda opção de alguma coisa.

— Eu nunca perderia o seu aniversário. Nunca. Você subestimou o quanto é importante pra mim, Nina.

— Desculpa.

— Você deveria ter me falado. Tarah me ligou na sexta quando eu já estava em Boston, então decidi te fazer uma surpresa hoje à noite.

— Você é furtivo.

— E você tá linda pra caralho.

Fechei os olhos, sentindo minha compostura se esvair. Eu precisava sair dali o mais rápido possível e acabar com a conversa. Com aniversário ou não, não poderíamos continuar assim. Vê-la naquela noite tinha alterado minha capacidade de sequer esperar as vinte e quatro horas.

— Obrigada. Você também não está nada mau — ela disse. Então, colocou seus dedinhos na base da minha camisa e puxou levemente o tecido, fazendo meu pau se enrijecer.

Pigarreei.

— Tarah me explicou sobre o estranho lá. Ela não sabia que ele estaria aqui quando me convidou. Disse que Ryan te emboscou.

— E se nós *estivéssemos* em um encontro?

Ela não iria querer ter ouvido a resposta verdadeira a essa pergunta porque teria me feito parecer louco.

— Acho que, se ele te fizesse feliz, eu ficaria bem com isso.

— Entendo.

— Isso é mentira.

— Ah.

— Eu não ficaria bem com isso. Porra... eu senti sua falta.

Minha mão pousou em sua cintura minúscula. Quando a apertei, ela fechou os olhos instantaneamente, como se eu tivesse tocado em um ponto mágico. Nosso primeiro beijo não seria naquele corredor sujo. Ainda assim, a necessidade de ter minha boca nela estava descontrolada, então peguei sua mão e a beijei com firmeza.

— Também senti sua falta — ela disse.

— Vamos sair juntos.

— O quê?

— Passe o resto do seu aniversário comigo hoje à noite. Vamos sair daqui agora, ir pra algum lugar, qualquer lugar. Só quero ficar sozinho com você. Não posso dizer o que quero… fazer o que quero… nesse corredor.

Bolamos um plano para dar uma desculpa e ir embora. Ela só precisava usar o banheiro primeiro. Então voltei para a mesa e aguardei.

O sr. Otário estava ocupado conversando sobre trabalho com Ryan. Dei uma piscadinha para Tarah e assenti para, silenciosamente, avisá-la de que Nina e eu iríamos seguir com a sugestão dela de sairmos do jantar de aniversário.

Meu estômago estava cheio de nós enquanto usei o tempo que Nina estava no banheiro para planejar as próximas duas horas. Iríamos a um restaurante pequeno para um jantar particular. Eu contaria a ela o segredo de que meu aniversário era no mesmo dia. Voltaríamos ao apartamento e eu falaria tudo naquela noite, torcendo e rezando para ela aceitar.

Nunca fiquei tão nervoso com algo em toda a minha vida, então peguei a taça de vinho de Nina e bebi o que tinha. Ela não teria tempo para terminá-la, de qualquer forma, já que meu plano era arrancá-la de lá no segundo em que saísse do banheiro. Eu iria sair primeiro, ligaria para ela no celular fingindo ser um familiar com uma emergência, depois ela me seguiria. Poderíamos sair juntos, mas isso tornaria tudo óbvio, e Ryan não precisava mesmo saber da nossa vida.

Meu celular vibrou. Era uma mensagem de Nina.

Você comeu a Desiree???

Me levantei, encarando o celular conforme meu coração quase explodiu do peito. Meu estômago se revirou. O que estava acontecendo?

Porra.

Porra.

Porra.

Quando olhei para cima, Nina estava se esmagando pelas mesas apertadas com máscara de cílios escorrendo por suas bochechas.

Meu chamado foi urgente:

— Nina…

Ela não olhava para mim conforme ia na direção da saída. Desiree estava assistindo a tudo se desenrolar com os braços cruzados. Uma veia no meu pescoço parecia que ia explodir quando me virei para ela e gritei:

— Que porra foi que você disse a ela?

Ela deu de ombros com um olhar presunçoso.

Filha da puta.

Precisando chegar até Nina, nem me incomodei em insistir em uma resposta de Desiree. O barulho alto de uma cadeira caindo fez a cabeça das pessoas se virarem quando bati nas coisas enquanto saía correndo do restaurante.

Flocos de neve dançaram de forma provocativa em volta do meu rosto do lado de fora. A sra. Ballsworthy estava na janela.

Ergui as mãos.

— Esta noite não, Balls. Esta noite, não.

Eu não precisava ser xingado agora porque já estava totalmente fodido.

Capítulo 18

Passado

Arfando conforme eu pulava os degraus para chegar lá em cima o mais rápido possível, parei rapidamente diante da porta do apartamento para me recuperar. Meu instinto me dizia que nada nunca mais seria igual depois que eu entrasse lá. E agora, com esse percalço, haveria outro obstáculo para ultrapassar antes de contar sobre Ivy para Nina.

Entrei.

Nina estava parada à minha frente segurando uma mochila. Ela iria embora naquela noite só por cima do meu cadáver. Se um de nós fosse desaparecer, seria eu.

— Nina, por favor... fala comigo. Por favor.

Ela colocou a mochila grande diante do peito.

— Sai de perto de mim. Não tenho nada... *nada*... pra te dizer.

Meu coração parou ao vê-la usar a mochila como um escudo para se proteger de mim. A melhor decisão era manter distância, mas não ia deixá-la fugir. Tentando recuperar o fôlego, fiquei bem na frente da porta para impedi-la de sair.

Seu cabelo estava desgrenhado, porém ela ainda estava incrivelmente linda. O azul da sua íris estava ainda mais esplêndido em contraste com os olhos de guaxinim causados pela maquiagem escorrendo.

— Precisa me deixar te explicar.

— Explicar! Você quer que eu fique aqui e escute você explicar como fodeu aquela puta com tanta facilidade enquanto deixou meus sentimentos em banho-maria por meses, me confundindo e mandando sinais confusos? Não teve problema em "fazer ela gozar até gritar"... teve? Acredite, foi memorável. Eu mesma ouvi.

Pisquei repetidamente tentando compreender. Primeiro, as palavras não tinham assentado.

Eu mesma ouvi.

— Porra... o quê? Do que você está falando?

— Isso mesmo. No dia em que me mudei. Você estava trepando com ela no seu quarto. Lembra desse dia? Bem, eu estava aqui desfazendo as malas. Achei que estivesse sozinha e não percebi o que estava acontecendo até ser tarde demais. Eu ouvi tudo, Jake... tudo. — Ela começou a chorar.

Flashes do dia em que Nina se mudou passaram em minha mente como um filme acelerado. Mais cedo, naquela tarde, foi a última vez que Desiree e eu ficamos juntos.

O cachecol rosa no chão da sala de estar.

Caralho.

Nina estava lá.

Pareceu que eu ia vomitar. Esse tempo todo, ela estava se agarrando nisso, provavelmente se perguntando como eu poderia estar com outra pessoa intimamente e não com ela depois de todos esses meses. Desiree deve tê-la confrontado maliciosamente no banheiro e, agora, Nina tinha um rosto para unir àquela lembrança. Surtei ao imaginar como seria se fosse o contrário, se eu tivesse que suportar ouvir Nina transando com outra pessoa.

Meu coração estava se partindo.

— Oh, meu Deus. — Indo até ela com olhos arrependidos, eu disse: — Eu sinto muito.

Ela não cedeu.

— Agora, se me dá licença, por favor, saia da minha frente. Preciso encontrar outro lugar pra ficar hoje.

— Você não vai a lugar nenhum. Não até me ouvir.

— Eu já falei. Não tenho nada pra dizer a você.

Coloquei as mãos em seus braços, que estavam arrepiados.

— Eu vou embora hoje à noite, mas não vou a lugar nenhum até você me deixar explicar. Está me ouvindo? — Coloquei a mão em seu queixo e virei seu rosto na minha direção. — Olha pra mim. — Ela manteve seus olhos apontados para baixo. Repeti: — *Olha*... pra mim.

Nunca estive tão determinado em passar uma mensagem, então meu olhar queimou o dela até eu ter certeza de que tinha sua total atenção.

Fiz meu máximo para explicar a situação com Desiree, como era apenas sexo, nada mais. Ela não pareceu me entender de verdade. Quando Nina me chamou de puto, quase enlouqueci.

Sua mochila caiu no chão com um barulho alto depois de eu jogá-la violentamente. Pegando sua mão, obriguei-a a cruzar o corredor.

Quando chegamos em seu quarto, eu a coloquei de costas na parede e tentei, de novo, fazê-la entender como Desiree foi um erro. Disse a Nina que meu coração não tinha batido igual desde quando ela se mudou para o apartamento. O minuto seguinte foi um borrão conforme os sentimentos contidos em meu coração por meses simplesmente saíram de mim. Em certo momento, sua expressão começou a suavizar. Meus nervos estavam mais agitados a cada segundo porque eu sabia que estava prestes a lhe contar tudo.

— Você é a primeira coisa em que penso de manhã e a última em que penso à noite. E então você invade meus pensamentos e sonhos. Tentei muito impedir esses sentimentos. Coloquei tantas barreiras quanto pude, mas elas estão desmoronando. Não consigo mais. — Enterrando meu rosto em seu pescoço, falei em sua pele: — Eu não consigo mais... não consigo mais... não consigo mais. — Coloquei minhas mãos em seus quadris e cobri sua boca com a minha. — Eu perdi o controle.

Falar isso tinha me incentivado. Foi como se um último botão tivesse sido acionado. Segurando seu rosto, gemi na boca dela ao beijá-la profundamente com tudo que eu tinha. O primeiro reconhecimento do seu gosto me deixou imediatamente viciado, precisando não apenas provar sua boca, mas cada centímetro dela. Querendo beijá-la mais, motivei sua boca a se abrir conforme minha língua entrava na boca dela repetidamente. Não foi o suficiente. Conforme o beijo se tornou mais intenso, ficou impossível manter minhas mãos longe do seu corpo. Seu vestido rasgou enquanto eu puxava freneticamente o tecido nas laterais.

Quando Nina segurou meu cabelo, um gemido muito intenso do fundo da minha garganta vibrou em sua boca. Meu pau estava tão dolorosamente duro quando ela começou a se esfregar em mim que se tornou necessário me afastar antes que eu gozasse. Estava ruim *assim*.

Arfando, coloquei as mãos em suas bochechas.

— Preciso te contar uma coisa, Nina. Precisamos ter essa conversa agora.

Um olhar de puro terror tomou o rosto dela conforme vários segundos de silêncio tenso se passaram.

— Não me importo com o seu passado ou com o que está acontecendo em Boston. Por favor... estou te implorando. Não vamos fazer isso agora. Não diga nada esta noite. Vamos ter a conversa amanhã, como íamos fazer. O que preciso agora mais do que já precisei de qualquer coisa é que você faça amor comigo, Jake.

Minhas mãos tremiam enquanto permaneciam segurando seu rosto. A tentação de aceitar essa proposta era simplesmente forte demais para resistir.

Não diga nada.

Faça amor comigo.

Parecia que eu poderia morrer se não pudesse tê-la, se não pudesse realizar seus desejos.

— Você não faz ideia do quanto preciso estar dentro de você agora.

— Por favor... Não quero ter a conversa agora, ok?

Prová-la tinha enfraquecido todas as minhas inibições, me transformando em um monstro viril. Naquele instante, não conseguia resistir a Nina como um viciado não conseguia resistir a uma carreira de heroína sob seu nariz.

Parou de existir certo ou errado enquanto eu ficava diante dela cego por um desejo incontrolável. Eu sabia que iria ceder, porque o risco de nunca mais ter essa oportunidade foi significativo, principalmente depois de como ela reagiu quanto a Desiree. De maneira egoísta, me convenci de que, se tivesse a oportunidade de ter seu corpo naquela noite, eu poderia estragá-la para outra pessoa, torná-la minha e aumentar a probabilidade de ela não poder me abandonar.

Havia tomado a decisão de pegar o que eu precisava. Já sabendo qual seria a resposta, fiz uma proposta para, pelo menos, acalmar minha consciência.

— Nina, ou temos essa conversa agora ou você vai ter que me fazer uma promessa cega.

— Ok...

Ela ficou com medo. Quando uma lágrima escorreu por sua bochecha, coloquei a língua em sua pele, lambendo-a conforme sussurrei em seu rosto:

— Preciso que você prometa... que não vai me deixar.

Ela assentiu silenciosa e repetidamente em minha testa.

— Tenha certeza de estar falando sério. Porque não posso fazer amor com você como quero esta noite só pra te perder no dia seguinte. Isso iria me *destruir*. Preciso saber que você vai ser minha, não importa o que eu conte para você. Me prometa.

— Eu sou sua. Nunca fui de mais ninguém antes... mas sei que sou sua — prometi em direção ao seu peito.

— Olhe pra mim e diga.

— Eu sou sua. Não há nada que poderia me fazer te deixar porque acho que não conseguiria viver sem você.

Era tudo que eu precisava ouvir. Aquelas palavras significavam mais para mim do que qualquer coisa, e rezei para que ela estivesse dizendo a verdade. Busquei em seus olhos qualquer sinal de hesitação; não havia nenhum. Não precisou de muito para convencer minha mente e meu corpo enfraquecidos a concordarem que eu poderia confiar nela, que poderia ceder. Puxando-a para mim, eu sabia que, desta vez, não iria deixá-la fugir.

— Bem, ótimo, porque eu *não estava vivendo* antes de você.

Fiquei abraçando-a, deixando o calor do seu corpo evaporar toda a dúvida que sobrou dentro de mim.

As palavras que saíram dela em seguida confirmaram que não havia volta.

— Preciso que você me foda, Jake.

Havíamos começado devagar e com calma. Apenas exploramos a boca um do outro por um tempo. Ela ficou puxando o piercing do meu lábio com os dentes enquanto seus peitos nus se esfregavam na minha camisa. Estava me deixando louco, e não demorou para eu perder a capacidade de ir com calma com ela.

Ela choramingou conforme baixei a boca em seu mamilo e chupei com força, depois fui para o outro lado.

— Assim machuca?

— Não... é bom.

Chupei mais forte, sem conseguir acreditar totalmente que ela tinha me dado passe livre da linda comissão de frente que eu passara meses adorando de longe. Sua pele era macia e doce, e eu mal poderia esperar para marcar cada centímetro do seu corpo.

Enquanto eu continuava me fartando dela, ela colocou a mão no meu pau, que estava explodindo através da calça. Ela suspirou quando percebeu o quanto eu estava duro. Prendi seu mamilo delicadamente com os dentes e soltei.

— Agora você sabe o que faz comigo. Quero sentir o que faço com você.

Cutucando sua calcinha, enfiei os dedos em sua abertura quente. Ela estava tão incrivelmente molhada que dava para ouvir conforme entrei e saí dela repetidamente por uns minutos. Em certo momento, sua boceta estava começando a convulsionar em volta da minha mão, então tirei antes de ela conseguir gozar. Sem conseguir resistir, lentamente, lambi cada gota dela dos meus dedos e gemi, saboreando o gosto doce e salgado.

— Seu gosto é melhor do que eu poderia imaginar.

— Eu quase gozei — ela disse.

— Eu sei. Quase perdi o controle também porque adoro como você está excitada. Foi por isso que parei, não é como quero que sua primeira vez comigo aconteça. E acredite, Nina, essa vai ser a sua primeira vez *de verdade*.

De acordo com Nina, ela nunca havia gozado durante o sexo em sua vida. Ser o primeiro homem a fazer isso acontecer era um desafio que eu estava feliz em assumir e planejava ser bem-sucedido inúmeras vezes naquela noite. Como iria acontecer primeiro era a questão. Ela precisava ficar sem calcinha. Puxei a lingerie para baixo e a observei conforme ela ficou totalmente nua diante de mim. Uma listra estreita de pelos mal cobria sua boceta linda. *Minha* boceta linda agora. Minha boca aguou com um desejo de devorá-la. Então, decidi que iria fazê-la gozar com a boca primeiro.

Me sentindo o homem mais sortudo da Terra, segurei seu rosto e a puxei em um beijo apaixonado.

— Você é a mulher mais linda do mundo inteiro.

— Eu também quero te ver nu — ela disse.

Eu sorri sobre sua boca e, com uma voz baixa e sedutora, falei:

— Tira a minha roupa. Eu sou seu.

Observei seus dedos minúsculos abrirem os botões da minha camisa. Ela beijou e passou a língua lentamente nos músculos definidos do meu peito e abdome como se estivesse me adorando. Ela traçou linhas por minhas tatuagens com a língua. Meu coração estava batendo a um quilômetro por minuto pela intensidade da sensação da sua boca no meu corpo pela primeira vez. Meu pau se mexeu de ansiedade conforme ela abriu minha calça. Quando tentou tirar minha cueca, segurei seu pulso para fazê-la parar.

— Acho que preciso ficar com ela um tempinho.

— Por quê?

— Porque não quero perder o controle e me enterrar dentro de você antes de ter a chance de te fazer gozar com a boca. Deita, linda.

Pairei acima dela e, nos minutos seguintes, trabalhei com a boca lentamente por seu corpo de um par de lábios para o outro.

— Abra mais as pernas para mim, Nina.

Ela pareceu hesitante, dando a impressão de que nunca ninguém tinha feito isso com ela. Com mais insistência, repeti:

— Abra mais.

Parei por alguns instantes só para apreciar a visão de ela aberta para mim. Meus lábios tremeram com desejo conforme eles baixaram nela. No segundo em que a ponta da minha língua pousou em sua boceta, meu pau começou a latejar dolorosamente. Minha boca se abriu e fechou em seus lábios molhados, alternando entre beijar, lamber e chupar seu clitóris macio. Cada vez que a bolinha do meu piercing da língua encostava nela, ela se contorcia debaixo de mim, choramingando e mexendo as pernas.

Eu já tinha feito oral em mulheres. A excitação sempre fora derivada de simplesmente saber que eu estava dando prazer a outra pessoa. Foi diferente, para mim, com Nina. Não somente estava me excitando por lhe dar prazer, mas, mais ainda, parecia não ter o suficiente do seu gosto, do seu calor, da sua excitação molhada na minha língua. Eu a estava consumindo avidamente como se estivesse faminto e não conseguisse parar. Estava dividido entre nunca querer que ela gozasse para que eu pudesse continuar eternamente e querer muito senti-la gozando no meu rosto.

Suas pernas estavam ficando mais inquietas e sua respiração, irregular. Parecia que ela estava se contendo, tentando prolongar.

— Tudo bem... deixa vir — eu disse.

Quando parecia que ela não podia mais aguentar, resolvi parar um pouco para ver o que aconteceria. Enfiei os dedos de novo e massageei seu clitóris com o polegar.

Sua voz estava grogue.

— Jake...

— O que você quer, Nina? Diga.

— Quero que me chupe de novo.

— Ótimo, porque quero te provar enquanto você goza.

Ela se rendeu no instante em que minha boca desceu em sua boceta de novo. Seus músculos pulsaram na minha língua insaciável conforme ela enfiou as unhas no meu cabelo. Gritamos em uníssono, seus quadris empurrando enquanto eu gemia nela, lambendo cada parte do seu orgasmo. Conforme ela voltou lentamente do clímax, descansei a cabeça em sua barriga, lambendo os restos do seu orgasmo doce dos meus lábios. Então, subi beijando seu corpo lentamente até sua boca, querendo que ela se provasse em mim. Tão dolorosamente duro pelo que tinha acabado de acontecer, esperar muito mais para estar dentro dela não era uma opção.

— Eu quero mais — ela respirou.

— Agora, eu quero... você.

Nina me surpreendeu quando tomou a iniciativa de puxar minha boxer para baixo. Meu pau totalmente ereto saiu, brilhando com pré-gozo. Ela envolveu sua mão minúscula em minha ereção e começou a me acariciar. A sensação eufórica de ela me tocando era demais para suportar, então me levantei, me ajoelhando acima dela. Ela me encarou, admirada, como se estivesse surpresa pelo meu tamanho. Esse olhar maravilhado fez mais gotas surgirem na minha ponta. Gostei de ver seu rosto conforme ela continuou a me medir. Quando pegou meu pau de novo, quase enlouqueci.

— Para — pedi.

Peguei uma camisinha o mais rápido que pude, abrindo-a com meus dentes e me protegendo. Parei para olhar para ela, saboreando os últimos instantes antes de ela ser total e completamente minha. Queria muito dizer que a amava, porém ainda não tive coragem. Apesar de ela se entregar para mim, eu ainda estava aterrorizado em perdê-la no dia seguinte, e isso abasteceu o desejo urgente de estar dentro dela.

Me abaixando entre suas pernas, esperei antes de seguir, sabendo que iria querer ver sua expressão no segundo em que entrasse nela.

— Quero que esqueça as outras experiências sexuais que acha que teve, porque essa é a sua primeira vez. Você sempre vai ser minha e, diferente do idiota do seu ex-namorado, eu vou terminar o trabalho.

Seu peito estava arfando conforme ela olhou para mim com ansiedade. Passei meu nariz lenta e provocativamente em seu pescoço para cheirá-la uma última vez antes de tomá-la. Seus olhos se abriram arregalados, e ela se encolheu quando eu entrei nela em um movimento lento, porém intenso. Meus olhos se fecharam em êxtase ao sentir sua boceta molhada e apertada envolver meu pau. Por muitos minutos, um medo de machucá-la me fez ir mais devagar do que eu poderia suportar.

— Você é tão apertada, Nina. Tão apertada. Não estava esperando sentir isso. É bom demais... muito difícil para eu querer ir devagar com você.

Eu sabia que precisava de mais, de fodê-la com mais força, mais brutalidade, mas, ao descobrir o quanto ela era pequena, me perguntei se ela conseguiria aguentar.

Como se pudesse ler minha mente, ela disse:

— Me foda mais forte, então.

— Tem certeza de que aguenta, linda?

— Sim. — Ela inspirou fundo antes de expirar. — Por favor.

— Não precisa me pedir duas vezes.

Ela gritou quando estoquei nela:

— Porra!

A cada investida, ela parecia se alongar, gradativamente se moldando a mim. Conforme entrava e saía do seu corpo, falei em seu ouvido:

— Nunca senti nada assim. Você acabou comigo. — Sussurrei ainda mais baixo: — Você acabou comigo.

— Oh, nossa… não pare. Vá mais fundo.

Estocando e mordendo-a levemente no ombro, era difícil me impedir de gozar.

— Você vai sentir isto amanhã — eu disse em seu ouvido. — Ainda vai me sentir dentro de você.

— Que bom. É isso que quero. Quero que doa.

Merda.

Suas palavras me incitaram conforme a fodi com mais força.

— Você… pertence… a mim agora, Nina.

Ela falou por entre respirações pesadas:

— Pertenci a você desde que me falou "oi, eu sou o Jake".

Demos risada na boca um do outro conforme continuei a investir nela enquanto a cama guinchava repetidamente. Suas palavras doces foram fundo. Também sempre me senti assim. De alguma forma, ela me dominara desde o início mesmo quando não fazia sentido me sentir assim por uma estranha.

Quando suas mãos pousaram na minha bunda, eu rugi. Esse era um ponto bem fraco para mim.

Continuamos transando com força até eu sentir que ela não conseguia mais aguentar. Sua boceta havia se envolvido em mim enquanto ela fechava os olhos com firmeza.

— Abra os olhos. Olha pra mim. Quero te olhar nos olhos quando a gente gozar junto.

Eu sabia que, independentemente do que acontecesse, eu nunca esqueceria aquele momento. Ela segurou meu rosto, e nossos olhos travaram uns nos outros. Quando ela gritou de prazer, cada milímetro de medo, cada emoção que eu sentia por ela, todo o amor explodiu de mim quando gozei em um orgasmo tão intenso que parecia que nunca terminaria.

Conforme meu gozo espirrou dentro dela, gesticulei em silêncio, *Te amo. Te amo. Te amo.*

Tínhamos ficado transando por horas até quase a exaustão. Ela não conseguiria andar direito, e ainda não havia sido suficiente para mim.

Não somente a noite anterior tinha nos sobrecarregado fisicamente, mas agora, quase nada havia sido deixado não dito.

Nina tinha dormido lá pela uma da manhã. Observá-la dormir tinha me deixado inquieto, e eu precisava de alguma coisa para me distrair do dia seguinte, já que havíamos concordado em ter a conversa assim que eu chegasse do trabalho.

Usei a oportunidade para escrever um poema para ela, colocando no papel o que eu temia nunca poder falar do jeito certo. No fim, finalmente usei a palavra com "A".

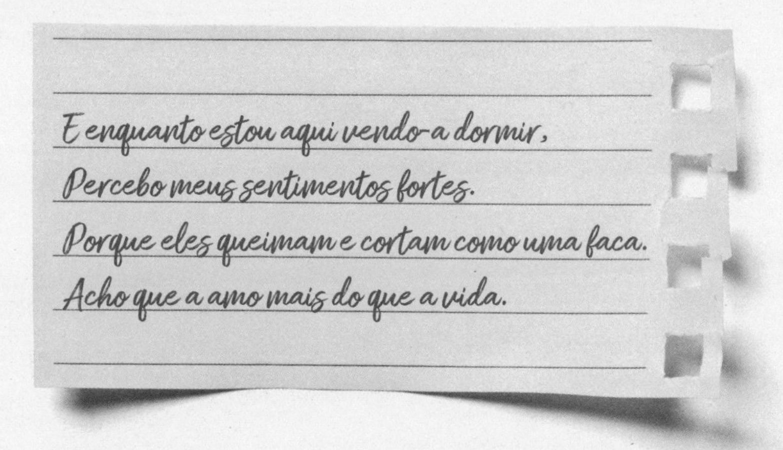

O sono me pegou logo depois que escrevi isso. Nina tinha acordado primeiro às duas da manhã e encontrado o poema. A primeira coisa que saiu da sua boca quando acordei e vi que o pedaço de papel branco estava em sua mão foi "Eu amo você, Jake". Ela tinha falado isso sem hesitação, como se as palavras sempre estivessem ali na ponta da sua língua esperando para sair. Por mais lindo que fosse finalmente ouvi-las, elas também me lembraram de que esse era o dia em que eu precisava lhe contar que era casado.

Será que ela ainda me amaria?

O relógio mostrava 5h30 da manhã. Ela tinha, enfim, voltado a dormir lá pelas quatro. Minha bexiga estava prestes a explodir. Apesar de o pensamento de deixá-la por sequer um segundo me incomodar, eu precisava me levantar para ir ao banheiro.

Erguendo-me da cama o mais silenciosamente possível, me alonguei, depois atravessei o corredor. Quando estava lavando as mãos, ver Ryan atrás de mim no espelho me fez encolher.

Seu cabelo estava bagunçado, e seus olhos estavam vermelhos de raiva.

— Está feliz agora?

A torneira guinchou quando a fechei.

— O que disse?

— Parabéns. Conseguiu o que queria. Como se sente por tê-la fodido?

— Aposto que você adoraria saber, e acho que esse foi seu problema o tempo todo.

— Sabe de uma coisa, Jake? Quando você estiver bem longe, eu que terei ficado para trás para pegar os cacos do coração partido dela.

— Você vai pegar os cacos da sua cara quebrada em um minuto se não voltar para a porra da cama e tomar conta da sua vida.

— *É* para eu tomar conta de Nina. Sempre será. Se magoá-la, vou te matar.

— Se pudesse enxergar além do seu próprio ciúme egoísta, saberia que eu preferiria morrer a magoá-la. Não sabe de nada sobre quem eu sou, Ryan.

— Bom, acho que está na hora de descobrirmos.

— Fique longe de mim, caralho.

Batendo de propósito em seu ombro, passei por ele e saí do banheiro. Ele teve sorte de eu não poder me dar ao luxo de foder com tudo naquele dia, do contrário, teria acabado com ele.

Ir de lidar com sua negatividade até a visão angelical de Nina dormindo profundamente no quarto dela foi um contraste e tanto.

Por mais que tentasse não as deixar me irritar, as palavras de Ryan de alerta mexeram comigo. Parecia que tudo, de repente, estava se fechando para mim. Os sons da manhã do lado de fora estavam começando a entrar pelas paredes do apartamento, um lembrete de que seria hora de me preparar para o trabalho em breve. Não queria que aquele dia começasse. A necessidade de me assegurar novamente tomou conta de mim.

Inspirando devagar o cheiro do nosso sexo no corpo dela, enfiei o nariz no seu pescoço.

— Acorda, linda. Preciso de você.

Nina se enrijeceu, pressionando a bunda nua na minha ereção matutina. Totalmente nua contra a minha boxer, ela se virou e beijou suavemente meu rosto.

— Você precisa levantar agora? — ela perguntou com a voz rouca mais linda.

— Não neste segundo. Mas em breve.

Ela deve ter sentido meu estresse quando colocou as mãos no meu rosto.

— Você está bem?

— Eu só... preciso estar dentro de você de novo. — Minha voz ficou tensa.

— Também quero isso. Mas acabou, lembra? Não temos nada — ela disse, se referindo à fileira de camisinhas que usamos na noite anterior.

— Merda. Tinha me esquecido disso. — Beijando seu nariz, brinquei: — Acha que soaria bem se eu pedisse uma para Ryan?

Ela riu na minha cara.

— Seria hilário.

Sem querer estragar nossos últimos minutos juntos, escolhi não contar sobre a discussão no banheiro entre mim e ele.

Ela começou a baixar minha boxer, depois deslizou seu corpo para baixo, de forma que seu olho ficasse no nível da minha virilha.

— O que vai fazer? — perguntei.

— A única coisa que não fizemos ontem à noite.

— Não precisa. Não... — Minha capacidade de falar terminou quando ela mexeu a língua lentamente na cabeça do meu pau. — Ah. Nossa, Nina.

Massageando a ponta com o polegar, ela espalhou meu pré-gozo como lubrificante e o usou para me bombear. Quando, lentamente, lambeu meu comprimento, meu corpo antes tenso se rendeu totalmente a ela.

Mal consegui emitir as palavras:

— Porra... isso é bom.

Ela murmurou concordando, aparentemente, e o som vibrou pelo meu comprimento.

— Ahhhh — gemi quando, de repente, ela me sugou por completo até a garganta.

Segurando a parte de trás da sua cabeça, comecei a foder sua boca linda. Tinha imaginado aqueles lábios em volta do meu pau muitas vezes, no entanto, a realidade do quanto era verdadeiramente incrível era assustadora.

Em certo momento, ela teve ânsia.

— Você está bem?

Ela respondeu assentindo e continuou a me envolver ainda mais profundamente com a boca. Essa não poderia ser a primeira vez que ela chupava um pau. Era boa demais nisso. Tentei muito bloquear esse pensamento perturbador.

Meus olhos se reviraram com o prazer intenso. Eu poderia ter explodido a qualquer segundo, mas estava usando toda a contenção dentro de mim a fim de prolongar isso.

Tinha feito um bom trabalho até ela tirar, lentamente, meu pau da boca e dizer:

— Quero que goze na minha boca.

Apesar de não estar planejando fazer isso, o convite direto foi tentador demais. Me acariciando com mais rapidez, ela começou a chupar de novo e, dentro de segundos, o gozo quente saiu direto de mim conforme ela engoliu tudo até acabar. O orgasmo foi tão poderoso que me derrubou e me fez deitar, arfando e encarando o teto.

Após vinte minutos deitados juntos bem acordados, percebi que havia algo seriamente errado comigo, porque meu pau estava começando a endurecer de novo. Nunca tive tanta energia em toda a minha vida.

A hora estava chegando perigosamente perto de quando eu teria que me levantar para trabalhar. Precisava fazê-la gozar uma última vez antes de ir embora.

— Monte em mim — eu disse. — Quero tocar você.

Nina se levantou e envolveu as pernas em mim. Minha cabeça estava apoiada na cama enquanto ela se sentou em mim e encarou meus olhos com algo entre medo e euforia. Suas mechas loiras estavam uma linda bagunça, cobrindo seu peito.

— Ponha seu cabelo para trás.

Nina colocou suas mechas longas para trás. Seu cabelo parecia feito de ouro. Coloquei as mãos em seus seios e apertei delicadamente, massageando-os conforme ela continuou me olhando. Ela tinha marcas por todo o corpo de onde eu tinha chupado e mordido sua pele. Não conseguia tê-la o suficiente na noite anterior. Nós dois baixamos totalmente a guarda. Não estávamos mais contendo nossos verdadeiros sentimentos. Seus olhos refletiam um nível de amor por mim que, além de talvez meu pai, eu nunca tinha recebido de mais ninguém. Queria me lembrar desse momento de paz pelo resto da minha vida. Costumava pensar que perdê-la me devastaria. Mas, após a noite anterior, eu sabia que me mataria.

— Eu te amo tanto — sussurrei ao descer as mãos suavemente pelas laterais dos seus quadris. Meu pau estava pronto para explodir pelo calor da sua boceta quando ela se sentou nas minhas bolas.

O que saiu da sua boca em seguida me tocou de verdade.

— O amor é para doer assim? Por que dói?

Levei a mão ao seu rosto e massageei sua bochecha com o polegar.

— Não seria real se não doesse. Também sinto essa dor. Nunca amei ninguém como amo você, Nina.

Sem conseguir me conter, puxei-a para meu peito e devorei sua boca. O salgado do meu gozo se demorou na língua dela.

Sua boceta molhada estava se esfregando para trás e para a frente no meu pau agora. Estávamos nos afogando por completo um no outro. Com a hora da minha partida se aproximando, minha mente começou a sair do trilho. Me assustava o fato de ainda haver uma chance de podermos nunca viver isto de novo se as coisas não trabalhassem ao meu favor.

Meu abraço ficou mais apertado. De novo, o medo estava abastecendo uma necessidade intensa de estar dentro dela. Em certo momento, seu corpo se mexeu de um jeito que significava que sua abertura estava bem em cima da cabeça do meu pau. Não consegui resistir e entrei devagar. Disse a mim mesmo que iria parar depois de só uma rapidinha. Sua boceta quente envelopou meu pau, e ela começou a me cavalgar. Não estávamos usando nenhuma proteção, mas a necessidade por ela cegou meu julgamento. Quando estávamos fisicamente conectados, tudo ficava seguro, como se nossas almas e nossos corpos estivessem, enfim, alinhados. Sem qualquer barreira, esse sentimento foi multiplicado por dez.

Não registrei mais nada naquele instante, nem o tempo nem as consequências dos nossos atos. Quando seus movimentos ficaram mais lentos, e senti os músculos dela se contraírem, um gemido alto escapou de mim enquanto me esvaziava dentro dela. Não havia como nossos colegas de casa não terem ouvido. Foi o orgasmo mais poderoso da minha vida.

Meu coração retumbou no dela, e nos abraçamos até eu ter força para me levantar.

— Feche os olhos, linda. Durma. Está tudo bem. Volto mais tarde.

— Vamos ter a conversa — ela sussurrou sonolenta.

Assenti.

— Sim.

— Eu amo você.

— Também te amo.

Sombriamente, voltei para o meu quarto a fim de me arrumar para o trabalho. Meu banho foi relutante porque eu nunca queria me lavar do cheiro dela. Mas não haveria tempo para um depois, dados nossos planos para a conversa naquela noite.

Depois de tudo que vivemos, não havia como eu poder deixá-la de mãos vazias naquela manhã.

Fiz rapidamente um morcego de origami, e sabia que me atrasaria para o trabalho quando demorei pensando em uma mensagem.

O que quase escrevi:

Quem falou que Disney era o lugar mais feliz do mundo...

Nunca soube como é estar dentro de você por um segundo.

O que desejei poder ter escrito:

Nesta noite, você vai sentir medo outra vez.

Por favor, não se esqueça da promessa que me fez.

O que realmente escrevi:

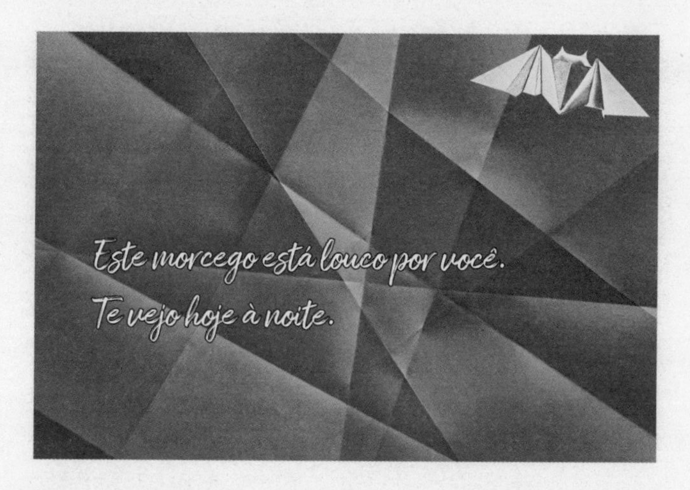

O calor estava entrando no quarto de Nina quando fui colocar o morcego ao lado da sua cama. Estava tão quente e aconchegante que era um porto seguro do qual eu nunca queria sair.

O sol brilhante da manhã e o ar gelado foram um despertar rude conforme eu andava pela calçada e começava o temido dia. Com meus fones de ouvido, ouvia *Angel*, do Aerosmith, ao ir até a estação de metrô. Pensamentos de Nina definidos com músicas que me lembravam dela consumiam cada segundo do meu trajeto.

Nada que aconteceu depois que saí do apartamento naquela manhã foi de acordo com o plano. Minha confiança na crença de que tudo acontece por um motivo seria testada de uma forma maior do que eu poderia ter imaginado.

Capítulo 19

Presente

Precisei parar a história. As semanas que seguiram aquela manhã foram umas das mais difíceis da minha vida. Ficava enjoado de pensar nelas.

A voz de Skylar me tirou do meu sonho acordado.

— Jake, você está bem?

— Não. — Me levantei. — Sabe de uma coisa? Sinto muito mesmo por deixar a história incompleta, mas acho que não consigo repetir todo o resto agora, principalmente com o estado atual das coisas.

Fui até a janela e verifiquei de novo meu celular para ver se tinha mensagem de Nina. *Nada*. Estava ficando tarde. Eu não ia aguentar muito mais disso. Allison e Cedric voltaram da cozinha com pratos de comida que tinham aquecido.

— Jake, vamos só arrumar a mesa para quem estiver com fome.

— Obrigado, irmã. Comam. Estou sem apetite.

Voltei à poltrona reclinável de couro. Skylar e Mitch ficaram no sofá enquanto Allison e Cedric comiam na sala de jantar adjacente. Mitch Jr. estava dormindo no cercadinho, que tínhamos levado para o quarto extra.

Mitch estava olhando para mim como se esperasse eu continuar a história.

— Só quero saber o que aconteceu depois de você contar para ela.

Descendo pelo histórico de mensagem com Nina de mais cedo, fiz careta.

— Não consegui contar para ela.

— Ãh?

— Resumindo, recebi uma ligação de emergência da clínica de Ivy naquela tarde. Me disseram que pensaram que ela tinha tentado cometer suicídio e me pediram para correr para Boston. Acabei entrando em um avião naquele dia em vez de voltar para Nina. Ivy ficou bem, mas foi uma confusão danada.

— O que você falou para Nina?

— Ela não ficou feliz, mas, de alguma forma, continuou confiando em mim quando falei que foi uma emergência relacionado ao que eu precisava conversar com ela. Eu disse que explicaria tudo quando voltasse em uns dois dias. Foi um pesadelo.

Mitch pareceu horrorizado.

— Então tiveram a conversa assim que você voltou?

Minha mente cansada não conseguia aguentar mais.

— Skylar, Nina te contou a história, certo? Pode contar para ele?

— Aquele desgraçado do Ryan tinha pesquisado informações de Jake em uma base de dados no trabalho e encontrou a certidão de casamento. Levou para casa uma cópia naquela noite e mostrou para Nina antes de Jake voltar.

— Puta merda. Caralho, cara. Sinto muito. Ela pensou que você estivesse só traindo sua esposa, então?

— Ela saiu do apartamento e estava planejando nunca mais falar comigo. Voltei para casa e Ryan me repreendeu por isso, e eu não encontrava Nina em nenhum lugar.

Mitch franziu a testa, confuso.

— Para onde ela foi?

— De alguma forma, ela ficou amiga da filha da sra. Ballsworthy, Daria. Isso era estranho por si só. De qualquer maneira, foi morar com ela do outro lado do Brooklyn. Tive que enforcar Ryan para arrancar o endereço dele. Acabei localizando-a e, finalmente, conseguimos ter a conversa. Mas, naquele momento, nosso relacionamento tinha sido estragado.

— O que ela disse?

Rangi os dentes com frustração, sem querer me lembrar de nada sobre aquela conversa.

— Ela ficou chocada, me disse que não poderia ficar comigo a menos que me divorciasse. Mas entendeu minha necessidade de cuidar de Ivy. Nina tinha um coração grande demais para sequer questionar isso.

Minha irmã falou por trás de mim.

— Esses meses foram horríveis para ele.

Não percebi que ela estava ouvindo.

Ela me entregou um prato, embora eu tenha falado que estava sem apetite.

— Demorou bastante tempo para reunir a coragem para dizer a Ivy que você precisava entrar com o divórcio.

— Precisava ser feito com muita cautela. Ivy ficou devastada quando contei a ela que tinha me apaixonado por outra pessoa, principalmente porque ela tinha certeza de que isso significava que eu iria abandoná-la. Demorou um tempo para acertar todas as burocracias. Mas era necessário se eu quisesse ficar com Nina.

— Como estavam as coisas entre você e Nina durante esse tempo? — Mitch perguntou.

Tanta coisa para não reviver tudo.

Precisava explicar o mais simples possível e, então, terminar esta conversa.

— As coisas foram difíceis por um tempo. Ryan também continuou sendo um impedimento. Mas Nina e eu nunca conseguimos ficar longe um do outro. Para concluir, ela engravidou de A.J. nessa época. E essa surpresa foi o milagre que nos salvou. Os últimos nove anos não passaram sem desafios, mas sinto que nosso amor só se fortaleceu.

Eu sabia que Mitch entendia o que eu estava dizendo porque ele e Skylar, com certeza, tiveram sua parcela de drama. Ficaram separados por cinco anos antes de, finalmente, ficarem juntos.

Mitch assentiu e coçou o queixo.

— Nina já conheceu Ivy?

— Não. Acho que não seria saudável para nenhuma delas. Nina nunca pediu para conhecê-la, e Ivy finge que minha família não existe. É o único jeito de ela conseguir lidar com isso quando tem consciência o suficiente para pensar no assunto. É um mecanismo de fuga.

Mitch Jr. começou a chorar, então Skylar se levantou para pegá-lo do cercadinho.

Mitch apontou o dedo para mim.

— Aliás, acho que precisamos nos juntar e caçar esse Ryan para acabar com a raça dele.

— Acredite em mim, ele não escapou da minha ira. Acabei batendo nele uma vez quando Nina estava grávida. Mas, ao longo dos anos, ele se desculpou tantas vezes que, pelo menos, não quero mais matá-lo. É difícil evitá-lo porque os pais de Nina são próximos dos dele. Ryan e sua esposa estão em muitos eventos da família quando vamos para o norte de Nova York. Ele se casou com uma garota muito legal da Austrália chamada Lisa, que, claramente, não faz ideia do idiota que ele pode ser. Mas ela é boa demais para ele. Acabaram de ter um filho e deram o nome de Jimmy. Não moram longe dos pais de Nina. Ele trabalha na polícia da cidade.

Skylar estava amamentando o bebê de novo.

— Não consigo perdoá-lo por tudo que ele fez, principalmente pelo que aconteceu depois que A.J. nasceu. Foi simplesmente inconcebível.

Me endireitei na cadeira, desconfortável com o rumo que aquilo estava tomando.

— Depois que A.J. nasceu? Do que está falando?

— Quando ele foi à casa dos pais de Nina durante a semana em que ela estava ficando lá com o bebê... quando você teve que viajar a trabalho.

Minhas entranhas estavam se revirando.

— Como assim?

— Oh, merda. Nina nunca contou nada para você?

— Aparentemente, não.

— Presumi que tivesse. Sinto muito, Jake. Droga. Não deveria ter tocado no assunto. Eu...

— Skylar! Que porra aconteceu? — Não foi minha intenção gritar, mas o fato de ela saber alguma coisa que eu não sabia me irritou pra caramba.

— Você sabe como Nina ficou bastante deprimida, passando por todas aquelas questões de pós-parto?

— Claro, me lembro. Foi exatamente por isso que não queria que ela ficasse sozinha naquela semana. Estava chorando constantemente. A.J. tinha apenas alguns meses. Mas eu havia acabado de começar em um novo emprego de que realmente precisava, e eles me enviaram para a Alemanha para um treinamento, do contrário, não teria conseguido assumir o cargo. Eu a levei até a casa dos seus pais para que pudessem cuidar dela.

— É. Nina me ligou bastante nessa época. Ninguém entendia sua depressão pós-parto. Os pais de Nina achavam que ela estava infeliz com você por causa da situação com Ivy. De alguma forma, Ryan soube disso e apareceu lá nessa semana, basicamente confessando que a amava, dizendo que não era tarde demais para eles, que ele poderia fazê-la feliz, cuidar dela e do bebê.

Meu corpo ficou rígido. Mordi meu lábio inferior, quase tirando sangue. Mal conseguia acreditar no que estava ouvindo. Imediatamente, peguei meu celular e procurei o nome de Ryan.

Skylar entrou em pânico.

— Por favor, não fique bravo com Nina. O que vai fazer?

— Tenho o número daquele otário. Vou ligar para ele.

Ninguém deveria testemunhar o que eu planejava dizer ou fazer durante aquela ligação. Entrei em nosso quarto e fechei a porta conforme o telefone tocou. O som do bebê dele chorando no fundo foi a primeira coisa que ouvi quando ele atendeu. Depois veio a voz de Ryan.

— Alô?

— Ryan...

— Jake? E aí? Faz tempo que n...

— A última vez que te vi no aniversário de sessenta anos de Sheryl, você lembra do que falei para você?

— Sim. Ãh, você falou que "a vida é curta demais para guardar rancor".

Minha mão estava esmagando o travesseiro. Imaginei o pescoço de Ryan.

— Bem, esqueça isso. O que quis dizer foi "a vida é curta demais para não esmagar sua cabeça". Da próxima vez que te vir, vou fazer exatamente isso.

— O quê? Do que está falando?

Apertando minha mandíbula, eu disse:

— Quando fiz as pazes com você, não sabia que tinha tentado destruir minha família depois que meu filho nasceu. Esqueça tudo que falei.

— Posso explicar.

— *Adoraria* ouvir você tentar explicar essa.

Ryan suspirou tão fundo que senti no meu ouvido.

— Preciso tentar.

Murmurei um monte de obscenidades baixinho.

— Está ouvindo? — ele perguntou.

— Você tem um minuto.

Ele ficou quieto. Então eu o ouvi fungar.

Parecia que ele tinha começado a chorar.

Que porra era essa?

— Está chorando, seu merdinha?

Ele fungou de novo. Houve uma demora até ele falar.

— Não sei se Nina já te contou que, quando Jimmy faleceu, eu estava ao lado dele.

— Ela contou.

— A última coisa que ele falou para mim antes de seus olhos se fecharem... a última coisa mesmo... foi "cuide da minha irmã".

Ele continuou falando. E o deixei.

— Nunca tive problema com você antes de ela se mudar para o apartamento anos atrás. Sabe disso. Depois que começou a ficar com você, ela mudou. Pela primeira vez, depois que Jimmy morreu, ela estava feliz. Você conseguiu fazê-la superar alguns daqueles medos idiotas. Eu detestava você ter conseguido fazer algo que não pude. Do jeito que eu enxergava, Jimmy tinha me deixado com uma responsabilidade, e eu tinha fracassado. Comecei a me ressentir de você. Mas, mais do que qualquer coisa, tinha medo de você magoá-la, e ela iria ficar pior do que antes. Ainda está aí?

— Sim.

— Depois de descobrir seu casamento com Ivy, fiquei mais convencido de que precisava afastar Nina de você. Apesar de as circunstâncias serem únicas, ainda sentia que a coisa toda era uma receita para o desastre e que ela merecia mais. Quando ela descobriu que estava grávida, realmente acreditava que ela só estivesse ficando com você porque temia ficar sozinha. Logo depois disso, Tarah se mudou e me deixou quando descobriu minha obsessão por Nina. Confessei para ela umas coisas que tinha feito para tentar separar você e Nina. Então não tinha nada a perder. Quando seu filho nasceu, durante a semana em que Nina estava ficando na casa dos pais dela, fiz uma última tentativa. Meus colegas tinham me contado que ela estava bem infeliz. Não sabia que era a depressão pós-parto. Então fui até ela e lhe disse que a amava e que, se quisesse te abandonar, eu cuidaria dela. Não entendia a profundidade dos sentimentos dela por você. Sabe o que ela me disse?

Minha voz mal saiu.

— O quê?

— Ela me disse que, apesar de se sentir perdida e nem saber realmente quem era mais, a única coisa de que tinha certeza na vida era o quanto ela amava você. Me disse que esperava que eu, um dia, pudesse viver esse tipo de amor profundo de almas com alguém. Olhando para trás, fica claro para mim que eu não a amava dessa forma. Estivera tentando vencer uma competição por ela. Foi só quando conheci Lisa que entendi o tipo de amor que você e Nina têm. Sei agora que nunca poderia ter separado vocês dois. Quando se ama verdadeiramente alguém, é indestrutível.

— É...

— Então, de novo, preciso te dizer o quanto sinto muito. Eu estava errado. Nina e você sempre pertenceram um ao outro. Jimmy me falou para cuidar dela. No entanto, ele mudou de ideia e enviou um homem melhor.

Fechei os olhos. Precisava trazer minha esposa para casa.

— Volte para o seu bebê — eu disse.

— Estamos bem de novo?

— Não sei. Mas, provavelmente, não vou esmagar sua cara.

— Vou aceitar isso, por enquanto.

— Boa noite, Ryan.

Desliguei antes de ele poder responder.

Me deitei na cama para recompor meus pensamentos antes de ligar para Nina. As palavras de Ryan passaram na minha cabeça. *Ele enviou um homem melhor.* Duvidava que Nina estivesse se sentindo assim no momento.

Me estiquei para a mesa de cabeceira e ergui uma foto de Nina e eu em um passeio de gôndola em Veneza durante nossa lua de mel. O sorriso dela era difícil de absorver agora, sabendo que ela estava em algum lugar tentando ficar longe de mim, que, provavelmente, estava pensando em todas as formas que eu não a tinha priorizado.

Estremeci.

Os sons da minha família e amigos conversando na sala ao lado pareciam a quilômetros de distância. Me obrigando a levantar, resolvi ir ao banheiro da suíte para jogar água no rosto antes de voltar para a sala.

A água esfriou minha pele, porém não me acalmou.

Conforme sequei o rosto, uma caixa rosa chamou minha atenção no lixinho. Era a caixa descartada de um teste de gravidez.

Comecei a sentir um pouco de tontura quando me abaixei para pegá-la. Essa era, oficialmente, minha primeira pista do que fez Nina se descontrolar na noite anterior. Não havia sinal do palitinho de teste. A caixa dizia que incluía três testes, mas não estavam no lixo.

Ignorei todo mundo conforme corri pela sala e para o outro banheiro, onde não havia nada no lixo além de caixas vazias de suco de A.J. Uma busca no lixo da cozinha também não deu em nada. Nenhum teste de gravidez apareceu em toda a casa, apesar de a caixa estar vazia.

Me sentindo perturbado, fiquei parado na cozinha, apoiado no balcão de granito com a cabeça nas mãos. Não precisava adivinhar o que tinha acontecido. Eu sabia.

Tínhamos feito inúmeros testes juntos ao longo dos últimos anos, todos negativos. Toda vez era mais difícil do que a anterior. Meu medo foi que Nina passou por essa experiência sozinha na noite anterior enquanto eu estava preso no hospital, e isso abasteceu sua raiva em relação a mim. Recentemente, havíamos conversado sobre consultar um especialista em fertilidade, porém Nina ficara com medo de tomar remédios. Era para conversarmos sobre isso de novo em breve, agora que ela havia terminado a faculdade de Enfermagem.

A vibração do celular no meu bolso me assustou. O nome de Nina acendeu na tela. Parecia que meu coração batia em ondas excruciantes no meu peito.

— Nina. Cadê você?

— Estou em uma lanchonete no centro.

— Em uma lanchonete? O que está fazendo aí?

— Vim aqui para pensar.

— Ficou aí o dia todo?

— Não.

— O que ficou fazendo?

— Primeiro, sinceramente, só perambulei por aí sem objetivo.

Cedric entrou na cozinha para ver como eu estava.

— Está tudo bem?

Acenando para ele se afastar, assenti.

— Quem era?

— Era Cedric. Ele e Allison estão aqui. Você não sabia, mas eu tinha planejado uma festa para você esta noite. Esse foi o motivo de, inicialmente, eu ir até Ivy ontem à noite em vez de hoje. Skylar e Mitch também estão aqui.

— O quê? Está brincando?

— Bem que eu queria. Você me fez prometer não te ligar, então cumpri minha palavra. Acabamos ficando aqui te esperando, torcendo para você voltar para casa.

— Ah, meu Deus. Me sinto péssima. Precisamos conversar, Jake. Eu ia para casa agora, mas acho que você precisa me encontrar aqui, ou não vamos ter privacidade.

— Sério, você está me assustando, amor. Mas vou te encontrar em qualquer lugar que quiser. Vou andar até o fim do mundo se você só me disser que estamos bem.

Sua respiração se tornou irregular, e pareceu que ela estava chorando.

— Nina? Está me assustando pra cacete. O que está havendo?

— Jure para mim que não vai ficar bravo comigo.

Um nó se formou na minha garganta.

— Bravo com você por quê? Não é para você estar brava *comigo*?

— Só me prometa que não vai ficar chateado com o que estou prestes a te dizer.

— Certo. Prometo. O que quer que seja, não vou ficar bravo. Onde você esteve hoje?

Um longo e desconfortável silêncio me deixou nervoso. O que ela disse em seguida me deixou *mais* do que nervoso.

— Fui ver Ivy.

Capítulo 20

Nina

Tudo parecia estar me fazendo chorar ultimamente, mas estava especialmente ruim naquela sexta à tarde em particular. Meus olhos estavam se enchendo de água com qualquer coisa. Eu estava emotiva pra caramba. De acordo com meu calendário, estava para ficar menstruada, então fazia sentido. Meus hormônios sempre se apossavam de mim nessa época do mês, mas nunca desse jeito. Quando minha sogra foi pegar A.J., eu tinha cheirado o cabelo dele, sem querer soltá-lo. Então, uma lágrima caiu quando me despedi dele.

O que havia de errado comigo?

A reação dele me fez rir.

— *Mãe, você está bagunçando meu moicano.*

Recentemente, ele havia nos convencido a deixar seu cabelo preto mais comprido em cima. Jake havia raspado as laterais para que o topo ficasse mais proeminente. Embora o estilo ficasse muito fofo nele, não deixávamos que ele usasse espetado nos dias de aula.

A.J. não se parecia em nada comigo. Com seu cabelo escuro, olhos verdes e covinhas, ele era totalmente o Jake. Costumávamos brincar que Jake tinha feito A.J. e que eu não tive nada a ver com isso. Mas claro que minha cicatriz da cesárea e os meses de depressão pós-parto serviam como prova de que eu, definitivamente, era mãe dele. Fui apenas a incubadora.

A.J. estaria a apenas quarenta minutos em Malden passando o fim de semana, mas, por algum motivo, eu iria sentir muita falta dele. Era raro ele passar a noite longe de casa. Ao mesmo tempo, seria revigorante para Jake e eu termos um tempo sozinhos. Eu estava bem ansiosa por ter meu homem sexy só para mim naquela noite.

O *timing* era perfeito para isso. Estávamos sob muito estresse ultimamente entre meus últimos estágios de enfermagem e os problemas de tentar um bebê. Só de pensar nos últimos dois meses fez um rastro fresco de lágrimas escorrer por minhas bochechas. Precisava que Jake voltasse para casa e pusesse alguma razão em mim, me fizesse rir, me confortasse e fizesse amor comigo.

Seriam mais umas duas horas até ele voltar do trabalho. Para passar o tempo, resolvi dar uma caminhada até a farmácia na Harvard Street para comprar umas revistas e xampu.

Parei na cafeteria para comprar um café para viagem e olhei a vitrine na Coolidge Corner no caminho. O sol estava se pondo, e as ruas estavam fervendo de pessoas voltando para casa do trabalho para o fim de semana.

Moramos no bairro mais lindo. Havia muitas lojas ecléticas e negócios de família. Às vezes, eu não conseguia acreditar no quanto tínhamos sorte. Quando pensei nisso, meus olhos se encheram de água de novo. Tudo estava me fazendo chorar.

Pare com isso, Nina.

Quando entrei pelas portas automáticas deslizantes da farmácia, as luzes brilhantes fluorescentes ajudaram a esfriar meu estado emocional. Fiquei olhando cada corredor. Era uma raridade estar ali sozinha sem A.J. implorando por balas de minhoca azedas ou um brinquedo barato.

Quando parei na área das revistas, um bebê sorridente com um rosto angelical me encarou de volta da frente de uma revista de maternidade. Quando meus olhos marejaram de novo, um pensamento surgiu em minha mente.

Será que eu estava grávida? Era por isso que minhas emoções estavam descontroladas?

Detestava pensar nisso porque ficaria decepcionada de novo. Eu sabia que era melhor não ficar esperançosa. Ainda assim, quando passei pelo corredor de testes, não consegui resistir e coloquei um kit de teste de gravidez na minha cestinha.

No caixa, a atendente sorriu para mim quando bipou a caixa rosa junto com a revista do bebê sorridente. (Não consegui resistir.)

Estava totalmente escuro quando voltei para o lado de fora. Um frio impulsionado pelo vento me incentivou a ajustar meu cachecol no rosto. Me lembrei de que estavam falando sobre uma tempestade bem forte à noite. Fiquei aliviada em saber que A.J. já estava onde ele precisava estar.

De volta ao apartamento, esfreguei as mãos uma na outra, porém a fricção me aqueceu só um pouco. Apesar do aconchego da nossa casa, a intensidade do frio do lado de fora permaneceu por um tempo depois que entrei. Sem A.J. ali, também estava extremamente quieto.

Eu tinha resolvido ir para a cozinha fazer um chá. A fumaça da água quente me relaxou conforme coloquei o saquinho de chá e debati se fazia o teste antes ou depois de Jake voltar para casa. Detestava fazê-lo passar pela empolgação da espera em vão.

A única coisa pior de como um teste negativo me fazia sentir sempre foi a decepção nos olhos dele, que tentava esconder, sem sucesso. Seria melhor se eu o fizesse sozinha e guardasse o resultado negativo para mim mesma.

A culpa me consumia com frequência. Jake queria outro bebê há anos, e eu não concordava. Quando mudei de ideia, aparentemente, meu corpo tinha decidido não colaborar. Se eu tivesse cedido e me permitido engravidar seis anos antes, poderíamos não ter tido problema. Às vezes, parecia que eu estava sendo punida por meu próprio egoísmo.

Jake era um pai tão incrível. Ele merecia ter outro filho — ou dois ou três. Apesar das longas horas trabalhando em seu emprego de engenheiro no norte da cidade, ele dava total atenção a A.J. no segundo em que entrava em casa até ir dormir, e ainda fazia o jantar para nós na maior parte das vezes.

Tínhamos uma ótima vida em seis dos sete dias da semana.

Exceto nos sábados.

Sábados eram os buracos negros da minha vida porque eram os dias em que ele visitava Ivy. Saía pela manhã, e eu contava as horas até ele retornar. Às vezes, era no fim da tarde e, com frequência, à noite.

Geralmente, eu limpava a casa ou fazia planos com A.J. para passar o tempo nesses dias. Sempre falamos para nosso filho que "o papai vai ajudar uma amiga doente". Deixávamos assim. Eu tinha o hábito de internalizar meus sentimentos em relação ao relacionamento de Jake e Ivy porque não era justo adicionar mais estresse a uma situação que não poderia ser resolvida. Desde que soube a verdade, ficou claro que Ivy era como uma família para Jake. Por mais injusto que parecesse, ele tinha herdado a responsabilidade de cuidar dela. Entendia de verdade o dilema dele. Mas não significava que eu tinha que gostar ou que não ficava com ciúme.

Eu tinha absoluta certeza de que, se o fizesse escolher entre nós, ele me escolheria. Ele até admitira isso. Mas fazer tal exigência não solucionaria a situação. Eu não conseguiria viver comigo mesma se tivesse que vê-lo sofrer com a culpa de abandoná-la. Ele se puniria. Simplesmente, não se coloca uma pessoa que você ama em uma posição dessa. A situação com Ivy existia antes de eu sequer aparecer, e era essencialmente uma parte dele. Eu o amava e tinha que aceitar todas as partes dele — boas, ruins e feias.

Na maior parte do tempo, eu tinha bastante confiança no amor dele por mim para não deixar a existência de Ivy me afetar. No entanto, de vez em quando, se estava em certo humor, ficava brava e me ressentia de não podermos ser uma família normal sem ter que viver à sombra de uma ex-esposa com transtorno mental.

Eu nunca quis conhecê-la.

Ficava aterrorizada de que ela fosse mais bonita do que eu ou de descobrir que não era realmente incapacitada. Na maior parte do tempo, eu conseguia compartimentar toda essa insegurança.

Na *maior* parte do tempo.

Essa noite não era um desses momentos. Meus hormônios bagunçados estavam me tornando particularmente insegura de todo jeito. Depois de jogar o restante do chá na pia, peguei a sacola de papel da farmácia e a levei ao banheiro fora do nosso quarto.

Não era necessário ler as instruções porque eu já tinha feito isso muitas vezes. Peguei o primeiro teste e fiz xixi nele antes de recolocar a tampa limpa no palitinho.

Cinco minutos.

A neve estava caindo do lado de fora no sentido horizontal. Carros que estavam limpos quando entrei agora estavam cobertos de branco. Era para Jake chegar em casa em uma hora. Esperava que ele não ficasse preso na estrada na tempestade.

Voltando à sala de estar, me cobri com uma mantinha e tentei me concentrar na revista de maternidade enquanto a previsão do tempo do início da noite passava de fundo.

O telefone tocou, e o nome de Jake brilhou no identificador de chamadas.

Atendi.

— Por favor, me diga que não está preso no trânsito.

— Oi, amor. Estou fora da estrada agora, mas, olha... Preciso ir na Ivy esta noite.

Essa notícia me irritou.

— O quê?

— Recebi uma ligação da clínica, e ela teve um tipo de crise. Falei para eles que iria ver como as coisas estavam à noite. Mas isso significa que não vou ter que ir amanhã, ok? Vamos ter amanhã livre. A.J. ainda estará na minha mãe. O tempo estará melhor, e podemos sair.

Fiquei amuada. Estava com muita saudade dele.

— Acho que tudo bem.

— Você está bem? Sei que é uma droga.

— Que horas vai chegar em casa?

— Assim que puder. Juro.

— Ok.

— Nina. Esteja pronta para mim esta noite. Estou excitado pra caralho.

— Você sempre está excitado.

— Sério... sabe no que estive pensando o dia todo? Em uma fantasia. Quase fiquei duro no meio de uma porra de reunião.

— Me conte sobre sua fantasia.

— Quero colocar as almofadas do sofá no chão bem em frente à lareira elétrica. Quero você nua e de quatro diante da lareira com sua bunda empinada no ar. Depois, quero te foder por trás assim, com o calor nos aquecendo enquanto neva lá fora. O que acha?

— Acho que quero que você venha para casa agora mesmo. Só chegue aqui assim que puder depois de ir na Ivy.

— Eu amo você. Obrigado por entender, amor.

— Também te amo.

Mantive o celular na orelha, embora ele tivesse desligado. Com certeza, estava decepcionada, mas entendia. Pelo menos, teríamos um sábado raro juntos no dia seguinte.

Os cinco minutos já tinham passado há bastante tempo, mas eu estava enrolando, fingindo ler um artigo sobre educação domiciliar. Agora que Jake não chegaria em casa logo, pensar em ficar sozinha, remoendo os resultados de outro teste decepcionante parecia aterrorizante. Após muitos minutos, joguei a revista de lado, me obriguei a levantar.

A porta para o banheiro rangeu quando eu, lentamente, virei a maçaneta. Respirei fundo e fechei as pálpebras com força antes de olhar para o teste.

Abri os olhos e vi duas linhas cor-de-rosa.

Segurando os três testes positivos, andei de um lado a outro, incerta do que fazer. Eu tinha feito os outros testes do kit só para ter certeza. Definitivamente, eu estava grávida.

Explodindo de empolgação, pulei e agitei as mãos, me sentindo uma tola. Parecia surreal depois de tanto tempo. Tinha mesmo perdido toda a esperança. Jake e eu éramos muito sexualmente ativos, então não ter engravidado em mais de sete anos me deixou certa de que havia um problema de verdade.

Mas já tinha ouvido esse tipo de coisa acontecer. Bem quando as pessoas estavam prontas para começar tratamentos de fertilidade ou adotar, elas engravidavam milagrosamente.

Tinha que pensar em um jeito criativo de contar. Ele ficaria em êxtase! Parecia que meu coração iria explodir só de pensar na reação dele.

Resolvi colocar os testes dentro de uma caixa de joias dourada metálica comprida. Depois de tirar a pulseira de diamante que Jake tinha comprado para mim em nosso aniversário de um ano, eu a guardei em uma gaveta e substituí pelos três palitinhos. Fingiria que foi um presente que comprara para ele por me apoiar na faculdade. Ele pensaria que era um relógio e surtaria quando visse o que realmente tinha dentro.

Seria muito incrível.

Eu precisava tornar essa noite especial quando ele chegasse em casa. Coloquei a caixa na minha bolsa e não perdi tempo ao me aventurar na cozinha. Procurando nos armários, me certifiquei de termos todos os ingredientes para Bananas Foster.

Banana, manteiga, açúcar mascavo, rum...

Se tinha uma noite para comemorar com a sobremesa preferida de Jake, era essa.

Assim que coloquei dois pedaços de manteiga na panela, meu celular começou a tocar. Era ele.

— Jake?

— Oi, amor. Olha...

— Por favor, me diga que está ligando para falar que está vindo para casa.

— Estou no hospital. Quando cheguei à clínica, ela já tinha sido internada.

— Ela está bem?

— Sim. Eles a encontraram tentando escalar o telhado de novo. Que porra de pesadelo. Vão liberá-la amanhã.

— Ok... então o que isso significa?

— Significaria que eu me atrasaria mais do que pensei. Mas acabei de ouvir que fecharam a rodovia para todos os veículos não emergenciais devido ao gelo. Eu estava olhando pela janela mais cedo, e os carros estavam girando e batendo uns nos outros. Parecia o apocalipse.

— Então o que está dizendo?

— Estou dizendo que posso ter que passar a noite aqui, a menos que abram a rodovia. Juro que sinto que sou muito azarado às vezes.

Ele não viria para casa.

Fiquei em silêncio, mas uma lágrima escorreu pela minha bochecha. Não queria que ele percebesse que eu estava chorando.

No fundo, eu sabia que não era culpa dele, mas parecia não conseguir controlar minha reação.

— Nina? Você está bem?

— Sim.

— Tem certeza?

— Só tenha cuidado — eu disse.

— Te amo.

— Também te amo.

Apertei o botão vermelho para desligar e deslizei o celular pelo balcão. Nem sabia para onde minha raiva estava direcionada. Só sabia que não conseguia me acalmar. Para piorar, a manteiga que eu estivera aquecendo para a sobremesa tinha queimado.

— Merda!

Apaguei o fogo e, brava, joguei a panela quente na pia, espalhando manteiga por todo lado.

O som do meu ouvido interno soando no meio do silêncio ensurdecedor era torturante.

Me obriguei a ir direto para a cama e comecei a ficar obcecada por tudo. Os medos se apossaram de mim conforme a preocupação sobre meu estado emocional crescia. O monstro "e se" começou a controlar meus pensamentos.

E se eu virar uma bola de basquete nos próximos nove meses?

E se eu tiver depressão pós-parto de novo?

E se Jake não conseguir lidar com meus problemas desta vez, e isso nos destruir?

E se Jake ainda estiver atraído por Ivy? (Essa era antiga, mas sempre parecia surgir quando eu estava na pior.)

Então, as perguntas "e se" se transformaram em "por quês".

Por que tenho que compartilhar meu marido?

Por que não podemos simplesmente ser uma família normal?

Por que ele não pode voltar andando para casa? (Essa não fazia sentido por causa da tempestade de neve, e ele estava do outro lado da cidade, mas eu não estava pensando racionalmente naquela noite.)

Por que ele está com ela e não comigo?

Essa autotortura continuou durante a noite. Virando e revirando, finalmente dormi lá pelas quatro da manhã, só para acordar às seis no mesmo estado psicológico. Jake não poderia me ver assim. Acabaria com um momento que era para ser feliz. Eu precisava tirar um tempo e me acalmar antes de contar a ele sobre o bebê.

O fato de eu estar nesse estado arruinaria todo o anúncio da gravidez.

Se eu saísse antes de ele chegar, ele poderia surtar. Então o plano seria esperá-lo e, então, sair por um tempo para me recompor. O único jeito que ele me deixaria sair era se eu fosse inflexível quanto a isso.

Recebi uma mensagem às 6h30 da manhã.

Finalmente, a estrada abriu. Graças a Deus. Saindo agora.

Chego em casa logo.

Peguei meu casaco e coloquei um chapéu para ficar preparada para quando ele entrasse. Fiquei sentada no mesmo lugar, esperando.

Quarenta minutos depois, a porta se abriu.

Meu coração bateu mais rápido quando vi meu marido. Seu cabelo liso grudado nas laterais da cabeça. Ele tinha olheiras inchadas em seus olhos verdes brilhantes. Ele ainda era o homem mais lindo que eu já tinha visto.

Jake correu até mim e colocou o nariz no meu pescoço, respirando fundo em mim.

Sua pele estava gelada.

— Ontem à noite foi um pesadelo. Eles a liberaram. Ela voltou para a clínica. — Ele me apertou com mais força. — Deus, Nina. É tão bom estar em casa.

Me esforçando ao máximo para lutar contra as lágrimas, com relutância, me afastei. Apesar de estar tentada a ficar na segurança e no calor dos braços dele, meu humor estava fora de controle, e isso destruiria tudo. Eu tinha que me acalmar, e isso significava sair dali.

— Por que está de casaco?

— Preciso sair por um tempo. Não queria que chegasse e não me encontrasse.

— O quê? Por quê? Foi porque passei a noite no hospital?

Esse não era totalmente o problema, mas deixei implícito que era.

— O que acha?

— Amor, eu...

— Ouça, ontem foi uma noite bem difícil. Você nunca deixou de vir para casa. Nunca. Eu só... fiquei chateada. Não é apenas isso. Preciso espairecer. Ficarei bem. Só preciso de um pouco de espaço.

— Nina, me desculpe. Mas não entendo.

— Por favor, não me ligue nem me mande mensagem, ok? Estou falando sério. Só preciso ficar sozinha por um tempo.

A expressão aterrorizada dele não me fez parar. Fechei a porta ao sair e nunca olhei para trás.

O tempo feio do dia anterior tinha aberto caminho para uma manhã linda conforme os montes de neve branca refletiam os raios brilhantes do sol.

Após algumas horas perambulando por nosso bairro e duas paradas em uns dois restaurantes diferentes que estavam abertos para café da manhã, meu exato destino ainda estava incerto. O gelo era esmagado sob minhas botas conforme continuei andando pelas ruas laterais, ainda sem estar pronta para ir para casa.

Quando cheguei nos trilhos da Beacon Street, um bonde da Green Line se aproximava ao longe. Em certo momento, ele guinchou e parou diante de mim, e as portas se abriram. Impulsivamente, entrei sem prestar atenção para onde ia.

Fechei os olhos e deixei o balanço do passeio de bonde me acalmar conforme pensei no bebê crescendo dentro de mim. O *timing* da minha primeira gravidez não poderia ter sido pior. Estava descobrindo sobre Ivy e lidando com todas as mudanças do meu relacionamento com Jake que vinham com isso. O estresse que levou ao nascimento de A.J. foi sem precedente e ajudou a criar a tempestade perfeita que resultou em um momento muito difícil depois de ele nascer.

Eu estava determinada que esse bebê viesse ao mundo sob diferentes circunstâncias. Quaisquer demônios ou inseguranças que permanecessem dentro de mim precisavam ser erradicados nos nove meses seguintes.

Algo escrito à caneta atrás do assento diante de mim chamou minha atenção.

Substitua o medo do desconhecido por curiosidade.

Eu tivera muitos medos na minha vida. Com a ajuda de Jake, consegui superar muitos deles. Mas, quando se é uma pessoa temerosa por natureza, frequentemente, medos antigos são substituídos por novinhos em folha. Ivy tinha sido a raiz das minhas ansiedades no instante em que descobri sobre ela. Apesar de Jake nunca me dar motivo para me sentir insegura, não conseguia evitar. Porque nunca a tinha conhecido, nunca a tinha visto, ela era uma criatura mística que tinha uma pequena parte do coração do meu marido. As vezes em que fiquei mais insegura foram as que me concentrei nessa pequena parte que eu não tinha, em vez de a maior parte que era minha.

Substitua o medo do desconhecido por curiosidade.

A próxima parada era Park Street. Vagamente, me lembrava de que Park Street era onde poderia trocar para o trem da linha vermelha. A linha vermelha me levaria a Dorchester. Era em Dorchester que Ivy morava.

Não admitiria, a mim mesma, que realmente estava pensando em ir lá. Se se tornasse verdade, eu perderia a coragem de fazer uma coisa que poderia ser necessária para minha própria saúde mental. Talvez eu só espiasse pela janela. Talvez não dissesse realmente nada para ela. Mas, de repente, ficou claro que, enquanto Ivy fosse um monstro sem rosto na minha mente, o medo do desconhecido sempre estaria lá. Como poderia enfrentar um medo se não sabia realmente com o que estava lidando? Dei uma última olhada nas palavras responsáveis por catapultar um dia comum em um do qual eu esperava não me arrepender pelo resto da vida.

Substitua o medo do desconhecido por curiosidade.

Me levantei e me agarrei à barra de metal conforme o bonde parou.

Depois de jogar uma moeda na case de guitarra aberta de um homem se apresentando na plataforma abaixo, esperei ansiosamente o trem — o que me levaria ao bairro de Ivy. Tinha encomendado uma cesta de presente para os funcionários da clínica uma vez como um favor para Jake, então eu sabia o endereço. Tinha até pesquisado a casa algumas vezes no Google Earth, semicerrando os olhos para analisar cada detalhe como se tivesse tido um vislumbre dela.

Assim que entrei no trem, verifiquei o celular. Não tinha mensagem de Jake. Apesar de eu ter falado para não me enviar mensagem, fiquei surpresa, porém grata, por ele me ouvir. Não sabia se conseguiria ter feito isso se ele tivesse enviado uma mensagem que me fizesse sentir culpada.

O anúncio da minha parada aumentou a adrenalina percorrendo minhas veias.

— Fields Corner!

Quando saí do trem, peguei meu celular e coloquei o endereço no GPS.

Seria uma caminhada de dez minutos. Conforme segui a rota, minha boca ficou seca e meu coração estava batendo descontrolado. A cada passo em frente, a dúvida se espalhava como um incêndio. Não sabia se conseguiria fazer isso.

A voz automatizada me fez parar.

— Você chegou.

Olhei para a casa gigante de três andares. A tinta marrom estava descascando na lateral externa. Havia uma placa de madeira com a palavra de *Bem-vindo* esculpida pendurada na porta da frente. Os sinos de vento no topo da varanda da frente soaram abruptamente na brisa como se fosse para me alertar para virar e ir embora.

Dei a volta pela lateral e espiei pela janela do primeiro andar. Duas mulheres estavam preparando a comida na cozinha. Também dava para ouvir a voz abafada de um homem cantando em algum lugar dentro da casa.

Era uma má ideia. Eles não iriam simplesmente me deixar entrar. O que eu falaria? Precisava ir embora, mas, ao mesmo tempo, tinha ido até lá e, no mínimo, esperava dar uma olhada nela.

Voltei para a frente da casa e fiquei congelada do lado de fora da porta.

Antes de conseguir reunir a coragem para bater, a porta se abriu.

Uma mulher acima do peso com cabelo curto ficou diante de mim.

— Vi, da janela, você parada na varanda. A campainha está quebrada. Você deve ser Shari.

Senti como se toda a saliva tivesse sido drenada da minha boca.

— Ãh... sim? Oi.

O que eu estava fazendo?

Ela acenou o braço atrás do seu ombro exageradamente.

— Bem, entre.

— Obrigada.

— Não. *Eu* que agradeço por fazer isso de última hora. Ultimamente, estamos com poucos voluntários. Não me falaram que dia você viria, só que iriam tentar te enviar quando você tivesse um tempo.

Ela pensava que eu era uma voluntária.

— Então, não sei se Valerie te contou, mas, na verdade, só precisamos de ajuda com coisa básica... chão, as duas banheiras, a maior parte da limpeza profunda que fica negligenciada. Tem problema em ficar de joelhos com as mãos apoiadas?

— Ãh... claro que não.

Eu a segui pelo corredor conforme ela falava.

— Não consigo expressar o quanto agradecemos por isto. Com cortes no orçamento, o estado só envia serviço de limpeza uma vez por mês. E isso não é suficiente. Temos doze adultos nesta casa. Nossa prioridade é mantê-los em segurança, e isso significa que a limpeza vai para o espaço. — Ela estendeu a mão. — Sou Nadine, aliás.

Peguei a mão dela.

— É um prazer conhecer você.

— Todos os produtos de limpeza que deve precisar estão naquele armário de suprimentos. É melhor começar com o piso de baixo depois subir para os banheiros. Temos uma daquelas placas dobráveis amarelas que dizem "piso molhado". Pode colocá-la no centro de qualquer cômodo que estiver molhado, depois fazer o que for necessário enquanto o chão seca. Não precisa limpar os quartos, só os pisos da sala de estar principal e os banheiros. Deve demorar umas duas horas.

— Ok.

Eu tinha me metido nesta confusão e, agora, teria que, literalmente, limpar tudo. Depois de uma meia hora esfregando o chão no piso inferior, verifiquei para me certificar de que a cozinha estivesse seca antes de retirar a placa. O plano era me aventurar para cima em seguida. Eu tinha presumido que Ivy estivesse lá, já que todos os banheiros e os quartos dos moradores eram localizados no segundo e no terceiro pisos.

Um homem alto de pele escura usando óculos escuros entrou na cozinha. Ele estava andando extremamente devagar, depois se sentou.

Me pegou desprevenida quando falou.

— Oi, linda.

— Oi.

— Sorria. Você está linda hoje, aliás. E está fazendo um ótimo trabalho.

— Obrigada. É... ãh... muito legal da sua parte.

— Não é tão legal.

— O quê?

— Não sei realmente como você é. Sou cego. Sou estraga-prazeres.

— Ah. — Dei risada. — Entendi.

— Sim, você entende, mas eu não.

— Certo. Desculpe.

— Não se desculpe. Às vezes é lindo. Consigo enxergar todo mundo pelo que realmente são por dentro sem a besteira do exterior... a máscara que as pessoas usam.

— É uma forma interessante de pensar.

— Também posso fingir que qualquer mulher se parece com Halle Berry. Ajuda.

— É, acho que sim. — Dei risada. — Como você sabe... hum...

— Como sei como Halle Berry se parece?

— É.

— Nem sempre fui cego.

Não era da minha conta, mas fiquei muito curiosa. Sussurrei:

— O que aconteceu com você?

Ele apontou o chão.

— Faltou limpar um lugar.

Me virei.

— Onde?

— Agora, como um cego vai saber se faltou um lugar? Falei para você. Sou estraga-prazeres.

Dei um tapa na testa.

— Como você se chama?

— Sou Leo.

— Oi, Leo. Sou Ni... ãh, Shari.

— Niashari. Nome interessante. Para responder sua pergunta, perdi minha visão no Iraque. Foi uma bomba na beira da estrada. Sou soldado.

Sua admissão me abalou, me deixando em silêncio. Apoiando meu rodo na pia, puxei uma cadeira diante dele.

— Uau. Sinto muito. Obrigada por seu serviço, Leo.

— Não pareça tão deprimida.

— Pensei que não pudesse me ver.

— Está correta. Está ficando melhor em prever meus truques, Niashari.

— Obrigada.

— Nunca te vi aqui — ele disse.

— Esse é outro truque?

— Na verdade, não foi. Mas também teria sido um bom.

— Então há quanto tempo mora aqui?

— Uns dois anos. É difícil entrar em um desses lares financiados pelo estado, então aproveitei a oportunidade. Não é exatamente o melhor lugar para mim. A maioria das pessoas aqui tem comportamentos desafiadores, mas preciso da assistência com a vida diária. E, acredite em mim, estar aqui me ajuda a perceber que há pessoas com problemas muito maiores do que o meu. É meio que o contrário de "a grama do outro é mais verde". Todos nós temos cruzes para carregar. Elas são apenas diferentes.

— Que engraçado. Meu marido fala exatamente a mesma coisa, que todo mundo tem uma cruz.

— Seu marido é um homem sábio. E provavelmente bastante sortudo.

Pude me ver sorrindo no reflexo dos óculos escuros dele.

— Obrigada. — A cadeira guinchou no chão conforme me levantei. — Bem, é melhor eu voltar ao trabalho. Foi muito bom te conhecer.

Quando comecei a me afastar, a voz dele me fez parar.

— Ei, Niashari. O que quer que esteja te incomodando, ficará tudo bem.

— Como sabe que tem alguma coisa me incomodando?

— Estava sentado nas escadas e ouvi você limpando por um tempo antes de entrar aqui. A forma como estava respirando pareceu estranha e algo em sua voz agora mesmo... Consigo perceber. A incapacidade de enxergar com meus olhos, às vezes, me torna mais ligado em todo o resto.

— Bom, você é bastante perceptivo. Mas encontrar com você, na verdade, ajudou a acalmar meus nervos. Então, obrigada.

— Você pode ser bem feia, até onde sei, Niashari. Mas é um dez para mim por parar para conversar comigo. Não são muitas pessoas que entram aqui e me dão um pouco do seu tempo. Você é uma boa pessoa.

Meus olhos começaram a lacrimejar.

— Obrigada, Leo. O prazer é todo meu, acredite.

Conforme carreguei o rodo e o balde para o segundo piso, pensei em como, às vezes, Deus coloca alguém em seu caminho exatamente na hora certa. Leo demonstrou que, independente da dificuldade, é sua atitude que vai determinar a qualidade da sua vida.

Ao mesmo tempo, ele me fez perceber como eu era sortuda. Não tinha como ele saber o quanto aquela pequena interação significava para mim. Foi a única coisa que me deu a força para encarar o que quer que fosse encontrar no topo daquelas escadas.

Minhas mãos tremiam quando espremi a esponja enquanto tentava ao máximo não respirar o cheiro dos produtos. Usando luvas de borracha, durante os últimos quarenta e cinco minutos, eu tinha limpado dois banheiros, dois pisos de azulejos e a crosta de duas banheiras. Abandonando os produtos de limpeza no canto do segundo banheiro, atravessei o corredor. Meu coração acelerou quando espiei nos quartos que estavam abertos. Em um deles, uma loira que parecia ter vinte e poucos anos encarava, vagamente, uma televisão. Não poderia ser Ivy. Era jovem demais. E eu sabia que Ivy era ruiva. Era basicamente tudo que eu sabia sobre a aparência dela, já que nunca pedi para Jake me mostrar uma foto.

Um homem de meia-idade assistindo a um jogo de futebol acenou para mim de outro quarto. Estava começando a realmente sentir que estava violando a privacidade dos moradores. Continuei atravessando o corredor até o fim. Se não a visse, talvez levasse meus produtos de limpeza para baixo e fosse embora.

Quando cheguei ao penúltimo quarto à direita, congelei. Toda a vida à minha volta pareceu paralisar quando um flash ruivo chamou minha atenção.

A primeira coisa que reparei foi em seu cabelo comprido de cachos grossos ruivos. A mulher que parecia ter a minha idade estava encarando um relógio de parede enquanto balançava para a frente e para trás em seus pés. Ela não tinha me visto enquanto fiquei ali parada observando-a como se ela tivesse as respostas para todos os mistérios da minha vida. *Ela* era o grande mistério da minha vida.

Só a lateral do seu rosto estava visível. Seu cabelo escondia a maior parte do perfil.

Uma televisão no canto estava com volume baixo, porém ela focava toda a atenção no relógio.

O que era tão fascinante?

O cheiro da fumaça de cigarro emanando do quarto era sufocante e me fez começar uma tosse não intencional. Ela virou a cabeça para a esquerda, e seus olhos encontraram os meus em um olhar penetrante.

Estávamos cara a cara.

Ivy.

Finalmente nos conhecemos.

Ela era linda, não de um jeito glamoroso, mas de um jeito natural que mesmo anos abusando do seu corpo não conseguiram destruir, aparentemente. Sua pele era clara, e ela tinha traços pequenos. Tinha algumas sardas espalhadas pelas bochechas. O que mais me surpreendeu foi como ela era alta, provavelmente tão alta quanto Jake.

Seu olhar incendiário continuou me queimando conforme dei alguns passos para dentro do quarto. Ela me surpreendeu quando se voltou para a parede como se eu nem estivesse ali.

Meu corpo se aproximou.

— Ivy?

Sua atenção ainda estava fixa no relógio quando ela respondeu:

— Não.

— Você não é Ivy?

— Não.

Pigarreei.

— O que é tão interessante nesse relógio?

Ela se virou para mim de novo e não falou nada. Alguns segundos depois, disse:

— Estou tentando fazê-lo voltar, reverter o tempo.

Piscando repetidamente, tentei encontrar sentido no que ela havia acabado de dizer. Era de partir o coração de muitas formas.

Andei atrás dela até uma cômoda com gavetas e ergui um porta-retrato que tinha uma foto de Jake e Ivy. Meu marido estava com o braço em volta dela na foto. Minha mão começou a tremer conforme os olhos verdes de Jake me encaravam de volta do porta-retrato. Era estarrecedor vê-lo tão jovem em uma época em que eu não o conhecia. Também era doloroso vê-lo parecendo tão feliz com outra pessoa. Ivy tinha o mesmo cabelo comprido e ruivo na época, mas sua expressão era cheia de vida, um contraste intenso com o olhar distante atual. Encarar a foto era como me aventurar em uma máquina do tempo que nunca teria embarcado voluntariamente. Enquanto eu a olhava, hipnotizada, Ivy se virou na minha direção. Senti que eu precisava falar alguma coisa.

— Foto legal. Quem é este?

— Esse é o Sam.

— Sam?

— Ele é uma pessoa ruim.

Meu coração se apertou. Ouvi-la dizer isso me fez ficar com pena de Jake. Não conseguia imaginar como deveria ser cuidar de alguém que nem sabia quem você era em alguns momentos. Tinha que ser uma pessoa altruísta para lidar com essa situação.

Gentilmente, limpei o vidro que cobria a imagem do rosto do meu marido. Uma camada grossa de poeira saiu no meu dedo. Retornando o porta-retrato para o móvel, vi um recado e o peguei, reconhecendo imediatamente que foi escrito com a letra de Jake.

Semana de Ivy:

Domingo: Relaxar

Segunda-feira: Passeio no Museu de Ciências

Terça-feira: Consulta com o dr. Reynolds

Quarta-feira: Visita de Gina

Quinta-feira: Toni vem cortar seu cabelo.

Sexta-feira: Parabéns, menina. 33!

Sábado: Aquele encosto do Jake volta.

Tomada pela emoção, engoli o nó na minha garganta. Por mais que fosse comovente ver como ele cuidava de forma meticulosa dela, ver que ele usou o termo *menina* tinha incitado um ciúme indesejado.

Em uma estranha coincidência. Como se ele pudesse sentir minha turbulência interna, chegou uma mensagem de Jake.

Você está bem? Por favor, fale comigo.

Está me deixando muito preocupado.

Respondi rapidamente.

Estou bem. Mas preciso de mais tempo sozinha.

Ivy foi até a mesa de cabeceira e pegou um maço de cigarros. Ela acendeu um, tragou, depois me assustou quando falou.

— Qual é o seu nome?

— Shari. — Tossi. — E o seu?

Uma novem de fumaça flutuou na minha direção quando ela expirou.

— Aria.

— Aria?

— O que está fazendo aqui, Shari?

— Sou voluntária.

— Apollo enviou você?

— Apollo?

— O deus da música.

Jake tinha me contado um pouco sobre as alucinações de Ivy ao longo dos anos. Estava começando a perceber que eu tinha acabado de pegá-la no meio de uma.

Inclinando minha cabeça, perguntei:

— Por que ele teria me enviado?

— Você é uma das outras conquistas dele?

— Não. Posso dizer, seguramente, que não sou.

— Ele vai me salvar. Ele me ama apesar de eu ser mortal. Porque sou uma musicista talentosa.

— Bem, que ótimo.

— Sabia que árias de ópera são as obras mais lindas de música? É daí que vem meu nome. Aria é sinônimo de música.

Jake tinha mencionado que Ivy costumava tocar violão. Essa era uma das poucas coisas que eu sabia sobre ela. Um violão da cor âmbar apoiado na parede no canto do quarto chamou minha atenção.

— Então você é musicista. Estou vendo o violão ali. Você toca?

Nada poderia ter me preparado para o que aconteceu em seguida. Rapidamente, Ivy apagou seu cigarro e se sentou na cama. Começou a balançar para a frente e para trás. A mudança foi como se um interruptor tivesse sido apertado. Ela envolveu as mãos na cabeça e começou a puxar o cabelo. Então explodiu em lágrimas.

Um flash de pânico me atingiu. Me senti impotente. A cama guinchou quando me sentei ao lado dela.

— Está tudo bem, Aria. O que quer que seja, vai ficar tudo bem.

Eu nunca tinha entendido como a realidade da condição de Ivy era séria. Ver com meus próprios olhos me deu uma compreensão maior de com o que Jake estivera lidando todos esses anos.

Alguém bateu à porta.

Uma mulher entrou segurando um copinho plástico.

— Ivy, trouxe seu remédio.

Ela não pareceu afetada pelo comportamento de Ivy, o que me dizia que acontecia bastante. A trabalhadora não me questionou. Simplesmente foi até Ivy, deu a ela dois comprimidos e a observou beber até a última gota da água.

— Mostre a língua — a mulher disse, aparentemente precisando se certificar de que Ivy realmente engoliu o remédio.

Ivy fez o que ela pediu.

— Ahh.

Percebi, pela primeira vez, que seus dentes eram bem manchados.

A mulher saiu rapidamente, fechando a porta.

Do lado de fora da janela, flocos de neve estavam caindo. Não conseguia deixar de encará-la, absorvendo cada detalhe conforme ela estava mais alta do que eu na cama. Rugas sutis estavam começando a se formar em volta da sua boca, provavelmente devido a todos os anos fumando. Era difícil imaginar que Jake fora casado com ela, fizera amor com ela repetidamente. Estremeci. Saber que meu marido tinha estado dentro dela fazia meu estômago se revirar. Tentava muito não deixar minha mente ir para esse lugar, mas não conseguia evitar.

Em certo momento, ela secou o nariz com a manga. Seus olhos estavam inchados e vermelhos quando ela se virou lentamente para mim.

— Sou Ivy.

— Oi, Ivy.

— Por que está aqui?

— Não sei muito bem — respondi sinceramente.

— Eu também não. Não sei muito bem por que estou aqui na maior parte dos dias.

O significado mais profundo da sua declaração me fez ficar tomada por tristeza por ela. Não sabia o que dizer.

— Sinto muito.

— Ninguém nunca fica. As pessoas entram aqui para me dar remédio ou ver se estou viva, depois vão embora. Normalmente, fico sozinha. Mas é bom. Não sei mais como me portar perto das pessoas. Bem, exceto Jake. — Ela deu risada de um jeito quase louco. — Ainda não o assustei.

— Jake, ãh...

Ivy se levantou, foi até a cômoda e pegou a mesma foto que eu estivera segurando mais cedo, levando-a para mim.

— Este é ele.

Estava cada vez mais difícil manter minha expressão neutra. Eu não iria insistir ou obrigá-la a rotular o que ele era para ela a fim de satisfazer minha própria curiosidade mórbida. Eu sabia a verdade, e sabia que devia ser doloroso, para ela, pensar em perdê-lo. Provavelmente, era mais fácil se não precisasse se referir a ele como nada específico mais. Ou talvez ela nem sempre percebesse que o tinha perdido. Parecia impossível saber o que ela estava realmente pensando.

Ela devolveu o porta-retrato à cômoda sem falar mais nada.

Essa situação estava ficando demais para mim. Eu sabia que precisava me levantar e sair, mas não sabia exatamente como abordar isso. Ela parecia me querer ali, o que era surpreendente e perturbador.

Ivy se levantou de novo, foi até a televisão e a desligou. Sentando-se de novo na cama, fechou os olhos e expirou devagar. Ela me assustou quando segurou meu pulso para se apoiar, depois disse:

— Vá até lá e me traga o violão. — Quando hesitei, ela gritou: — Vá!

De repente, o quarto ficou quente. Eu estava começando a transpirar. Me levantei e fui até o violão no canto. Era muito mais pesado do que eu esperava. Levei-o até ela e, com relutância, ela pegou.

Passou a mão delicadamente nas cordas.

— Não toco mais.

— Por que não? Se te faz feliz, você deveria faz...

— Não me faz mais feliz. — Seu tom era frenético. — Só me lembra de uma época em que eu era feliz, para a qual não posso mais voltar. E isso me deixa triste. É por isso que não consigo fazer isso. Não quero me lembrar de Ivy!

— Entendi. Eu...

— Mas sinto falta. Sinto falta de tocar. Sinto falta da sensação. Sinto que estou morrendo lentamente sem isso.

Após muitos minutos apenas observando-a acariciar o instrumento, um pensamento surgiu na minha cabeça. Era um tiro no escuro, e eu nem sabia se faria sentido para ela.

— Talvez não seja Ivy que tenha que tocar. Talvez Aria possa tocar por ela. Pode ser separado de Ivy. Aria pode começar do zero, aprender a tocar de novo. Você se lembra de quem Aria é?

Era um risco. Aria, afinal, era uma alucinação. Mas me perguntei se o alter ego musical era algo que ela ainda tinha guardado mesmo quando estava com a mente mais clara.

— Aria... — ela simplesmente sussurrou.

— Isso.

Ela continuou encarando o violão. Meu rosto estava suando porque estava começando a me sentir presa. Não conseguia deixá-la naquele estado. Não sabia o que iria acontecer em seguida.

Fechei os olhos e respirei fundo. O som de uma única corda no violão obrigou meus olhos a se abrirem, e meu olhar pousou nos dedos dela, os quais estavam posicionados para começar a tocar. Estavam tremendo.

Colocando a mão no ombro dela, eu disse:

— Toque alguma coisa para mim. Mãos trêmulas ainda conseguem tocar.

Os cachos ruivos espessos de Ivy caíam na sua testa conforme ela olhava para mim. Seus olhos meio cobertos ainda estavam fixos nos meus quando ela começou a tocar uma música. Após alguns segundos, percebi que era *Let it be*, dos Beatles.

Quando comecei a murmurar junto com a música para mostrar que reconhecia a melodia, ela sorriu para mim pela primeira vez. Isso me pegou de surpresa. Uma lágrima escorreu pela minha bochecha. Se alguém tivesse me falado que esse seria um momento que me faria chorar, eu não teria acreditado.

Jogando um pouco a cabeça para trás, ela fechou os olhos e continuou tocando.

Foi hipnotizante, assombroso e lindo. Como foi adequado ela ter escolhido uma música sobre aceitação, deixar os problemas para trás e seguir em frente com a vida. Assim como ela tinha que aceitar sua vida como era, eu precisava esquecer minhas preocupações sobre ela. Ivy era muito mais do que sempre imaginei, uma alma apaixonada e talentosa aprisionada por sua própria mente.

E quanto a Jake, eu sempre soubera que havia me casado com um homem bom. Mas toda essa experiência me fez perceber que eu havia me casado com um santo.

Você pensa que sabe de alguma coisa, mas não faz ideia.

Quando a música terminou, me levantei, deixando-a sentada na cama.

— Foi incrível.

Com o violão ainda na mão, de repente, ela pareceu agitada.

— Por favor, saia.

Assenti.

— Ok.

Fui na direção da porta e dei uma última olhada em volta.

Ela gritou para mim:

— Espere.

Me virei.

— Você vai voltar? — ela perguntou.

Se havia uma coisa que eu tinha absoluta certeza era que Ivy nunca mais me veria. Não poderíamos ser amigas ou nada mais uma da outra, aliás. Mas Jake era uma parte de mim. Então, de certo modo, uma parte de mim sempre estaria com ela.

Minha boca se abriu em um sorriso solidário.

— Foi um prazer te conhecer — eu disse, continuando a andar na direção da porta.

— Ei.

Fiz uma cara questionadora.

— Sim?

— Alguém já te disse que você se parece com aquelas gêmeas da TV?

— Não. Nunca ouvi isso — menti.

— Bem, só para você saber, parece.

Balancei a cabeça, achando engraçado.

— Obrigada.

Conforme Ivy me agraciou com um segundo raro sorriso, deixei essa ser minha última lembrança dela antes de fechar a porta ao sair.

Só deixe acontecer.

Capítulo 21

Nina

Deixando uma nuvem de fumaça em seu rastro, o Cobra Mustang preto de Jake passou voando pela lanchonete. Eu estivera olhando para fora pela janela e ouvi o motor acelerando antes mesmo de perceber que era ele fazendo barulho. Ele devia estar doido, circulando para encontrar uma vaga para estacionar nas ruas do centro com neve enquanto se perguntava o que tinha acontecido entre mim e Ivy.

Pelo telefone, eu tinha jogado a bomba nele que havia ido vê-la. Jake ficou sem palavras. Sua reação foi de choque total, como se essa fosse a última coisa que ele esperava que eu dissesse. Ele desligou logo depois de me falar para ficar parada, que iria até mim. Agora, estava sentada sozinha, observando a porta enquanto meu coração acelerava. A qualquer minuto, ele entraria, e eu teria que me explicar.

Os sinos soaram quando a porta se abriu, deixando um vento gelado entrar.

Ele tirava meu fôlego.

Dolorosamente lindo usando uma parca preta e um gorro cinza, Jake se aproximou da minha mesa lentamente. Fiquei arrepiada quando seus olhos pararam nos meus. Sua expressão era intensa, porém impossível de interpretar.

Em vez de se sentar do outro lado da mesa, ele veio para o meu lado, segurou meu rosto e beijou firmemente minha testa. Tão aliviada por ele não parecer bravo, fechei os olhos e me afoguei em seu cheiro inebriante. Não havia mais nada no mundo como a combinação do seu perfume, pele e os feromônios que sempre eram exalados quando nos tocávamos.

Ele beijou o topo da minha cabeça várias vezes. Quando se afastou, seus olhos estavam brilhando.

— Você está bem?

— Sim — respondi, assentindo repetidamente. — Mais do que bem. Sinto muito mesmo.

Gentilmente, ele passou o polegar nos meus lábios.

— O que quer que tenha acontecido, você não me deve uma desculpa.

Expirei para me recompor.

— Pensaram que eu fosse voluntária. Não contei quem eu era. Não tinha planejado vê-la quando saí esta manhã. Foi uma decisão impulsiva, mas...

— Você precisava saber. Entendo, amor. Não precisa explicar. Se fosse eu no seu lugar, nunca teria conseguido esperar tanto quanto você esperou. A curiosidade teria me matado.

— Eu só precisava ver por mim mesma.

Ele colocou a mão no meu joelho sob a mesa.

— Entendo.

Uma garçonete nos interrompeu.

— Quer alguma coisa, senhor?

Jake não tirou os olhos de mim quando respondeu:

— Só um café.

— Vou querer chá verde.

Ao longo dos trinta minutos seguintes e duas xícaras de chá, me apoiei nele e contei toda a experiência na clínica, desde conhecer Leo (com quem, aparentemente, Jake conversava quando Ivy dormia) até meu encontro inteiro com Ivy.

— Ver com o que você teve que lidar é esclarecedor. Nunca ficarei cem por cento confortável com isso, mas, de verdade, onde ela estaria se você não tivesse cuidado dela todos esses anos? Você a salvou sozinho, Jake.

— Talvez. Mas você não entendeu?

— O quê?

— Desde quando entrou na minha vida, *você* tem me salvado. Eu já estava perdendo a sanidade quando nos conhecemos. Minha capacidade de sustentar essa vida sem mais nada pelo que viver nunca teria durado. Muita paixão, muito amor estavam presos dentro de mim sem ninguém para dar. Se não tivesse te conhecido, se não pudesse ter liberado tudo isso, teria se tornado tóxico. Ter você e A.J. para quem voltar todos os dias, a forma como você me ama, me recarrega, me dá um motivo para viver. Tenho certeza de que estaria morto sem isso. Pensei que fosse te perder hoje.

— Nunca. Todos esses anos que passaram, jurei que nunca te deixaria. Mesmo quando me convenci de que era a coisa certa a fazer, não consegui ficar longe. Você é tudo para mim.

Nossas pernas estavam unidas sob a mesa. O calor de estar perto dele me fez perceber o quanto sentira saudade.

Jake me puxou para seus braços.

— Você faz ideia do quanto te amo? Não se compara a como já me senti em relação a qualquer pessoa. Estou falando sobre o amor profundo de almas, do tipo que você disse para Ryan que sentia por mim quando ele tentou te roubar depois que A.J. nasceu.

Fiquei boquiaberta. Nunca havia contado a ele porque temia muito pela vida de Ryan.

— Como descobriu? Eu...

Jake colocou seu dedo na minha boca e sorriu.

— Shh. Está tudo bem. Entendo por que não me contou. Eu teria ido atrás dele, e não precisávamos de mais estresse naquela época. Vou te contar a história de Ryan e minha ligação outra hora. Não vou desperdiçar tempo nisso esta noite. Estamos bem, Nina. Nunca estivemos tão bem. Não quero falar mais nada que te chateie. Só quero te levar para casa, te colocar debaixo do chuveiro quente e chupar cada centímetro do seu corpo antes de me enterrar fundo em você. É tudo que quero neste momento.

Alheios às pessoas à nossa volta, nos beijamos profundamente.

— Também quero isso. Como vamos lidar com os hóspedes?

— Vamos ter que encontrar um jeito.

Quase saindo da minha pele, queria muito contar a ele sobre o bebê, mas fazer isso na lanchonete parecia inapropriado.

Ele deslizou sua xícara e o pires pela mesa e falou no meu ouvido:

— Vamos sair daqui. Quero te levar para casa.

Conforme fomos na direção da saída, Jake andou perto de mim, pressionando seu corpo duro em minhas costas enquanto seus braços envolviam minha cintura. Meus mamilos estavam duros como aço pelo contato. Os hormônios que foram gatilho para meu choro mais cedo agora estavam simplesmente me deixando com muito tesão.

Duas mulheres comendo juntas pareciam com inveja de nós conforme passamos. Provavelmente, queriam que meu marido gostoso estivesse se esfregando nelas em vez de em mim. Ele estava particularmente lindo naquela noite, mesmo com as laterais do cabelo saindo de debaixo do gorro. Há muito tempo, percebi que estar com Jake significava se acostumar a mulheres olhando-o.

Os sinos na porta soaram quando saímos para a neve. Não estava uma nevasca como na noite anterior, mas a neve estava começando a se acumular.

— Onde você estacionou?

— Não havia lugares na rua, então tive que parar no pequeno estacionamento atrás da lanchonete. É só para funcionários. Espero que não tenham me multado.

Ele me fez descer uma rua até a parte de trás do prédio. O Mustang estava no fundo do estacionamento perto de uma lixeira. As rodas de alumínio brilhavam na escuridão. Era deserto e silencioso comparado ao barulho da rua.

Ele deu a volta para o lado do passageiro e abriu a porta para mim.

— Entre, amor.

Estava feliz por esse dia acabar. Meu corpo vibrava só de pensar no que ele faria comigo mais tarde. O melhor tipo de sexo com Jake era o de fazer as pazes depois de termos passado por um momento difícil. Sempre era o mais intenso.

Ele colocou a chave na ignição e ligou o motor, porém ficou parado.

— Estão todos esperando para te ver e saber se você está bem. Meio que saí correndo do apartamento como um morcego. Mais que três é demais, não estou a fim de ir para casa.

— Você acabou de dizer *morcego* e *três é demais* na mesma frase. Percebeu isso, certo?

— Velhos hábitos.

Dei risada.

— Também não quero voltar para lá.

Jake ligou o ar quente no máximo. Tinham mosquitos grudados no para-brisa, obstruindo a vista.

— Sabe do que isso me lembra? — ele perguntou. — Daquele primeiro ano em que nos conhecemos, antes de você ir para o norte do estado no Natal, quando ficamos na neve depois de ir para casa depois da viagem a Chicago. Lembra?

— Sim. Como poderia esquecer?

— Eu estava muito apaixonado por você naquela noite, mas não podia te contar. — Ele se esticou para pegar minha mão. — Sabe o que fiquei fazendo hoje? Contando toda a história de como ficamos juntos para Mitch e Skylar. Mitch nunca soube do monte de coisa pelo que passamos. Juro que lembrar de tudo me fez me apaixonar por você de novo. Ao mesmo tempo, fiquei paralisado porque não sabia o que tinha acontecido com você. Ainda assim, lá estava eu, relembrando e mais certo do que nunca de que minha vida não seria nada sem você.

— Hoje foi esclarecedor para nós dois. Mas essa foi a primeira e última vez que vai me ver me afastando de você assim.

— Pode se afastar quando precisar, contanto que volte para mim. Às vezes, é preciso se afastar para perceber que não consegue realmente fugir de algo que é parte de você.

— Tivemos nossos altos e baixos, Jake. Mas toda vez que passamos por alguma coisa, me sinto ainda mais próxima de você depois.

— Adversidade só fortalece o amor que nós temos. Quando se está com a pessoa que é para estar, é isso que acontece. Por último, toda experiência, mesmo as horríveis, nos aproxima mais. É tudo um teste. Os que permitem ser separados descobrem que nunca foram realmente apaixonados.

— Somos sortudos pra caramba.

— Na verdade, o que realmente acontece é um conceito muito mais simples.

— Qual?

Ele balançou as sobrancelhas.

— Menos briga, mais foda.

— Esse é o seu método?

— Acho que vai ter que ser agora.

Estremeci.

— Está com frio, amor?

Meus dentes bateram.

— Um pouco.

A boca dele se curvou em um sorriso torto.

— Quer que eu te esquente?

Tudo parou, exceto o som do carro ligado.

Meus lábios se abriram conforme minha respiração visível encontrou a dele no ar gelado.

— Quero, sim.

Seu olhar viajou lentamente para baixo e para cima. Sua expressão era meio diabólica, e seus olhos se tornaram deliciosamente escuros.

Eu conhecia aquele olhar.

Era exatamente o olhar que ele me dava quando estava prestes a me foder, independente da hora ou do lugar. Era por isso que ele ainda não tinha feito o carro andar. Meu corpo inteiro estremeceu com ansiedade assim que entendi onde isso ia acabar. Me senti ficando molhada quando ele continuou a me dar o *olhar*.

Ele lambeu devagar seu lábio inferior. Jesus. *Nove anos.* Nove anos, e esse piercing de língua ainda me deixava louca.

Os músculos entre minhas pernas se enrijeceram, e fiquei mais molhada. Os hormônios estavam me deixando doida.

— Tire suas botas.

Obedeci, mantendo minha legging preta.

— E se alguém vir a gente?

Jake tirou seu cinto.

— Sinceramente, não dou a mínima. Espero que gostem do show. Preciso de você agora. Posso tentar ser discreto.

Ele abriu a calça jeans, e seu pau lindo estava ereto, atento.

Lambendo meus lábios, eu disse:

— Isso não me parece muito discreto. — Não consegui evitar e me inclinei, lambendo lenta e provocativamente a cabeça molhada. Eu adorava o gosto dele.

Ele se empurrou contra o encosto de cabeça e chiou:

— Pare. Sério... pare.

Obedeci, sentindo que ele se descontrolaria se eu não parasse.

Ele inclinou seu assento para trás ao máximo e puxou minha legging.

— Tire isso e venha se sentar em mim.

Eu as tirei, joguei-as para longe e subi nele. Mantendo meus joelhos dobrados, envolvi as pernas na cintura dele. Abri sua jaqueta e deslizei as mãos por debaixo da sua camisa. A pele ali estava surpreendentemente quente conforme passei em seu peito sólido. Ele fez um som que não deu para entender quando comecei a mordiscar seu pescoço. Então, segurou meu queixo e me puxou na direção dele em um beijo voraz, circulando seu piercing de língua dentro da minha boca enquanto gemia na minha garganta.

Ele ainda não tinha entrado em mim. Eu estava tão excitada, encharcada e pulsando com desejo conforme ele apertou meus quadris enquanto eu roçava em seu comprimento úmido. Suas bolas estavam quentes sob minha bunda. O desejo de tê-lo dentro de mim estava intolerável. O calor da sua respiração aqueceu todo o meu corpo quando nossos lábios ficaram travados.

Quando ele se afastou, sua respiração estava irregular.

— Acho que você nunca ficou tão molhada por mim. Está mais do que pronta, não está?

Incapaz de esperar mais, me posicionei acima dele e desci rápido conforme ele entrou em mim.

— Caralho, Nina. Ahhh — ele gemeu com seus olhos fechados com força. Posicionando suas mãos firmemente na minha bunda, ele moveu meu corpo acima do seu pau ao se enterrar fundo em mim, até onde conseguia ir. — Era exatamente disso que eu precisava — ele rosnou. — Cacete, sua boceta está tão molhada. O que há com você esta noite? Queria poder te foder para sempre assim. É... muito... incrível.

— Estou muito sensível. É quase bom demais. É possível isso?

— Porra, não. Não existe isso — ele disse, estocando mais forte em mim.

Eu amava a conexão profunda de travar os olhos com os dele ao transarmos. Quando Jake olhou para mim enquanto eu o cavalgava, pareceu que eu estava totalmente perdida nele. Parecia que ele estava olhando fundo na minha alma quando falou:

— Isto. Isto aqui. Faz tudo valer a pena. Amo você, meu anjo.

— Amo você.

Ele enfiou os dedos no meu cabelo e segurou com força.

— Vou gozar muito forte agora, Nina.

— Me dê tudo. Também vou gozar.

Jake gemeu tão alto que eu poderia ter jurado que as janelas do Mustang balançaram. Ainda estávamos arfando por ar, nos acalmando. Envolvendo sua mão na minha nuca, ele continuou me olhando como se eu fosse a única coisa que importava para ele.

Eu sabia que esse era o momento.

Sorri para ele enquanto meu coração pulava de alegria.

— Estou grávida.

Ele arregalou os olhos.

— O quê?

Minha boca estava trêmula quando repeti:

— Estou grávida.

Ainda dentro de mim, ele se endireitou um pouco.

— Eu... eu vi a caixa vazia no lixo. Presumi que você estivesse chateada porque deu negativo. Ah, meu Deus. Você está... — Ele cobriu a boca com ambas as mãos. — Puta merda.

— Meus hormônios têm me deixado louca. Foi por isso que saí. Fiz o teste pouco antes de você me dizer que não iria voltar para casa. Estivera esperando você voltar para poder te contar.

Seus olhos estavam marejados.

— Isto está mesmo acontecendo?

— Sim. É real. Vamos ter um bebê.

— Você acabou de me fazer o homem mais feliz do mundo. — Jake me segurou firme, enterrando o rosto no meu peito. — Nunca vou me esquecer deste momento. O que começou como um dos dias mais assustadores da minha vida acabou sendo o melhor.

Esperamos algumas semanas para contar ao nosso filho sobre a gravidez. A.J. pulou de empolgação quando demos a notícia de que ele seria irmão mais velho. Ele tinha parado de pedir alguns anos antes quando expliquei a ele que Deus decide quando dar um filho a alguém, e que mamãe e papai não tinham controle sobre isso.

Algumas semanas depois de contarmos a ele sobre o bebê, estávamos sentados em volta da mesa para almoçar em uma tarde de domingo quando nosso filho nos perguntou algo para o qual não estávamos preparados.

Eu estava fazendo um prato para ele quando sua primeira pergunta me assustou.

— Você falou que Deus coloca o bebê na sua barriga?

— Isso mesmo.

— Então significa que Deus colocou um bebê no sr. Heath, nosso vizinho?

Jake cuspiu sua bebida, depois respondeu:

— Não, o sr. Heath só bebe muita cerveja.

— Ah.

— Só as mulheres podem ter bebês na barriga — expliquei.

— Por quê? Não entendo. Por que Deus só dá bebês às mulheres?

— É uma boa pergunta.

— Aidan, da escola, disse que você mentiu para mim sobre como os bebês são feitos.

Jake soltou o garfo. Parecendo que ia se descontrolar, bebeu sua água para se impedir de dar risada.

— O que exatamente Aidan te falou? — perguntei.

— Ele me contou que o papai planta uma sementinha em você e rega. E isso cria um bebê meio que como uma plantinha.

— Oh.

Os ombros de Jake se balançaram com a risada silenciosa.

Um olhar perplexo tomou o rosto de A.J.

— Mas como ele faz isso? Planta a semente. Não entendo. Parece meio difícil.

Totalmente divertido, o rosto do meu marido se iluminou.

— É bastante trabalhoso, filho.

A.J. olhou entre nós dois, seu moicano espetado alto no ar.

— Então papai faz todo o trabalho?

Jake deu de ombros.

— Não me importo.

Amassando um guardanapo, joguei-o nele, brincando.

— Quando você fez isso? — A.J. perguntou.

Meu rosto deve ter ficado em um tom forte de rosa. Eu era uma negação para essas coisas e deixei Jake conduzir a conversa, o que acabou sendo um erro.

— Plantei e reguei centenas de vezes, na verdade. Tecnicamente, deveríamos ter uma plantação gigante.

— Da próxima vez, posso te ver plantando um?

Meus olhos se arregalaram quando soltei meu garfo.

— Certo. Acho que deu por hoje essa conversa. Depois do almoço, papai vai te levar para caminhar até a livraria. Lá tem um livro que vai explicar exatamente como os bebês são feitos.

Jake abriu um sorriso bobo para mim. Mesmo quando eu queria matá-lo, eu o amava muito.

Capítulo 22

JAKE

Sete meses depois

Eu estava duro, parecendo pronto para explodir e sempre emocionado quando ficava empolgado.

Não havia nada melhor do que um tempo sozinho com a barriga enorme de Nina enquanto ela dormia. Era como uma bola de vôlei envolvida em seda.

A luz do sol baixa entrava pelas cortinas deslizantes pesadas em nosso quarto. Estávamos em um hotel em New Hampshire em uma *babymoon* e estava programado para voltarmos a Boston no início da noite.

Nina estava dormindo ressonante acima do barulho do ar-condicionado fraco. Ela já estava de oito meses. Tínhamos decidido manter surpresa o sexo do bebê. Eu tinha certeza de que era menina. Nina e A.J. achavam que era menino. Para mim, não importava, contanto que fosse saudável.

Minha irmã tinha levado A.J. para passar o fim de semana com ela para Nina e eu podermos ter uma noite de descanso antes da grande chegada no mês seguinte. Como a gestação de A.J. tinha sido problemática, resultando em uma cesárea, os médicos de Nina agendaram para ela outra desta vez, só para ficar em segurança.

— Olá, minha alienzinha — sussurrei na barriga de Nina conforme o bebê fazia o que parecia uma dança de break. Era impossível resistir a beijar suavemente a pele firme quando ele se movimentava. Agora estávamos nós dois acordados, afinal, enquanto Nina roncava. — Você é uma pessoa matutina igual ao papai, é? Bem, seu irmão e sua mamãe gostam de dormir até mais tarde. Então, quando você sair, talvez possamos assistir ao nascer do sol juntos alguma hora. Vai gostar disso? — Passei os lábios na pele lisa da barriga de novo. — Provavelmente é bem escuro aí agora, hein?

— Hummm. — Nina se esticou antes de rolar na minha direção e perguntar com uma voz sonolenta: — Com quem está falando?

— Com a alienzinha. Às vezes, conversamos quando você está dormindo.

— Quem?

— Nossa filha. Ela está me mostrando uns movimentos.

Nina abriu um sorriso alegre.

— *Ela*, hein? — Seu humor pareceu mudar rapidamente. — Oh, meu Deus.

— O que foi?

— Jake, estou muito molhada.

— Oba!

— Não! — ela disse, levantando-se e apalpando os lençóis. — Não esse tipo de molhada. Sinta.

Os lençóis estavam úmidos; bem debaixo dela estava totalmente ensopado.

— Merda.

— Acho que minha bolsa estourou! Oh, não. Não, não, não. Isto não é bom.

Procurei, freneticamente, meu celular.

— Podemos ligar para a médica?

— Ela só vai me dizer para ir ao hospital. Nem sei onde é o mais próximo daqui.

Abri o Google e comecei a procurar hospitais perto da região dos lagos onde estávamos hospedados. Estávamos longe de uma cidade grande, o que era perturbador.

— Saint Andrews é o mais próximo. É a oito quilômetros.

As palavras estavam saindo da sua boca muito rápido. Mal conseguia entendê-la.

— Não é para acontecer isso. Não era para eu entrar em trabalho de parto. Estou com medo porque tenho propensão a ruptura uterina devido à cesárea anterior. E se não chegarmos a tempo e acontecer alguma coisa com o bebê?

— Há uma chance de você não estar realmente em trabalho de parto?

— Acho que, assim que a bolsa se rompe, significa que está acontecendo.

— Vamos chegar lá, amor. Não se preocupe. Vai ficar tudo bem.

Seria bom se eu pudesse me convencer disso.

Nina se apressou para jogar algumas coisas na mala, depois disse:

— Vou tomar um banho rápido. Pode demorar um pouco para eu conseguir fazer isso de novo.

— Grite se precisar de mim. Vou guardar o resto das nossas coisas enquanto isso.

Depois de uns dez minutos, quando Nina voltou do banheiro, estava se apoiando nas mãos, apertando os quadris.

— Acho que as contrações estão começando. Parece que estão vindo das costas. Não as tive com A.J., então nem sei como são, mas estou tendo umas dores agudas.

Porra.

— É melhor irmos.

O clique alto da porta pesada da suíte atrás de nós ecoou pelo corredor. Nossa mala deslizando pelo tapete do hotel vazio parecia o único sinal de vida. Ainda era cedo e um domingo. Provavelmente, éramos as únicas pessoas acordadas no prédio inteiro, com exceção dos recepcionistas. Nosso quarto ficava no décimo andar. Apertei o botão e rezei para o elevador chegar rápido. A estampa florida e colorida no tapete me deixou tonto quando olhei para baixo na tentativa de me acalmar. Não poderia deixar Nina ver como essa situação estava me desesperando. Massageando suas costas, tentei acalmá-la.

— Não se preocupe com nada. Estou com você. Vamos passar por isto. Vamos chegar ao hospital a tempo.

Nervosa, ela assentiu e respirou fundo, mas não falou nada.

A espera pareceu ser eterna. Quando as portas se abriram, coloquei a mão no meio das costas dela e a levei gentilmente para o elevador.

As costas de Nina estavam pressionadas no meu peito quando começamos a descer. Usando minha palma das mãos para massagear delicadamente a barriga dela, sussurrei no seu ouvido:

— Vai ficar tudo bem.

Quase assim que as palavras saíram da minha boca, o elevador fez um movimento brusco que nos desequilibrou antes de bater na parede. O elevador não estava mais se mexendo. A porta ainda estava bem fechada.

O que está acontecendo?

Não.

Não.

Não.

— Jake! Está brincando? Não me pregue uma dessa agora, por favor!

— Não fui eu. Juro — eu disse, freneticamente apertando todos os botões.

— Meus olhos estavam fechados. Não vi. Pensei que você tivesse apertado o botão para parar como uma piada. Ah, meu Deus! Por favor... não. Isso não pode estar acontecendo!

Ela tinha todo motivo para desconfiar que eu tinha feito o elevador parar de propósito. No passado, havia feito isso duas vezes, primeiro durante nossa excursão de medo há muito tempo e de novo quando a pedi em casamento. Mas brincar com algo assim sob aquelas circunstâncias teria sido bem doentio e nada engraçado.

— Não faria isso com você, amor. Infelizmente, esta parece ser a primeira vez em que realmente ficamos presos no elevador.

Inspirando e expirando alto, ela falou:

— É uma péssima ironia do destino no momento.

Apertando o botão para ligar para a emergência com uma mão, procurei o número da recepção com a outra, tendo que apertar várias vezes porque meus dedos nervosos ficavam errando os números.

O telefone continuou tocando e caiu em uma caixa postal geral. Ninguém respondeu quando apertei o botão repetidamente.

Está me zoando?

Batendo na parede, gritei:

— Como pode não ter nenhuma resposta?

Nina segurou suas costas com ambas as mãos como se a estivessem impedindo de cair no chão de dor.

— Oh, meu Deus. Isto é muito, muito ruim.

— Não entre em pânico, amor. O que está sentindo agora?

— As dores... estão ficando mais constantes.

Batendo na porta freneticamente, gritei do fundo dos meus pulmões.

— Alguém consegue nos ouvir? Estamos presos. Socorro!

Bang. Bang. Bang. Bang.

Após muitos minutos, pareceu inútil.

— Vou ligar para a emergência — eu disse.

Apertando sua barriga e praticando a respiração, lentamente, ela deslizou para o chão.

A emergência atendeu.

— De onde está ligando?

— Old Ridgewood Estates, perto da rodovia Washington.

— Por favor, confirme seu número de telefone.

— 617-596-9968.

— E qual é a natureza da sua emergência?

— Precisamos de ajuda. Minha esposa está em trabalho de parto, e estamos presos no elevador do hotel. Ela está sentindo bastante pressão.

— A administração do prédio sabe?

— Ninguém responde nossos chamados.

— Ok, estamos enviando uma equipe agora mesmo, mas, se acha que ela terá o bebê, vou transferir você para alguém que possa ajudar a te direcionar no caso de os paramédicos não chegarem a tempo. Fique na linha.

Estava começando a cair minha ficha do que realmente estava começando.

— Jesus Cristo.

Ajoelhando-me ao lado de Nina, respirei fundo antes de massagear suas costas conforme esperava na linha.

— Vai ficar tudo bem, amor. Vamos sair daqui.

Então, ficou silêncio antes de surgir a voz de uma mulher.

— Alô, senhor. Pode me dizer quantos anos tem sua esposa?

— Trinta e um.

— Está de quantas semanas de gestação?

— Ãh... trinta e sete.

— O que ela está sentindo neste momento?

— Amor, descreva o que está sentindo.

— Só... muita pressão, principalmente na minha bunda. Parece que vai sair alguma coisa de lá. Estou com medo.

— Parece que o bebê vai sair da bunda dela.

— Senhor, não precisa se preocupar. Isso nunca realmente aconteceu. — Ela deu risada. — Ela só está em trabalho de parto. De quanto em quanto tempo estão as contrações?

— Quanto tempo, Nina?

Ela respirou fundo e balançou a cabeça, parecendo com dor demais para sequer responder.

— Não sei exatamente. Menos de um minuto, talvez.

O ar estava abafado. Nina estava suando e ergueu a camisa acima da cabeça.

— Parece que ela, definitivamente, está em trabalho de parto agora — a mulher disse. — Ela tem alguma complicação?

— Era para ser uma cesárea porque ela teve uma antes com nosso filho.

— Você tem alguns panos macios que pode colocar no chão para ela?

— Sim. Estamos com nossa mala. Está cheia de roupas.

— Coloque umas camisas ou o que quer que tenha debaixo dela para deixá-la confortável. Certifique-se de reservar algumas para o bebê. Se o bebê nascer, vai ser importante mantê-lo quente e seco.

— Certo.

Mantendo a mala preta na vertical, abri o zíper até a metade, tirando todas as camisas que havíamos levado e jogando-as no chão.

— Certo, diga a ela para continuar respirando. Faça com que entre em um ritmo de inspirar três vezes rápido e soltar demoradamente. Isso pode ajudar a atrasar o parto. Também quero que a deite do lado esquerdo. O rosto dela deve ficar perto do chão, e o bumbum no ar. Pode fazer isso?

O rosto dela perto do chão. Seu bumbum no ar. Havia uma boa chance de essa posição nos colocar em um dilema.

— Senhor?

— Sim...

— Vai ficar tudo bem. O nome da sua esposa é Nina? Qual é seu nome?

— Sou Jake. Jake Green.

— Sr. Green, sou Bonnie. Vamos passar por isto juntos. Está fazendo um ótimo trabalho.

Olhei para Nina com dor contra o painel marrom da parede. O pânico estava crescendo rápido dentro de mim e, pela primeira vez na vida, provavelmente entendi o que Nina costumava sentir antes de hiperventilar. Uma respiração longa e trêmula escapou de mim.

— Obrigado por nos ajudar.

— Continue mantendo-a de lado. Pode ajudar a amenizar o desejo de empurrar.

— Nina, amor. Certifique-se de ficar de lado.

Os minutos que seguiram pareceram um sonho. As coisas ficaram em silêncio por um tempo, uma calma gigante antes da tempestade. Até aquele momento, eu nem sequer tinha percebido que havia música no elevador. Uma batida lenta tocando no alto-falante no teto misturada com o ritmo da respiração de Nina eram os únicos sons conforme segurei a mão da minha esposa e só rezei.

— Se conseguir, pode massageá-la no espaço entre a vagina e o ânus. Isso vai ajudar a melhorar a elasticidade e diminuir a laceração.

— O que disse?

Antes de sequer conseguir começar a explicar essa sugestão bizarra, Nina gritou:

— Ai, ai, ai! Está piorando!

— Socorro! — gritei no celular. — As dores estão piorando.

Com todo o som de lamento saindo dela, dores agudas me percorreram.

— Certo, faça com que ela continue respirando — Bonnie disse.

— Sinto alguma coisa lá agora, como uma bola grande! — Nina gritou.

— Certifique-se de que ela esteja sem calça — Bonnie falou tranquilamente.

Como ela pode estar tão calma?

Ajudei Nina a puxar sua legging e reposicionei duas camisas debaixo dela. Coloquei a ligação no viva-voz.

— Parece uma bola? — perguntei, abrindo suas pernas. *Havia* alguma coisa lá.

Era a cabeça.

— Oh, meu Deus. É a cabeça.

— Senhor, tudo bem. Traga o bumbum dela para perto do chão e coloque a palma da mão na vagina dela. Aplique uma pressão firme, mas gentil. Isso vai impedir que o bebê saia rápido demais e prevenir que ela tenha laceração.

Pressão firme, mas gentil.

Pressão firme, mas gentil.

Nina se contorcia conforme segurava sua barriga.

— Está vindo!

Olhei para baixo.

— Puta merda! A cabeça saiu. A cabeça saiu!

As palavras estáticas de Bonnie ressoaram pelo espaço pequeno conforme ela ergueu a voz.

— Certo, você vai ter que apoiar a cabeça e os ombros do bebê. Tenha cuidado. O corpo do bebê estará bem molhado e pode escorregar com facilidade das suas mãos.

Meu corpo inteiro se enrijeceu para me preparar conforme abri meus braços e me preparei para puxar meu filho para o mundo.

Nina deu um último empurrão.

— Ah, meu Deus! Ah, meu Deus! Ah, meu Deus!

Dentro de segundos, o bebê estava nos meus braços. *The power of love*, de Celine Dion, começou a tocar no alto-falante do elevador. Foi o momento mais surreal da minha vida.

Ofegante, falei:

— Peguei. Saiu.

— Saiu totalmente? — Bonnie perguntou.

Lágrimas encheram meus olhos, e meus lábios tremeram.

— Sim.

O choro do bebê foi forte. Olhei para baixo entre suas perninhas.

— É uma menina. Ah, meu Deus. É uma menina! Amor, nós temos uma filha.

— Sério? Uma menina?

A voz de Bonnie interrompeu nosso momento.

— Pegue uma camisa e, gentilmente, passe no nariz e na boca do bebê.

Olhei à minha volta.

Merda.

Merda.

Merda.

Embalando o bebê, peguei uma das blusinhas de Nina da pilha e fiz como Bonnie instruiu.

— Certo.

— Agora, envolva o bebê em outra camisa limpa. Certifique-se de cobrir a cabeça. Isso é para prevenir hipotermia. O que quer que faça, não puxe o cordão.

— Certo.

Com cuidado, envolvi nossa filha em uma das camisas de botão de flanela.

— Certifique-se de que sua esposa esteja aquecida.

— Amor, você está bem?

Nina gemeu e assentiu.

— Ouça atentamente, sr. Green. Sua esposa consegue segurar o bebê?

Fale para ela colocar o bebê na barriga dela.

Nina esticou as mãos e, lentamente, transferiu o bebê para sua barriga.

— Sr. Green? Está indo muito bem. A placenta provavelmente vai sair em breve.

— A o quê? Não acabou?

— Não. Faça com que ela segure o bebê em sua pele e coloque alguma coisa em cima de ambos. Isso vai ajudar a manter todo mundo calmo até vocês poderem sair daí.

Peguei meu casaco e o estendi em cima delas.

— Vai ficar no telefone com a gente?

— Claro. É bom pegar uma bolsa, se tiver, para colocar a placenta dentro. O bebê ainda estará ligado a ela até os paramédicos chegarem. Então, você vai colocá-la dentro de uma bolsa em algum lugar próximo a Nina.

Nina murmurou:

— Temos sacos grandes Ziploc onde estão as coisas de banheiro. Pegue um.

— Ziplocs! Graças a Deus por pequenos milagres.

Passamos os dez minutos seguintes amontoados juntos, embalando nossa bebê antes de Nina dizer:

— Estou sentindo que preciso empurrar de novo.

Me levantei.

— Ela precisa empurrar de novo.

Imediatamente, Bonnie respondeu.

— Certo, é a placenta. Coloque-a em uma posição ereta.

Após alguma força, a placenta saiu.

Segurando o que parecia um pedaço de carne crua, perguntei:

— O que faço mesmo?

— Só a coloque dentro da bolsa e a mantenha perto de vocês.

Uma piscina de sangue rodeou a região debaixo de Nina.

— Tem sangue por todo lado.

— É normal.

— Não parece normal.

— Os paramédicos estão quase chegando. Fiquei sabendo que os bombeiros estão no local trabalhando com a administração do hotel no momento. Eles devem tirar vocês daí em breve. Tentem permanecer calmos.

Um período indeterminado de tempo passou. Nina estava começando a parecer desorientada.

— Jake, não estou me sentindo bem. Tem alguma coisa muito errada. Você precisa pegar a bebê.

As pernas e os braços da minha filha se chacoalharam na camisa xadrez de flanela envolvida em seu corpinho conforme Nina a entregou para mim. Senti que eu estava prestes a ter um infarto.

Cheio de pânico, gritei no celular:

— Ela ainda está sangrando. Está perdendo um monte de sangue. Você precisa falar para eles se apressarem! Por favor!

— Parece mais de um litro? Ouça, sr. Green, você precisa massagear a parte de baixo do abdome dela imediatamente.

De repente, a cabeça dela caiu.

— Não! Nina! — gritei.

Segurando nossa bebê em um braço, dei tapinhas repetidamente nas bochechas de Nina com minha outra mão.

— Amor, por favor. Fique comigo. Nina. Por favor.

— O que está havendo, senhor?

— Ela desmaiou. Está inconsciente. — Minha visão estava bloqueada pelas lágrimas. Meus lábios estavam tremendo enquanto eu falava, incapaz de recuperar o fôlego. — Nina, acorde. Acorde. Por favor!

Parecia que estava no meio de um pesadelo, e o choro ensurdecedor da minha filha era um lembrete de que isso era muito real e não algo de que eu ia acordar. A voz de Bonnie ficou confusa no meio do meu pânico.

Então veio um sacolejo seguido por um movimento repentino e regular para baixo.

Nina continuou inconsciente, parecendo que estava sangrando até a morte. A descida pareceu mais um espiral para as profundezas do inferno.

As portas se abriram e, apesar de a luz entrar, a escuridão me rodeou.

A escuridão dos homens entrando correndo.

A escuridão de alguém levando minha filha chorando.

A escuridão de Nina sendo colocada em uma maca com uma máscara de oxigênio no rosto.

A escuridão das vozes deles.

— Ela está tendo hemorragia.

Tudo foi acontecendo com a velocidade da luz, e o destino de tudo que importava para mim estava pendente nas mãos de completos estranhos.

As palavras de Nina de anos antes me assombraram.

Não há nada que poderia me fazer te deixar.

Você me trouxe de volta à vida.

Ainda assim, fui inútil para salvá-la agora.

Como eu tinha ido do hotel para dentro daquela ambulância e para o hospital era um mistério para mim. Aqueles vinte minutos ou mais eram um borrão de sons aterrorizantes, vozes e luzes claras conforme Nina estava semiconsciente e sangrando enquanto os paramédicos a atendiam e à bebê.

Quando chegamos ao Saint Andrews, tentei entrar na sala de cirurgia, mas não me deixaram. A equipe médica me afastou de tudo que importava para mim. Com medo demais de tirar qualquer foco do trabalho que eles precisavam fazer, recuei e fiquei na sala de espera como instruíram.

Agora, estava sentado com a cabeça nas mãos, sem saber se ela estava morta ou viva. Tinham levado nossa filha para o berçário, porém meu choque me paralisou, me deixando incapaz de me mover do lugar por tempo suficiente a fim de visitá-la.

Nina precisava ficar bem. Não apenas por mim, mas por nosso filho e nossa filha.

Um flash do seu sorriso lindo de quando ela acordou naquela manhã me atingiu. A vida tinha mudado em um segundo.

Não era possível imaginar a vida sem ela. Antes de hoje, pensei que entendesse o quanto meu amor por ela era forte. Enfrentando a ameaça de perdê-la para sempre, percebi realmente a profundidade desse amor. Porque mesmo com minha menina saudável e meu filho em casa, o futuro era vazio sem Nina. Eu não a amava simplesmente. Para mim, ela *era* amor, *era* vida.

Minha vida começou no dia em que ela entrou nela. Terminaria no dia em que ela saísse. Não havia intervalo entre onde eu começava e ela terminava. Éramos um.

Sempre aceitara qualquer tarefa que me era dada, principalmente com Ivy. Nunca culpei Deus nem outra pessoa pelas tragédias da minha vida. Mas, se alguma coisa acontecesse com Nina, eu sabia que nunca iria me recuperar. Não conseguiria perdoá-Lo. E isso me aterrorizava, o que isso significaria para meus filhos se o pai deles fosse somente uma concha vazia pelo resto da vida deles.

Pela primeira vez na vida, eu estava realmente assustado.

— Sr. Green?

Minha cabeça se ergueu conforme me levantei para olhar no rosto do médico, que tinha uma expressão indecifrável. Meu coração estava com dificuldade de acompanhar o medo que o fazia bater mais rápido do que ele poderia aguentar.

— Sua esposa está estável.

Estável.

Viva.

Cada músculo do meu corpo relaxou de uma vez e as respirações que eu estivera prendendo pelo que parecia uma eternidade foram liberadas.

Obrigado.

Obrigado.

Obrigado.

— Como sabe, houve uma perda excessiva de sangue devido à hemorragia. Conseguimos comprimir as artérias que forneciam sangue para o útero sem precisar fazer uma histerectomia. Não deve haver nenhuma complicação a longo prazo com fertilidade. Ela tem muita sorte de estar viva, dadas as circunstâncias em que vocês foram encontrados.

— Ela está consciente?

— Sim. O desmaio aconteceu devido a uma baixa repentina na pressão sanguínea como consequência do sangramento.

— Posso vê-la?

— Sim. Mas é melhor ela descansar um pouco depois disso. Tivemos que dar ocitocina para ajudar o útero a se contrair e parar o sangramento que aconteceu depois da saída da placenta, então ela vai ficar cansada do remédio, sem contar o parto. Vamos mantê-la aqui mais uns dois dias além do normal para observação.

— Obrigado, doutor. Deus, muito obrigado. Você salvou a vida dela. Eu nunca poderei te recompensar. Nunca.

— Não precisa agradecer. É o que faço. — Ele sorriu. — Me disseram que sua filha também está bem. Você é sortudo, sr. Green. — Ele me deu um único tapinha no ombro e disse: — Me siga.

Ansiosamente seguindo o caminho para o quarto de Nina, fiz uma oração silenciosa para o homem lá de cima por me ajudar quando eu mais precisei Dele.

O cabelo dela estava espalhado no travesseiro, e seus olhos estavam fechados. Tinha um soro conectado ao braço dela. A pobrezinha estava exausta.

Exausta, porém viva.

Eu queria ser forte. Ela tinha passado por bastante coisa sem me ver desmoronar. Mas quando meu rosto se aproximou do seu pescoço, me despedacei. Sentir o cheiro da sua pele, ouvir suas respirações que eu não tinha certeza se ouviria de novo, meu corpo estremeceu. Um fluxo infinito de lágrimas escorreu dos meus olhos e pela camisola de hospital dela.

— Jake...

— Shh. Sim, amor. Estou aqui. Não precisa falar nada.

— A bebê está bem?

— A bebê está ótima.

— Por que está chorando?

— Porque amo você.

— Não me lembro de muita coisa depois de ter apagado. Vou ficar bem?

— Sim. Eles pararam o sangramento e te curaram.

— Ainda posso ter filhos?

— Sim. Foi isso que o médico falou. — Eu a abracei com mais força. — Quer dizer que iria querer outro depois de tudo isto?

— Só com você. — Lágrimas estavam escorrendo por suas bochechas. — Você foi incrível. Fez o parto da nossa bebê!

— Nina... você que foi incrível, tão corajosa. Temos uma filha. Nem consegui aproveitá-la ainda porque estava aterrorizado em perder você.

— Cadê ela?

— Está no berçário. Ainda não fui vê-la porque não consegui sair do lado de fora da sala de cirurgia até saber que você estava bem.

— Quero vê-la.

— Vou ver se podem trazê-la para nós.

A porta se abriu assim que eu estava me levantando. Uma enfermeira carregava nossa menina, que estava enrolada em um cobertor. Estava usando uma touca rosa e luvas brancas.

Nina embalou a bebê em seu peito. Imediatamente, nossa filha começou a procurar o seio com a boca, sua cabecinha virando de um lado a outro no peito de Nina conforme ela tentava localizar os mamilos.

— Olhe para ela! — Nina deu risada. — Ela sabe quem é a mamãe. Não quer perder tempo.

— É como seu papai nesse sentido.

A enfermeira tossiu e sorriu estranhamente.

— Está planejando amamentá-la?

— Sim.

— A bebê tomou um pouco de fórmula. Mas, se quiser, podemos tentar ver se ela mama agora.

Nina baixou a camisola do hospital, revelando seus seios inchados. Incrivelmente, nossa filha pegou quase que instantaneamente. Não poderia culpá-la nem um pouco.

— Vou deixar vocês sozinhos com sua filha — a enfermeira disse antes de sair.

Nina ergueu a touca rosa.

— Ela se parece com você, Jake. Tem o mesmo cabelo escuro que A.J. Acho que tenho genes fracos.

— Simplesmente não pode escapar de mim. Agora vou me multiplicar dentro de você. — Passei meu polegar pelo cabelo bagunçado e macio da bebê assim que ela continuou a devorar o mamilo de Nina como se não houvesse amanhã. O som de sugar era fofo pra caramba. — Minha alienzinha. Você causou um estrago hoje.

— É assim que você quer chamá-la? Aliena?

— Seria apropriado. Mas acho que devemos pensar em outra coisa.

— Na verdade, meio que tinha um nome em mente — ela disse.

— Qual?

— Kennedy.

— Kennedy Green. Gosto do som. Nós dois.

— Sim. Exatamente.

— É perfeito, amor. Perfeito. — Lágrimas estavam voltando aos meus olhos. Ela tinha um nome. Finalmente, eu conseguiria absorver a magnitude da entrada da minha filha no mundo agora que Nina estava segura. — Gostou, Kennedy?

— Ela não se importa com seu nome no momento. Está ocupada demais mamando.

— Me identifico. Você me faz esquecer do meu nome o tempo todo quando estou mamando em você.

— Vai demorar um pouco até isso acontecer de novo. Preciso me recuperar.

Resmunguei:

— Nem me lembre.

Ela ergueu uma sobrancelha.

— Podemos ser criativos.

— Ah, é?

— Acho que o fato de você fazer o parto da nossa bebê merece um boquete bem épico quando chegarmos em casa.

— Então vou insistir para um alívio rápido.

— Sério, Jake. Você foi incrível naquele elevador.

— Somos muito bons em elevadores, amor, não somos?

No dia seguinte, Nina estava extremamente dolorida, mas, felizmente, todos os seus sinais vitais estavam normais. Ela estava tirando uma soneca enquanto eu segurava a bebê na cadeira ao lado da cama.

Mais cedo, eu havia comprado uma cadeirinha para o carro para a longa viagem de volta a Boston. Estávamos contando os minutos para podermos levar Kennedy para casa para ela conhecer seu irmão mais velho. Tínhamos falado para nossa família não se incomodar em viajar até New Hampshire, para economizar a energia deles para quando voltássemos. Nina precisava de descanso, de qualquer forma. Sua mãe estava planejando ficar conosco por umas duas semanas, então teríamos bastante ajuda.

Alguém bateu levemente à porta. Uma mulher entrou com uma papelada.

— Oi, sr. Green — ela sussurrou. — Sua esposa preencheu a informação para a certidão de nascimento mais cedo hoje. Você não estava aqui na hora. Ela não tinha certeza de como você queria que sua profissão fosse colocada exatamente. Se importa de adicionar para nós?

— Claro. — Beijei a cabeça de Kennedy enquanto ela estava deitada no meu braço direito. — É oficial, alienzinha. Também sou seu papai no papel.

Tirei a garrafinha de água de plástico de Nina para dar espaço na mesa pequena para o papel e peguei uma caneta com a mulher.

— Você é canhoto. — Ela sorriu.

— Sim. Meu filho também.

Cheio de orgulho, olhei para o primeiro nome da minha filha no formulário. Nina e eu tínhamos conversado sobre um segundo nome. Nem eu sabia se iríamos dar um a Kennedy. Então, quando vi que Nina havia preenchido aquela linha, fui pego de surpresa. Mas o que realmente me chocou foi o nome que ela escolheu. Ela tinha me contado a história, então eu sabia que não era coincidência. Era um sentimento lindo para nos dar um encerramento. Mais do que isso, falava sobre o tipo de pessoa que minha esposa era. Era um nível maior de aceitação do que ela já tinha me presenteado. Fiquei tão emocionado que a caneta estava tremendo na minha mão.

Kennedy Aria Green.

Capítulo 23

Nina

Quatro semanas depois, nossa casa tinha se transformado em um zoo virtual. De alguma forma, no meio da ida da bebê para casa, A.J. havia nos convencido a pegar um cachorro. Acabamos adotando uma pug preta. Demos o nome de Luna porque é a palavra espanhola para lua. Então, tínhamos uma recém-nascida, uma pug chorando em todas as horas, e agora Skylar e Mitch estavam chegando no fim de semana para conhecer Kennedy. Estavam trazendo toda a família: três crianças e seu papagaio azul, Seamus. A.J. tinha ligado no início daquela semana e implorado para eles levarem o pássaro falador que sempre fornecia horas de entretenimento.

Na volta para casa depois de visitar Ivy, Jake parou para comprar cerveja e vinho. Então, eu estava sozinha com as crianças quando nossos amigos chegaram. O barulho que vinha de detrás da porta era óbvio antes de a campainha sequer tocar.

Me ergui do sofá com Kennedy grudada em meu seio antes de jogar um cobertor por cima da cabeça dela a fim de me esconder. Luna passou por mim correndo até a porta conforme suas patinhas arranhavam o piso de madeira.

Abri a porta. Era uma bela visão para contemplar: Skylar, Mitch, três crianças e um papagaio na gaiola.

— *Escolha uma faixa, escroto!*

— Ãh... o que o pássaro acabou de falar? — perguntei, saindo do caminho para deixá-los entrar.

Skylar suspirou.

— Desculpe. Não temos como controlar o que ele memoriza. Mitch ficou meio bravo na rodovia, e Seamus simplesmente não esquece.

O pássaro falou.

— *Escolha uma faixa, escroto!*

— Bem, que ótimo para as crianças — eu disse com sarcasmo.

Skylar me beijou na bochecha.

— Bem-vinda às nossas vidas, maninha. Como vai sua vagina fogosa, aliás?

— Só você me faria essa pergunta logo de cara. Na verdade, está muito melhor. Obrigada por perguntar.

— Deixe-me dar uma olhada nela. — Ela ergueu o cobertor para ver Kennedy, que ainda estava sugando meu seio. — Ela é igualzinha a Jake.

— Eu sei.

Mitch estava segurando o filho de um ano deles.

— Você sabe a senha do Wi-Fi? Henry precisa da internet.

— Claro. Está escrita perto do telefone sem fio da cozinha.

O filho mais velho de Skylar e Mitch, Henry, era autista e praticamente não falava. Ficava sozinho na maior parte do tempo enquanto se fixava em aparelhos eletrônicos. Henry já tinha encontrado um lugar no sofá com seu iPad.

A filha deles, Lara, que tinha mais ou menos a idade de A.J., foi procurar meu filho.

A.J. apareceu, segurando seu tablet.

— Ei, Lara. Quer jogar Terraria no meu quarto?

— Claro. — O cabelo comprido e ruivo de Lara balançou conforme ela o seguiu pelo corredor.

Mitch colocou um copo com canudinho na boca de Mitch Jr.

— Se seu filho for parecido com o pai dele, acho que vamos ter que impedir esse tempo no quarto de A.J. daqui a uns cinco ou sete anos.

— Vamos lidar com isso quando precisar. — Dei risada.

— Que nojento. Eles são praticamente irmãos — Skylar disse.

Mitch colocou o braço em volta dela.

— Não vai importar para eles quando os hormônios começarem a assumir. Lembra como nos sentíamos com essa idade? Você era meio que minha irmã naquela época, e eu só queria fazer coisas maldosas com você.

Interrompi:

— Bem, sou a mãe dele, e tenho que concordar. A.J. é exatamente como Jake e, se for esse o caso, poderíamos nos meter em encrenca.

A porta bateu e Jake apareceu.

— Alguém falou meu nome? Encrenca?

— Estávamos falando sobre como você e A.J. são parecidos e como eles podem querer trancar Lara em casa daqui a uns sete anos.

— Oh, sem dúvida nenhuma — Jake concordou, tirando seu casaco.

Mitch se sentou com a bebê ao lado de Henry.

— Preciso dizer que ter uma filha é mais assustador a cada ano que passa.

— Lara já está começando a ter peitos. — Skylar balançou a cabeça. — Nem é engraçado.

Jake se aproximou e me beijou, depois ergueu o cobertor para ver Kennedy.

— Se esta coisinha for anatomicamente igual à mãe, é melhor eu começar uma coleção de armas.

Skylar pegou Mitch Jr. do marido e se juntou a eles no sofá.

— Eu estava falando agora como Kennedy é igual a você, Jake.

— O que posso dizer? Vamos só torcer para ela ter, no mínimo, a personalidade doce de Nina.

— *Escolha uma faixa, escroto!*

Jake virou a cabeça para a esquerda, onde o pássaro estava sentado na gaiola dele no canto da sala.

— Vocês trouxeram Seamus?

Dando risada, eu disse:

— Sim, falei para eles o trazerem, concluindo que está um zoológico por aqui ultimamente, de qualquer forma. Podemos muito bem adicioná-lo à mistura.

Jake estalou o dedo e se virou para Mitch.

— Sabe o que acabei de comprar?

— O quê?

— Aquela coisa para fazer seu drinque preferido, Bitch.

— Que drinque é esse?

— Como se chama mesmo? Clímax do choro?

— Orgasmo chorão.

— Bem, vamos fazer depois. Que tal uma cerveja agora?

Jake pegou duas garrafas da sacola de papel que ele trouxera e entregou uma para Mitch.

Mitch virou a tampa, deu um gole e falou:

— Então, Jake, precisa nos contar a história completa do parto no elevador. Nem consigo imaginar.

— Cara, você não viveu até ter tirado uma criança da mulher que ama com uma música da Celine Dion tocando de fundo.

Mitch ergueu sua mão.

— Tenho praticamente certeza de que não tenho problema em pular essa etapa.

Todos nós demos muita risada com isso. Olhei em volta. O cachorro estava agora lambendo o rosto de Jake. O pássaro estava gritando obscenidades de sua gaiola no canto. Dava para ouvir gritos de risada de A.J. e Lara vindos do fim do corredor. Henry estava ouvindo vídeos assustadores no YouTube de comerciais de televisão em câmera lenta. Minha melhor amiga, Skylar, estava livre do câncer, e nós estávamos segurando os bebês milagrosos que nós duas pensamos que nunca teríamos. *Isso era a vida.* A vida era boa e muito preciosa.

A saúde e o bem-estar das pessoas que eu mais amava eram tudo que realmente importava. Levados por nosso ego, passamos tempo demais nos preocupando com pequenas coisas enquanto deixamos o que é verdadeiramente importante passar batido.

Uma semana depois da visita dos nossos amigos, eu estava deitada na cama quando a voz de Jake surgiu na babá eletrônica na minha mesa de cabeceira. Ele estava no outro quarto trocando Kennedy, conversando com ela como sempre fazia, e, provavelmente, não percebeu que cada palavra que saía de sua boca estava sendo transmitida para mim em nosso quarto.

— Não conte para ela sobre nossa surpresinha, ok?

Do que ele estava falando?

— Falando em surpresas, caramba, menina! A mamãe deve ter adivinhado que você tinha feito cocô quando me mandou aqui. Não foi muito legal da parte dela. Como sempre acabo com um desses? Hein?

Ela deve ter feito um monte de cocô. *Ops.*

— Bom, você tem sorte de ser fofa. Mas vou ligar para o Popeye e contar a ele que minha bebê está guardando um pouco do espinafre dele na fralda dela. Chame as autoridades.

Kennedy riu.

— É... você acha engraçado?

Cobri a boca, rindo, depois fechei os olhos, ouvindo os sons da fralda dobrando e Jake beijando-a.

— Ai. Você gosta de puxar o piercing do meu lábio, não é? Eu sei. É sua coisa preferida de fazer.

Mais beijos.

— Limpinha.

Mais beijos.

— Te amo demais, alienzinha.

O som da porta se fechando no quarto dela me fez me endireitar na cama para fingir que não estava ouvindo.

Jake entrou. Ele estava sem camisa e cheirava muito bem depois do banho. Sua pele bronzeada estava incrivelmente macia. Recentemente, ele havia adicionado duas tatuagens de estrela do lado direito do peito. Elas representavam nossos dois filhos, as estrelas da lua dele.

Jake suspirou ao se juntar a mim debaixo dos lençóis.

— É muito bom estar na cama.

— Dia longo?

— É... o trabalho foi uma confusão da porra. Mas dar beijo de boa-noite na minha alienzinha e conseguir terminar o dia bem aqui é o que me faz suportar.

Estávamos esperando seis semanas pela sugestão do médico para transar de novo. Ainda tínhamos uma semana, e eu sabia que a espera o estava matando. Embora me sentisse pronta fisicamente, tínhamos resolvido seguir as ordens do médico.

Pressionando minha bunda nele, eu o encorajei a fazer conchinha comigo. Exaustos, nós dois dormimos dentro de minutos.

Em algum momento no meio da noite, o que pareceu um sonho ruim me acordou. Mas não foi um típico pesadelo. Foi uma lembrança de coisas que eu pensava ter apagado da memória. Pude me lembrar, claramente, de todos os instantes aterrorizantes do dia em que Kennedy nasceu: de acordar na ambulância, do medo de estar sangrando até a morte, do medo de nunca mais ver Jake ou meus filhos de novo. Até aquela noite, eu tinha sofrido de amnésia quando se tratava de acontecimentos logo depois do parto. Me lembrava da bebê saindo e depois de Jake ao lado da minha cama do hospital em lágrimas, mas tudo nesse meio-tempo tinha sido um borrão.

O suor estava escorrendo de mim. Caiu minha ficha do quanto cheguei perto de morrer.

Jake acendeu o abajur.

— Nina?

— Ãh?

— Você está bem?

— Não.

— O que aconteceu?

— Me lembro de acordar na ambulância agora. Pensei que estivesse morrendo. Pensar em nunca mais te ver... sabe como é louco? Estava pensando em você mais até do que nossos filhos. De alguma forma, eu sabia que *eles* ficariam bem porque teriam você. Mas não achava que você ficaria bem sem mim. E não queria ir embora deste mundo sem você. Faz sentido? Eu sabia que você estaria lá para eles porque precisava estar, mas achava que não fosse ficar muito bem.

Ele me segurou com força.

— Tem razão.

— Pode soar estranho, mas sinto que estivemos juntos antes desta vida e que estaremos juntos de novo. É como se fôssemos...

— Verdadeiramente conectados. Eu sei. Quando me fizeram ficar fora da sala de cirurgia e eu precisei esperar sem saber se você estava bem, cheguei a essa mesma conclusão. Me senti morto até o médico sair e me dizer que você estava viva.

— Deve ter sido muito assustador para você.

— Tente não pensar nisso. Só fique comigo agora. Temos que confiar que, mesmo quando nosso tempo aqui acabar, as forças que nos levaram um ao outro vão nos unir de novo. Enquanto isso, não perca mais um segundo se preocupando com o que poderia ter acontecido naquele dia. Ok?

— Este momento... é tudo que sempre temos.

— Fico feliz de você se lembrar do que te ensinei ao longo dos anos.

Me estiquei para beijá-lo na bochecha, porém ele virou o rosto abruptamente na minha direção. Sua boca devorou meus lábios em um beijo voraz. Meu corpo se derreteu no dele. Fazia muito tempo. Minha mão começou a deslizar para baixo até sua virilha.

— Ei, ei, ei. Pensei que estivéssemos seguindo as ordens médicas — ele disse nos meus lábios. — Estou indo muito bem, mas, se me tocar assim, não me responsabilizo para o que acontecer em seguida.

— Foi *isso* que o médico recomendou esta noite.

— Porra. Faz cinco semanas. — Ele colocou sua mão firmemente em minha bunda e me puxou para ele. — Você não vai ouvir nenhum argumento contra de mim.

— Sei o quanto é difícil para você essa espera.

— Difícil para *você*. Sim. Acertou mesmo. — Ele sugou meu lábio inferior antes de liberar lentamente. — Não vamos mais falar.

— Menos briga, mais foda. Viu? Também me lembro disso.

Ele deu risada ao beijar meu pescoço e disse:

— Essa deve ser a coisa mais sábia que já falei.

Quando ele começou a erguer minha camisola, pedi:

— Apague o abajur.

— Não.

— Sim.

— Não mesmo. Quero ver cada centímetro de você enquanto transamos. Seu corpo está incrível assim. Sabe o que penso dele. — Ele segurou meus seios. — Tem ainda mais coisa do que amo. Quero aproveitar.

— Não vamos fazer isso com as luzes acesas.

Me ignorando, ele disse:

— O que acha de eu começar?

Ele se levantou e, lentamente, tirou a calça, jogando-a para longe. Seu corpo era sólido como uma rocha, definido, e sua pele era perfeita. Jake só tinha melhorado com a idade. Enquanto isso, eu me sentia gorda, e sabia que a insegurança permaneceria até cada quilo do peso do bebê sumir.

Ele ainda estava de cueca quando se ajoelhou acima de mim.

— Gosta do que vê?

— Aham.

— Fique com os olhos em mim, mas não encoste em mim — ele falou rudemente.

Obedeci.

Meus olhos viajaram de sua mandíbula forte e desceram do peito para seu abdome trincado. Um caminho estreito de pelo formava uma linha sexy no meio do seu músculo em V.

Sua voz estava baixa.

— O que você quer, Nina?

— Quero que tire isto. — Quando puxei sua cueca, ele segurou minha mão e a tirou dele.

Me dando um sorrisinho sexy, ele deslizou a língua em seu lábio inferior.

— Sem encostar.

— Certo.

A cabeça do seu pau saiu do topo da boxer. Ele estava totalmente duro.

— Então você quer que eu tire isto, né?

— Sim.

— A questão é que você queria apagar a luz. Aí não vai conseguir me ver também. Não quer me ver?

Minha boca estava aberta.

— Sim.

— Também quero te ver. Deixe-me te ver primeiro.

Com relutância, tirei a camisola, mas mantive o sutiã de amamentação.

— Tire.

Eu o abri pela frente e joguei o sutiã no chão.

— Boa garota. Agora a calcinha.

Deslizei a calcinha grande por minhas pernas e a joguei para o lado.

Um mês e meio parecia uma eternidade. Era um tempo muito longo para ficarmos sem contato. Mal havíamos nos tocado desde que o bebê nascera porque teria sido provocação demais se não iríamos conseguir transar.

— Você faz ideia do quanto este corpo me excita, Nina? Olhe para mim. Veja o que está fazendo comigo. — Seu pau se alongava pelo tecido de algodão da boxer até o máximo de capacidade. Um ponto molhado por sua excitação umedecia o tecido.

Ele continuou:

— Quando transamos, preciso sentir cada centímetro desse corpo nu no meu.

O desgraçado sorrateiro ainda não estava me tocando. Esse era o jeito dele de me deixar com tanto tesão e incomodada que eu não mais me importava com minha aparência, não dava mais a mínima para nada, exceto o fato de precisar dele.

Seus olhos estavam dilatados quando ele olhou para mim e começou a se masturbar com força e lentamente. Esse era o método de Jake: me negar por diversão até eu estar praticamente implorando para ele. Ele ficava excitado com isso e, sinceramente, eu também. O estímulo de vê-lo se masturbar para mim estava me deixando muito molhada e fazia meus seios grandes pinicarem. Vazou um pouco de leite. Ele limpou o líquido antes de chupá-lo do seu polegar.

A aparência do meu corpo estava começando a importar cada vez menos. Claramente, pela sua expressão, ele estava bem excitado. Como ele estava olhando *para mim* estava, rapidamente, se tornando mais importante do que minhas inseguranças de como eu estava.

Jake jogou a cabeça para trás em êxtase. Não conseguia mais aguentar observá-lo se dando prazer. Segurei sua mão e o fiz parar de acariciar seu pau. Abrindo bem minhas pernas, implorei:

— Por favor.

Sua boca se abriu em um sorriso irônico conforme ele se abaixou e, enfim, entrou em mim.

Soltando um gemido gutural quando se enterrou fundo em mim, ele me fodeu devagar até ver que não estava me machucando. Depois pegou o ritmo e, em certo momento, nossos corpos nus entrelaçados estavam balançando a cama. Nossos dedos estavam unidos conforme encaramos os olhos um do outro até gozarmos juntos.

Ficamos deitados por um tempo, nossas mãos ainda entrelaçadas. Admirei a tatuagem do meu dedo anelar com o nome dele. Ele também tinha uma do meu nome no dedo. As marcas permanentes eram o simbolismo perfeito para o que éramos: unidos para sempre.

Ele segurou minha mão na boca dele e a beijou.

— Gostei do que falou mais cedo, que poderíamos nos conhecer antes e que ficaremos juntos de novo no futuro.

— É. — Eu sorri. — Certifique-se de me procurar na próxima vida, Green.

— Amor, eu te reconheceria em qualquer lugar.

A luz da lua brilhava no rosto de Jake conforme ele dormia ao som da voz de Kennedy vinda da babá eletrônica. Meus seios endurecidos doíam conforme o leite escorria dos mamilos a cada choro. Era hora da mamada das quatro da manhã.

Esfregando meus olhos e bocejando, com relutância, me levantei da cama quente e percorri o corredor.

— Shh, amorzinho, está tudo bem. Estou aqui. Eu... — Minhas palavras pararam abruptamente assim que vi.

Uau.

Uau.

Uau.

Cobri minha boca com surpresa antes de erguer Kennedy para meu seio, precisando que ela parasse de chorar para eu conseguir, simplesmente, me maravilhar na paz e no silêncio.

Simplesmente... uau.

Havia mais de uma dúzia de morcegos cor-de-rosa de origami em fileiras em um móbile alto acima do seu berço. Me estiquei e toquei levemente um deles. O papel com o qual cada um tinha sido feito era muito mais grosso do que o de dobradura que ele costumava usar.

Quando ele tinha encontrado tempo para fazer isto?

— Então, *esta* era a surpresa, hein? — sussurrei para ela, beijando seu corpinho, que cheirava como sabonete de bebê.

Sentada na poltrona acolchoada, coloquei os pés para cima no pufe e apenas encarei o móbile admirada até Kennedy terminar de mamar.

Quando, enfim, desviei o olhar dele, vi um morcego preto solitário em cima do trocador.

Com Kennedy ainda no colo, fui até lá e desdobrei o papel.

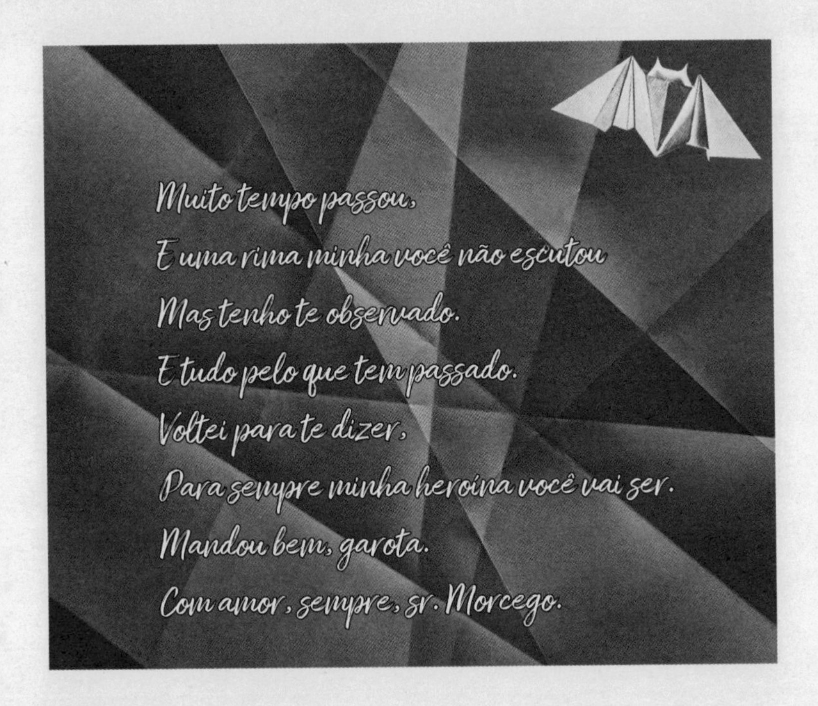

Meus lábios se curvaram em um sorriso largo conforme abracei o morcego em meu peito. Coloquei Kennedy de volta no berço e olhei para cima, para o móbile. Percebendo, pela primeira vez, que havia um pininho de plástico no topo, comecei a rodá-lo.

Começou a tocar *Brilha, Brilha Estrelinha* conforme os morcegos, lentamente, giravam e giravam. Os olhos arregalados de Kennedy estavam fixos neles enquanto ela ria, chutando com suas perninhas e abrindo o que parecia estranhamente um sorriso.

Passos se aproximaram de mim. Braços fortes e tatuados abraçaram meu tronco e me balançaram devagar conforme a música.

Paz completa e extrema.

Pode ter demorado toda a minha vida, mas eu, finalmente, estava aprendendo a viver o momento. Esse deve ter sido o melhor de todos.

Fim

Agradecimentos

Primeiro e mais importante, obrigada aos meus pais amorosos por continuarem a ser meus maiores fãs.

Ao meu marido: obrigada por seu amor, paciência e humor e por, finalmente, enxergar isto como mais do que um hobby! Você assume muitas responsabilidades para que eu possa continuar escrevendo.

À Allison, que acreditou em mim desde o início: você tornou tudo isto possível!

Às minhas melhores amigas, Angela, Tarah e Sonia: amo muito todas vocês!

À Vi: estou muito feliz por ter encontrado a outra metade do meu cérebro! Obrigada por sua amizade inestimável, apoio e conversas.

À Julie: você é a melhor escritora que conheço e uma amiga ainda melhor.

À minha editora, Kim: obrigada por sua atenção indivisível a todos os meus livros, capítulo por capítulo.

Ao meu fã-clube do Facebook, Penelope's Peeps, e Queen Amy por comandar a nave: adoro todos vocês!

À Aussie Lisa: sempre teremos George. Você mora muito longe de mim.

À Erika G.: é uma coisa da E.

À Luna: obrigada por sua paixão, pelos teasers lindos que ajudam a me motivar e por amar Jake!

À Mia A.: como eu escrevia antes de você para correr e procrastinar?

A Hetty, Amy C., Kimie S., Linda C.: obrigada por seu apoio e incentivo.

À Allison E.: a música *Demons* está aqui por sua causa. Seu amor de Jake ajudou a me incentivar a escrever este livro.

A todos os blogueiros literários, que me ajudam e me apoiam: vocês são O motivo do meu sucesso. Tenho medo de listar todos aqui porque, sem dúvida, vou me esquecer de alguém sem querer. Vocês sabem quem são e não hesitem em me contatar se eu puder retornar o favor.

À Donna, de Soluri Public Relations, que organiza minhas sessões de autógrafo, cuida das minhas R.P. e é uma pessoa incrível em geral: obrigada!

À Letitia, de RBA Designs: obrigada por outra capa fantástica.

Aos meus leitores: nada me deixa mais feliz do que saber que forneci a vocês uma fuga dos estresses da vida diária. Foi por essa mesma fuga que comecei a escrever. Não há alegria maior neste negócio do que ouvir diretamente de vocês e saber que algo que escrevi tocou vocês de certa forma.

Por último, mas não menos importante, à minha filha e ao meu filho: mamãe ama vocês. Vocês são minha motivação e inspiração!

Editora
Charme

Entre em nosso site e viaje no nosso mundo literário.
Lá você vai encontrar todos os nossos
títulos, autores, lançamentos e novidades.
Acesse www.editoracharme.com.br

Você pode adquirir os nossos livros na loja virtual:
loja.editoracharme.com.br

Além do site, você pode nos encontrar em nossas redes sociais.

https://www.facebook.com/editoracharme

https://twitter.com/editoracharme

http://instagram.com/editoracharme

@editoracharme